孔庆东文集

1921谁主沉浮

孔庆东 著

重庆出版集团 重庆出版社

目　　录

序章　撕开的黎明：
狂飙为谁从天落

　　公元 1919 年 5 月 3 日的深夜，国立北京大学雄浑而沉重的红楼内，灯火通明，人声鼎沸。礼堂内外挤满了北京各高等学校的学生代表。一位名叫邵飘萍的记者朗声道："现在民族命运系于一发，如果我们再缄默等待，民族就无从救亡，而只有沦亡了。北大是全国最高学府，应当挺身而出，把各校同学发动起来，救亡图存，奋勇抗争。"众人听了，悲愤交加，有的顿足捶胸，痛哭失声。一个学生走上前去，激动得说不出话，只见他"吱啦"一声，撕下一大块衣襟，举起中指，一咬而破，挥指在衣襟上血书下四个大字："还我青岛"。

　　第二天，便爆发了响彻整个中国 20 世纪的五四运动。

　　如果说"五四"是 20 世纪中国的黎明，那么这个黎明到来的时候，20 世纪已经过去了将近五分之一。黎明

1

期究竟有多长，从未有人界定过。假如没有呼唤，没有呐喊，黎明会不会自动到来？当人们呼喊过，撕裂过，冲锋过，仆跌过之后，这便成了一个值得冷静思考的课题。

"五四"的意义，远非赵家楼的一把火所能概括。如果站在"五四"高潮甫歇的1921年来近距离地回瞥"五四"，就会发现，刚刚过去的五六年，已然从文化穹庐上撕下了一块遮天蔽日的血腥之幕，这才使得20年代的中国，开始呈现出一片"初日照高林"的早春气息。所谓"五四"，并不是公元1919年春夏之交的一个日子，而是古老的中华文明"灵童转世"，进入一个生机勃勃的崭新文化时代的胎动期。

提到"五四"，人们都会想起鲁迅、胡适、陈独秀、李大钊。但还有一个同等重要的名字决不能忘记，那便是蔡元培。

蔡元培（1868—1940），字鹤卿，一字子民，浙江绍兴人，著名民主革命家和教育家。他并不是新文化运动的发起人，但却是这场运动最有力的支持者。1916年，蔡元培到北京大学担任校长。他对北大进行了一系列整顿改革，实行教授治校，鼓励学术研究，为新文化运动开辟了一个宽广良好的言论空间。

蔡元培说："北大者，为囊括大典，包罗万众之最高学府。"他的办学方针是："循'思想自由'原则，取兼容并包主义。""无论何种学派，苟其言之成理，持之有效，尚不达自然淘汰之命运者，虽彼此相反，而悉听其自由发展。"

蔡元培的治校方针，实际上为新思潮、新文化开拓了阵地。他当了北大校长后就聘请新文化运动的倡导者陈独秀任文科学长，李大钊为图书馆主任。还有胡适、刘半农、钱玄同、周作人、鲁迅以及一批留学回来的自然科学家都曾到北大任教。但同时，北大也有一批以刘师培、辜鸿铭为代表的所谓旧派教授。经常有这样的情况，上一节课的教员西装革履，下一节课的教员则长袍马褂。比如辜鸿铭，他讲的是英国文学，脑后却拖着一条辫子，因为他是拥护满清帝制的……

事实上，绝对平等的空间是不存在的，任何平等都必然有其现实倾向性。在蔡元培这位国民党元老的"平等空间"里，实际获益的乃是一批中国共产党开天辟地的领导人。

中国共产党第一任总书记陈独秀(1879—1942)，字仲甫，安徽怀宁人。早在中国共产党诞生之前，他就已经是文化界赫赫有名的领袖人物，以至于一些害怕他、仇视他的人把他叫做"陈独兽"或"陈毒蝎"。他在1904年创办《安徽俗话报》，致力于唤醒民众。曾加入孙中山领导的同盟会，参加辛亥革命。在反对袁世凯复辟帝制的斗争中，陈独秀被捕入狱，险些遇难。虽然共和代替了帝制，但萎靡不振的五色旗下，整个国家仍处于内忧外患的交相煎熬之中。一次次革命的失败，使陈独秀为代表的一代知识分子陷入苦苦的思索之中。陈独秀认为，以往的历次运动，都是自上而下的政治革命，而中国要成为真正的现代强国，需要一场自下而上的普遍的国民思想革命。

1915年9月，《青年杂志》在上海创刊，五四新文化运动由此揭开了序幕。《青年杂志》从第二卷起改名《新青年》，随主编陈独秀迁至北京大学，成为五四新文化运动中最重要的核心刊物。

陈独秀在创刊号上发表《敬告青年》一文，指出新陈代谢是宇宙间的普遍规律，"人身遵新陈代谢之道则健康，陈腐朽败之细胞充塞人身则人身死；社会遵新陈代谢之道则隆盛，陈腐朽败之分子充塞社会则社会亡。"由此向青年提出六点希望：

一、自由的而非奴隶的。

二、进步的而非保守的。

三、进取的而非退隐的。

四、世界的而非锁国的。

五、实利的而非虚文的。

六、科学的而非想象的。

这六点希望包含了民主、科学、开放、革新等新文化运动的主要内容。

3

陈独秀号召 20 世纪的青年，彻底清除做官发财思想，"精神上别构真实新鲜之信仰"。他主张当今的教育方针是：

第一，当了解人生之真相。
第二，当了解国家之意义。
第三，当了解国家与社会经济之关系。
第四，当了解未来责任之艰巨。

陈独秀期望培养出一代"意志顽狠，善斗不屈，体魄强健，力抗自然，信赖本能，不依他为活，顺性率真，不饰伪自文"的新国民。

在《我之爱国主义》一文中，陈独秀指出：

今日之中国，外迫于强敌，内逼于独夫……而所以迫于独夫强敌者，乃民族之公德私德有以召之耳，试观国中现象，若武人之乱政，若府库之空虚，若产业之凋零，若社会之腐败，若人格之堕落，若官吏之贪墨，若游民盗匪之充斥，若水旱疫疬之流行，凡此种种，无一不为国亡种灭之根源。

由此，陈独秀提倡"勤、俭、廉、洁、诚、信"几个大字，作为"救国之要道"。

一旦发生了亡国灭种的危机，那么，不论这个文明曾经有过怎样的光荣，都不能不使人深刻反省它的积弊。

从鸦片战争到五四运动将近 80 年的时间里，中国人一方面努力变法图存，另一方面也努力用自己的传统文化去抗击和消解外来的西方文化。齿轮上的新油和旧泥交融在一起，挂钟上的1234和子丑寅卯并列在一起，北洋水师的德国大炮上晾晒着禽飞兽走的大清官服……中学为体、西学为用的理论使许多人仍旧沉醉在中华文明天下第一、外国鬼子都是无君无父的禽兽的迷信之中。

然而，洋务运动搞了几十年，中国还是一次接一次地战败。圆明园的火光中，大清士兵被砍瓜切菜般屠杀的哀号和叫骂中，不平等条约像雪片一样地堆积起来。义和团运动几乎把所有的中国传统文化都抬了出来，从孔子的"尊王攘夷"，到佛家的如来济世；从阴阳五行八卦，到画符念咒作法；从桃园三结义，到唐僧四师徒。集合了姜太公、诸葛亮、赵子龙、岳飞、梨山老母、西楚霸王、九天玄女、托塔天王、济公、武松、黄天霸、秦琼、杨家将、观音菩萨直到玉皇大帝这样一支强大得无以复加的队伍。结果，还是一败涂地。这便使 20 世纪初年的有识之士认识到：对于我们所珍爱的文化传统，必须进行一番认真的清理和变革了。鲁迅说："不能革新的人种，也不能保古的。"但是，这一本来并不深奥的道理，中国人直到今天也并不明白。能够怀着"保古"的目的去"革新"，就已经算是开明之士了。于是，大多数人都感到了"撕裂"。

　　其实，就在"五四"前后，统治中国人大脑的，还是纲常名教和鬼狐报应。辛亥革命驱逐了满族的皇帝，但并未触及中国人大脑中的皇帝。1916 年袁世凯要称帝，1917 年张勋要复辟，这些"壮举"并非是毫无民意基础的纯闹剧。拥护帝制的壮士中，不乏辛亥革命的功臣。曾经被视为激进党的康有为，此时却大力宣传要把孔教定为国教、列入宪法。在失去了皇帝的人心惶惶中，人们对心中的皇帝的依赖变得更急迫、更虔诚了。陈独秀在《旧思想与国体问题》一文中说："腐旧思想布满国中，所以我们要诚心巩固共和国国体，非将这班反对共和的伦理文学等等旧思想，完全洗刷得干干净净不可。否则不但共和政治不能进行，就是这块共和招牌，也是挂不住的。"

　　针对各地兴起的祭孔读经热潮，五四新文化运动集中锋芒批判了这股逆流。最早反对把孔子学说定为一尊的文章是易白沙的《孔子平议》，随后更多的人投入进来。巴金和茅盾等人的小说里，描写过"五四"时期闭塞保守的四川人文景观。就在此时的四川，却产生了一位大名鼎鼎的批孔急先锋，他的名字叫吴虞。

　　吴虞 (1872—1949)，字又陵，四川新繁人。他 1905 年留学日本，回国后在成都任教。《新青年》最初发行到成都时，只有5份，吴虞和他的学生各买了1份。吴虞深深地为《新青年》所吸引，积极投身这场文化变革。他发表了《家族制度为专制主义之根据论》、《儒家主张阶级制度之害》、《辨孟子辟杨墨之非》、《对于祀孔问题之我见》、《吃人与礼教》等文章，对封建旧文化旧礼教进行严厉的批判。他说：

> 二十四史，徒为帝王之家谱，官吏之行述，陈陈相因，一丘之貉。……知有君主而不知有国家，知有个人而不知有群体，恢张君权，崇阐儒教；于人民权利之得失，社会文化之消长，概非所问。历史即为朝廷所专有，于是舍朝廷之事，别无可记。
>
> 呜呼！孔孟之道在六经，六经之精华在满清律例，而满清律例则欧美人所称为代表中国尊卑贵贱阶级制度之野蛮者也。
>
> 天下有二大患焉：曰君主之专制，曰教主之专制。君主之专制，钤束人之言论；教主之专制，禁锢人之思想。君主之专制，极于秦始皇之焚书坑儒，汉武帝之罢黜百家；教主之专制，极于孔子之诛少正卯，孟子之拒杨墨。

吴虞犀利地指出了儒教与专制的关系，特别对封建统治者借做护命符的孔子学说进行了勇敢的质疑和批判，打破了封建圣人的偶像，因此被胡适称为"四川省只手打孔家店的老英雄。"

中国共产党创始人中的"南陈北李"，都是五四新文化运动的主将。李大钊（1889—1927），字守常，河北乐亭人。他发表的《孔子与宪法》、《自然的伦理观与孔子》、《乡愿与大盗》等文，反对把孔教列入宪法，指出儒家"三纲"是"历代帝王专制之护符"，是"专制政治之灵魂"。但同时李大钊说明："余之掊击孔子，非掊击孔子之本身，乃掊击孔子为历代君主所雕塑之偶像也。"

其实这是新文化运动先驱们的共识。他们都认为孔子本人在历史上是圣哲，是伟人。陈独秀曾规劝青年要以孔子、墨子为榜样，吴虞也说过孔子是当时之伟人，李大钊说孔子是其生存时代之圣哲，其学说亦足以代表当时之道德。还说孔子如果活在今天，会创造出新的学说以适应现代社会。可见他们并非像今天一些无知学者凭空想象的那样全盘否定孔子，而是认为孔子的许多思想不适应于今天，并且儒家只是百家中的一家，不能定为一尊，陈独秀、易白沙、吴虞等人都很推崇墨子的思想。在"五四"先驱的意识里，国学的范围要比孔学的范围大得多。在今天，特别应该纠正的是，"五四"时代并没有"打倒孔家店"这句被后人误传的口号。实际上五四新文化运动是由多种思潮组成的，有比较激进的，例如《新青年》；有比较保守的，例如学衡派，但学衡派也是赞成改革的；还有主张兼容并包的，例如蔡元培。他们都主张改革传统文化，但谁也没有完全否定和抛弃传统文化。

陈独秀说："孔教为吾国历史上有力之学说，为吾人精神上无形统一人心之具，鄙人皆绝对承认之，而不怀丝毫疑义。"

"我们反对孔教，并不是反对孔子个人，也不是说他在古代社会无价值。不过因他不能支配现代人心，适合现代潮流，还有一班人硬要拿他出来压迫现代人心，抵抗现代潮流，成了我们现代进化的最大障碍。"

吴虞也说："我们今日所攻击的乃是礼教，不是礼仪。"

新文化运动猛烈地抨击旧思想旧道德，大力介绍自由平等学说、个性解放思想、社会进化论等各种西方思潮，尤为突出地高举民主与科学两面大旗。根据民主（Democracy）、科学（Science）两词的译音，当时又称为"德先生"与"赛先生"，"五四"先驱们认为，中华文明所急需输入的新鲜血液非这两位先生莫属。陈独秀在《新青年》六卷一号发表《本志罪案之答辩书》，表示"若因为拥护这两位先生，一切政府的压迫，社会的攻击笑骂，就是断头流血，都不推辞。"

正是在五四新文化运动的千钧棒所扫出的一片玉宇中，文学革命的朝阳喷薄而出了。

李大钊在他担任总编辑的《晨钟报》创刊号上说：

由来新文明之诞生，必有新文艺为之先声，而新文艺之勃兴，尤必赖有一二哲人，犯当世之不韪，发挥其理想，振其自我之权威，为自我觉醒之绝叫，而后当时有众之沉梦，赖以惊破。

文学是思想文化、伦理道德的重要载体，要革新旧文化，就必须革新旧文学。

陈独秀说：

要拥护那德先生，便不得不反对礼教，礼法，贞节，旧伦理，旧政治。要拥护那赛先生，便不得不反对旧艺术，旧宗教，要拥护德先生，又要拥护赛先生，便不得不反对国粹和旧文学。

于是，一场反对文言、提倡白话，反对旧文学、提倡新文学的文学革命势不可免地发生了。这里，需要介绍那位著名的绅士派领衔主演了，他就是在北京大学当过校长、文学院院长和五个系的系主任，在全世界获得过几十个名誉博士头衔，热心搜集五大洲怕老婆的故事，还曾经梦想出任中华民国总统的胡适。

胡适（1891—1962），字适之，安徽绩溪人。在安徽这块旧文学的正宗——桐城派的风水宝地上，却产生了胡适和陈独秀这样两位旧文学的掘墓人。陈独秀被骂为"独兽"、"毒蝎"，胡适之这个名字则被一位著名的大学者在出试题时用做"孙行者"的下联，因为"猢"与"狲"都是猴子的意思。总之是不属于人类。而在古文大师林琴南的影射小说《荆生》中，胡适的名字叫做"狄莫"，"狄"与"胡"，都是蛮夷之辈，总之还是非我族类。就是这两位被许多人视为轻浮少年的一胡一陈，共同揭起了文学革命的中军大旗。

1917年1月，胡适在《新青年》上发表了《文学改良刍议》，提出"吾以为今日而言文学改良，须从八事入手"。这"八事"是：

一、须言之有物。

二、不模仿古人。

三、须讲求文法。

四、不作无病之呻吟。

五、务去滥调套语。

六、不用典。

七、不讲对仗。

八、不避俗字俗语。

这"八事"被陈独秀称赞为"今日中国文界之雷音"。

陈独秀随后发表了态度更为明确坚决的《文学革命论》,"以为吾友之声援"。陈独秀气宇轩昂地提出了著名的三大主义:

推倒雕琢的阿谀的贵族文学,

建设平易的抒情的国民文学;

推倒陈腐的铺张的古典文学,

建设新鲜的立诚的写实文学;

推倒迂晦的艰涩的山林文学,

建设明了的通俗的社会文学。

陈独秀的三个"推倒",并不是全面否定古代文学。他所要推倒的古典文学,其实是指仿古的文学。就在《文学革命论》这篇文章里,陈独秀用了大量文字赞美古典文学的优秀部分,说《诗经》中的"国风"、楚辞都是"斐然可观"的,魏晋以下之五言,改变堆砌之风,在当时可谓文学的一大革命,韩柳崛起,一洗前人纤巧堆砌之气,元明剧本、明清小说,"乃近代文学之粲然可观者"。他主要批判的是六朝的靡丽文风、明代一味仿古的前后七子,以及桐城派的一些人物,称这些无病呻吟的人为"十八妖魔"。

胡适、陈独秀的文学革命主张提出后，得到了钱玄同、刘半农、周作人、鲁迅等人的积极响应。

　　钱玄同 (1887—1939)，号疑古，自称疑古玄同，浙江吴兴人，文字音韵学家。刘半农 (1891—1934)，原名刘复，江苏江阴人，文学家和语言学家。钱、刘二人为了使文学革命激起更大的反响，发表了著名的"双簧信"。由钱玄同化名王敬轩，汇集了各种攻击新文学和白话文的言论，致信《新青年》，然后由刘半农作《复王敬轩书》（即《奉答王敬轩先生》），逐条进行批驳。这个子虚乌有的王敬轩，不但代表了顽固守旧派的观点，而且还引起了不少复古思想者的共鸣。

　　近代著名学者、翻译家林纾发表《荆生》、《妖梦》两篇小说，攻击新文化运动是"禽兽之言"。又发表《致蔡鹤卿书》，规劝蔡元培保全名教，说"大学为全国师表，五常之所系属"，不应该"覆孔孟，铲伦常"。又说如果提倡白话文，那么小商小贩就都可以当教授了。

　　蔡元培回答说，伦常有五：君臣、父子、兄弟、夫妇、朋友，北京大学除了反对封建君臣这一伦外，"从未有以父子相夷、兄弟相阋、夫妇无别、朋友不信，教授学生者"。北大还有一个进德会，其基本戒约有不嫖、不纳妾等，这都是与孔孟之道不相违背的。

　　蔡元培又说，北京大学也没有"尽废古文而专用白话"，国文课本、中国文学史和文字学讲义，都是文言。

　　当一位日本学者指责北京大学不尊孔子、废除讲经时，蔡元培答道："北大崔适教授讲《五经要义》、《春秋复始》，陈汉章教授讲《经学通论》，黄节、沈尹默教授讲《诗经》，梁漱溟教授研究孔家哲学，北大何尝废讲经？"不过北大对于各家学说"均一视同仁"，这才是北大的胸怀。

　　李大钊则发表了《新旧思潮之激战》，认为"宇宙的进化，全仗新旧二种思潮，互相挽进，互相推演，仿佛像两个轮子运着一辆车一样；又像一个鸟仗着两翼，向天空飞翔一般。我确信这两种思潮都是人群进化必要的，缺一不可。……我又确信这二种思潮，一面要有容人并存的雅量，一面更要有自信独守的坚操。"

时代的要求，加上先驱者的奋争，白话文学的主张取得了胜利。

1920年，北洋政府教育部正式规定白话为"国语"，通令全国中小学采用白话课本。从那时开始，中国儿童的启蒙教育不再是他们似懂非懂的"天地玄黄，宇宙洪荒"和"上大人孔乙己"，而是他们生活的这个世界上最适合于他们的东西。

白话文运动并不是文学革命的全部。李大钊在《什么是新文学》一文中说：

> 我的意思以为刚是用白话作的文章，算不得新文学；刚是介绍点新学说、新事实，叙述点新人物，罗列点新名词，也算不得新文学。

鲁迅说，白话文学"倘若思想照旧，便仍然换牌不换货"。

所以，新文学的建设没有停留在胡适所讲的"国语的文学，文学的国语"的要求上，而是进一步致力于文学内容的革新。在这方面作出了不可替代的巨大贡献的，就是中国现代文化史上著名的周氏兄弟。

周氏兄弟是浙江绍兴人，长兄周树人（1881—1936），笔名鲁迅等，二弟周作人（1885—1967），笔名知堂等。这兄弟二人的思想和文字，对20世纪中国知识分子的"树人"和"作人"，产生了磁化般的影响。

周作人在文学革命中发表了《人的文学》和《平民文学》等重要文章，提出要从"灵肉一致"的生活角度去创造"人的文学"、"人性的文学"、"个人的文学"，又提出文学"为人生"的主张。他说：

> 我们不必记英雄豪杰的事业，才子佳人的幸福，只应记载世间普通男女的悲欢成败。

周作人提出"以真为主，美即在其中"的艺术主张，这是对虚伪粉

11

饰的仿古文学的有力矫正。20世纪的中国文学中，"纯美学"、"纯艺术"的倾向始终不能占据主流，这与本世纪中国直面现实的需要高于一切是密切相关的。

鲁迅在新文化运动中也发表了一系列深刻犀利的文章，猛烈抨击封建伦理道德，为文学革命呐喊助威。鲁迅以他坚定清醒的现实主义立场和坚韧持久的战斗精神，成为新文化运动的中流砥柱和整个中国现代文学的精神代表。而在新文化运动初期，鲁迅影响最大的则是他的文学创作实绩。

1918年5月，《新青年》开始全部采用白话。鲁迅就在这一期上发表了新文学小说的奠基之作《狂人日记》。这是一篇反对封建礼教的战斗檄文，小说中的"狂人"象征着一代还不能被多数民众理解的文化先觉者，是一个英勇孤独的战士。他通过痛苦的反思，得出了一个振聋发聩的结论：封建宗法制度"吃人"。小说结尾，说将来的社会"容不得吃人的人"。鲁迅沉痛地写道：

　　没有吃过人的孩子，或者还有？
　　救救孩子……

鲁迅在《狂人日记》之后，"一发而不可收"，写出了《孔乙己》、《药》等著名小说，深刻揭示了封建传统思想给人们造成的精神创伤。他解剖中华民族国民性的弱点，意在暴露社会的病根，以引起疗救的注意。几年后，他把自己这一时期的小说结集时，取名《呐喊》。"呐喊"二字，正是"五四"黎明期总体姿态的写真。那声音，直到1921年前后，还依然嘹亮。

在这片刚刚撕开的天宇上，一双双幼稚的手开始勇敢地"涂鸦"了。刚写了几首《老鸦》、《鸽子》和"两个黄蝴蝶，双双飞上天"的胡适，1919年居然写出了《谈新诗》，还发表了一部独幕剧《终身大事》。1918、1919两年，《新青年》、《每周评论》连环掌般推出了一系列战斗力极强的杂感，如鲁迅的《我之节烈观》、陈独秀的《偶像破坏论》、李大钊的《新的！旧的！》、刘半农的《作揖主义》等。这些杂感仿佛武侠小说中的"分筋错骨手"，进一步撕裂着旧世界的铁幕，进一步鼓动着新世界的狂飙。

小说界的动作也非常快。还在新文学小说的奠基作《狂人日记》问世之前两个月的1918年3月，胡适就在北京大学作了题为《论短篇小说》的演讲。4月，周作人在北京大学作了题为《日本近三十年小说之发达》的演讲。若从时间上看，1917年的6月，陈衡哲在《留美学生季报》的新4卷夏季2号上发表的《一日》，目前被认为是新文学的第一篇白话小说。但这篇小说对于当时的国内文坛并无较大影响，作品本身也浅白直露，倘一味强调其"白话"价值，则恐怕上溯起来，在此之前，白话作品多矣。

1919年，是"问题小说"之年。罗家伦的《是爱情还是痛苦》，冰心的《谁之罪》，题目就是带着问号的。刚爬出矿井的工人，不容易辨清方向；刚撕开铁幕的斗士，则满眼都是疑惑。这些在今天看去显得十分幼稚的作品，在当时却令中国人开始明白什么叫做"问题"。中国人开始思考"人为什么活着"、"人生的意义是什么"、"人是什么"、"人性是什么"、"爱情是什么"、"社会是什么"、"国家是什么"等以前几乎根本不存在的问题。这些问题有没有答案是无关紧要的，但有了对这些问题的思考，才算是跨进了"现代"的大门。

从1915年开始的五四新文化运动，是由中国传统文化的危机所引发的一场大规模的思想启蒙和文化革新运动。它使中华民族克服了这场危机，倡导并确立了20世纪中华民族新的语言方式、思维模式和文化结构，使这个古老的文明得以完成从传统向现代化的转变，创造出一个既保持了民族特色，又能与世界先进国家平等对话的新中华文明。以往对新文化运动的认识，更多地强调它为1919年5月4日发生的五四学生爱国运动提供了思想基础和文化背景，为马克思主义和各种先进的文化思潮在中国的传播建造了舆论阵地和生存环境，直接促成了1921年中国共产党的成立，为中国共产党和整个现代中国的建设事业造就了一大批卓越的人才。这些固然都是正确的，但对于 20 世纪以后整个中国的发展来说，五四新文化运动更广泛的意义在于，它是一个新的文明诞生之前的一场"狂飙"。既然是狂飙，则难免有一些偏激的言论，有一些不够成熟、脱离实际的书生之见，例如吴稚晖说"中国文字迟早必废"，钱玄同把骈体文称为"选学妖孽"，将桐城派称为"桐城谬种"，傅思年说传统戏曲"毫无美学价值"等，但这些都在以后的历史发展中有所矫正，只要换一换角度，任何言论都可被看出它的"偏激"来。对"五四"不妨有"反思"，但如果只是以"偏激"为罪名，那恐怕不是批评，而是赞美了。

孔夫子曾说："微管仲，吾其被发左衽矣。"意思是说，如果没有管仲当时的变革图强，我们都要变成披头散发的野人了。那么倘若没有"五四"，则恐怕 100 年后，中国人还是饥寒交迫、愚昧懦弱的东亚病夫，不但没有什么"后现代"，大约连"国学"二字，也不知指的是哪国之学了。"五四"狂飙过后，打扫出一片开阔的搏击场。要知场上谁主沉浮，则须看 1921 年的风吼雷鸣了。

一　地火在运行：乱世图景

　　公元 1921 年 2 月 8 日，是中国旧历新年。这一天，中华民国航空署的数架飞机翱翔于北京的蓝天，在总统府、国务院和航空署上空作低式飞行及其他技术表演。这一仪式宣告了投机、冒险的猴年业已结束，自负、好斗的鸡年已展翅登台。数十年后，有位伟人写下"雄鸡一唱天下白"的豪迈诗句。其实从第一声鸡叫，到天下大白，还要经过漫漫黑夜。1921 年的这个鸡年——辛酉年，也许正是这个夜晚最黑最冷的时刻。

　　"1921"这个数字，在汉语中的谐音是"依旧而已"。

　　然而 1921 年的中国，却再也无法"依旧"下去。这片古老苍凉的大地，再也掩盖不住它底层大大小小板块的剧烈碰撞。冲击、扭结、挤压、吞噬、融合、升降……从岩层到地心，各种力量争相发出它们的欢歌或呻吟，它们要颤抖、要燃烧、要爆炸、要喷发……这一年，中国仅史书明确记载的地震就达 10 次。这个拥有 5000 年文明史却仅有 10 年民国史的东方大国像触电的巨人一般震栗着。请看：

2 月 20 日，农历新年后不久，甘肃灵州（今宁夏灵武）发生大震。城堞全部塌落，房屋大部倒塌，地流黑水，死伤惨重，波及甚广。

2 月 22 日，农历正月十五，甘肃平罗（今宁夏平罗）发生强震。地面坍陷，黑水涌流无数。该县及邻邑共压毙一万六千余人。

3 月 19 日，午后 4 时 21 分，香港发生剧震。地震女神的魔杖从中国的大西北一下划到了东南。

4 月 12 日，甘肃平凉、固原（今宁夏固原）、隆德（今宁夏隆德）地区又发生大震，每小时一二次，至 13 日仍未止息，波及到会宁一带，六盘山崩裂三十余处。附近田庐、人畜损失无数，较前几次地震大大严重。

7 月 13 日，下午 7 时，内蒙古清水河地震。由正南向东北，全境皆动，震感强烈。

8 月 13 日，绥远地震。全境皆动，由正西向东北。

8 月 30 日，上午 10 时，青海西宁发生大震。房动屋摇，"门窗裂声如狂风作势"。次日及后日又震，损失严重。

9 月，四川汉沆地震，马驿坊西四里朱家湾原有二百方丈之地陷落，此外场东亦有陷落。

10 月 7 日，晚，陕西宜川发生强震。七郎山之石窑、宝塔均被震倒。洛川中部黄陵一带亦震，伴有地声，三日之内不止。

11 月 20 日，下午 2 时 35 分 25 秒，福建同安地震，震向北偏东，历时 20 秒……

春夏秋冬，东西南北，1921 年简直成了中国的"地震年"。然而，其他的灾神并不甘心让地震之神独享这份冠名的荣誉。

最为"当仁不让"的是水灾之神。

2 月 22 日，农历正月十五，即甘肃平罗地震的当日，直隶长垣县因黄河水涨，淹 13 村，深三四尺，受灾颇剧。

这不过仅是个序曲。

7 月 11 日，长江大水涨至五十英尺六寸，流速每小时八海里，宜昌东门外崖堤被冲塌，沿岸之地被淹没一万多亩，损失甚巨。沙市下游发水，该市与上海之电报因之中断。

7 月 17 日，从 6 月以来就险情不断的黄河在黄花寺选准了突破口，至 18 日决堰四十余丈，河水建瓴而下，堰内村舍田基悉没。19 日下游公家道、中游杨庄等处亦多处决堤。

7 月 19 日，黄河利津溃决三百余丈，灾被五千四百平方公里，"淹死、饿死、病死者不可胜数"。

7 月 25 日，黄河上游决口三处，"自寿张直至陶城埠四十里远近一片汪洋，尽成泽国，田舍庐墓悉被漂没"。

8 月 5 日，上海出现"数年来所未见"之风雨大潮，潮水溢出马路，天津路、浙江路一带水深二尺，浦东一带水深三尺。四乡田禾，受损非浅。

同日，横贯曲阜、滋阳、泗水、邹县、滕县的泗河决堤，淹没六十余村，"为民国以来未有之泗水水灾"。

8 月 14 日，湖北襄沙溃堤，被灾 12 县。"除田庐牲畜不计外，人民淹毙当不下数千，往往全家无一得免。"重灾区灾民只能以树皮草根为食。

同月，皖北 18 县因各河飞涨导致"数十年未有之奇灾"，"田稼淹尽，房屋冲倒，人畜漂流，灾民百万"。

同月，浙江近 10 县决堤，山洪暴发。梓村人口 150 人，死伤达117 人，"其他各村，类此者尚多"。

同月，江苏暴雨大水，"滨江沿运各县平地水深数尺，庐舍倾颓，哀鸿遍野，被灾至五十余县之多"。

同月，陕西 18 县水灾，"人畜田庐漂没无数"。

高潮过去，还有尾声。

11月6日，安徽泗县官员报告：泗县全区皆成泽国，淹毙1019人，牲畜700605头，灾区面积10505平方公里，冲荡田地37199顷，房屋205799间，受灾者71000多户，人口366000多……

水神不让地神，旱灾、火灾、雪灾和鼠疫等众神也来凑热闹。

7月27日，湖南岳阳、新宁、芷江、衡山电告旱灾。岳阳禾苗枯死，炊烟几断；衡山已四十余日不雨，高低俱涸，"人民喘息呼号"。据统计，全湘五十余县遭旱，收获多者三四成，少者只一二成。湘西每县灾民均有五六万至三四十万不等，死亡者甚众。

陕西扶风等县入夏后冰雹成灾；江西白鹿洞遭火灾，百万余卷珍贵藏书全部被焚；广州西关大火焚去铺屋二百余，损失在三百万元以上，"为民国四年以后之最大火灾"；东北发生大面积鼠疫，铁路停运，商贸娱乐中止，仅在防疫部门接收患者中就死亡1827人……

五灾俱全，生民涂炭。上海《民国日报》、《申报》、《时报》等大报曾在1月份连载华北灾区惨状。豫北灾民约一千余万，豫北、豫西平均每日死至五六千人。陕县、渑池人民食树皮、石粉，直隶灾民食蒺藜、草根。直隶顺德的草根、树皮已食尽，某妇烹食幼子……

巨大的灾情，引起国际社会极大关注。3月12日，美国总统哈定吁请美国人民竭力救济中国饥荒。

但是中国的饥荒，有谁能救得了呢？

仅湖南一省的饥民，据统计就有200万，"老弱蜂拥轨道，哀求附车运往他处觅食"。能运到"美丽的阿美利加"去吗？

华北的唐山、内丘、任县、巨鹿、平乡五县，灾童饿死12377人，被贩卖5057人，价格自1元至50元不等。美国能为他们发起一个"希望工程"吗？

贵州先遭蝗、旱两灾，继以水灾，又间冰雹，灾区广袤三千余里，饥民三百余万。卖妻鬻子，不供一饱，流离载途，死亡相藉。

湖南饥民忍无可忍，常常聚众数千到城镇去吃"排饭"，即用贴告示的办法宣布某日至某富人家吃饭。"各地官绅无法制止。"

民以食为天。食没有了，这个天就该变一变了。

变以乱始。1921 的中国，社会秩序大乱，匪盗蜂起。苏皖交界处土匪千百成群，肆意掳掠。湘西匪首张嘉乐纠集悍匪数千、快枪数百，纵横数十里，伏击官军，抢劫商船。山东巨野、定陶间千余土匪击溃了一营官军。黑龙江讷河遭八百马贼突袭，全歼守军一中队，县衙公署被焚，放出全部犯人编入马贼团，三十余名大户被绑票，全城一片焦土，商民死者惨不忍睹。12 月 14 日，由上海开往香港的招商局广利轮，在汕头海面被劫，"财产损失不下十二万元"……匪患如此猖獗，国家机器束手无策。倒是河南各县的军队有办法，他们私通悍盗，供给土匪枪支 (名为赁家伙)，一支枪每昼夜赁洋五元，子弹每粒赁洋一角，盗匪作案时，附近军队不得干预。

坐享土匪红利，还应算是"好"军队。有的军队干脆"自己动手，丰衣足食"。请看下表：

1921年　中国重要兵乱表

时 间	地 点	兵乱者	概　况
1.18	江 西	张宗昌	大肆掳掠，断绝交通，勒索商会和官员。
2.5	梧州	桂军游击第二十五营	因欠饷哗变，击毙营长廖汝龙，抢掠商店三十余。
2.13	保 定	陆军二十三师某营	因索饷哗变，断电线，抢粮栈十一家，损失四万元。事后溃逃西南。
2.14	许 昌	河南第一旅一部	因官长扣饷哗变，到处抢掠后纷散。
2.23	沙 市	赵荣华、王汝勤两部士兵	焚掠商店数百家，损失五十万元以上，事后赵、王捏称商民自酿火灾，流氓趁机劫掠。
6.4	宜 昌	陆军十八师某团	因反对王占元扣饷，劫掠多家银行货栈海关，焚屋千余，毙者千人，损失千万元以上。

时 间	地 点	兵乱者	概 况
10.15	长沙	宋鹤庚部	因欠饷及反对整编，哗变抢劫，商民受害甚烈。
10.16	通化	奉天东边道第三营	四出抢掠，该地商民全被抢劫，损失甚巨。
10.21	定远	新安武军二路第三营	因积欠军饷，当夜哗变。
11.9	武穴	陆军十八师一部	因索饷哗变，商民损失约三四十万元。
11.22	宜都	王汝勤第八师一部	因欠饷沿街行抢，事后其团长谎称"匪乱"。
12.3	古城	新疆援库军某营	营长宋金山率众击毙参谋长杨式中，并强迫附近各营夜攻古城。
12.18	多伦	驻军五营	因索饷哗变，抢掠一夜，满载回营。天明又欲出行抢，官长力劝乃止。

从兵匪一家，到兵即是匪，正所谓"有枪就是草头王"。奇怪的是，这个灾祸不断、满身疮痍的国度不但能养活那么多带枪的人，而且还能支撑一场又一场炮火连天、血肉横飞的大战。

年初，因湖南宣布自治，赵恒惕与王育寅部兵戎相见。刘湘等军阀四路入川，赶跑督军刘存厚。陈树藩与渭北的郭坚民军苦战一个多月，大败退回西安。吴佩孚挑动赵偪部下兵变反赵，后又助赵平叛。这些混战一步步拉开了大规模内战的序幕。

7月28日，湘鄂战争爆发。两军连日大战于羊楼司、赵李桥等处，战况激烈，声势浩荡，举国震动。湘军名将夏斗寅时而伴败设伏，时而亲临火线，时而令所部白刃渡河拼杀，自率敢死队督战于后。至8月8日，湘军大胜。然而直系军阀又出兵五路，死力援鄂。8月10日，湘直大战开始。8月17日，双方齐下总攻击令。吴佩孚两次密令决堤，水淹湘军。湘军撤退，百姓两次溺毙各在3000人以上，灾区纵横数百里。

两军数次集结数万人鏖战，吴佩孚用兵有勇有谋，迭获大胜。然而到9月1日，川军又加入战团，入鄂攻直。直、鄂军至9月下旬才击退川军，战事至年底未决。

正像老舍《茶馆》里的台词："今天，王大帅打李大帅，明天赵大帅又打王大帅。"中国百姓再温良，再坚忍，再愚讷，再阿Q，也实在耐不下去了。豫东南白朗余部五六千人举事，号为"黑狼"。鄂西数千农民起义，头扎红巾，自称"神兵"，反对军阀残暴统治。他们向民众宣言，专为讨伐官军，保护良民。在城市，刚刚形成不久的中国无产阶级也掀起了一次又一次工潮，列如下表：

1921年中国主要工潮表

时间	地点	罢工者	概 况
3.3	上海	法租界全体电车工人	要求增加工资，罢工四天，取得胜利，加工资一至二成，看病给半资，工伤给全资。
5.12	开滦	煤矿工人	反对矿局增募千余保安队下矿监视，罢工三天，经镇压失败。
6.12	奉天	各窑厂三千余华工	同盟罢工，要求增加工资。
6.14	广州	一万多机器工人	要求增加工资，粤汉、广九、广三等铁路机工声援，三天后经调停，厂主同意增加工资20%—50%。
6.28	南京	四千多鞋匠	要求增加工资，罢工四天，店主被迫答应。
7.20	上海	英美烟厂工人	老厂工人反对洋监工虐待，要求增加工资，新厂工人继起，游行示威，提出"争工人的人权"，"劳工神圣！"罢工二十余日后胜利，遂成立上海烟草工会。

时 间	地点	罢工者	概 况
8.4	上 海	三新纱厂四千余工人	要求增加工资，罢工三天，厂方同意每工加工资三分，每两周加两日偿工。
8.16	广州	二万多土木建筑工人	举行总罢工，要求增加工资，斗争十天，胜利。
10.12	粤汉铁路	湘鄂段八百多职工	要求增加工资，改善待遇。英国总管不允并解雇为首工人。工人坚持斗争，终于经调停获得承认，17日恢复运行。
11.9	汕 头	三百余缝纫工人	要求增加工资，每日十小时工作制，每月休息三天。资方被迫接受，于13日复工。
11.11	广 三铁 路	铁路工人	反对路局无故开除职员，罢工十天。广东省政府被迫接受要求，始复工。
11.17	陇 海铁 路	机务处工人	反对外籍总管裁人减薪，虐待工人。全路数万人响应，要求撤换总管，每月休息两天，增加工资等。罢工十天，取得胜利。
12.1	汉 口	租界数千人力车工人	反对车行加租，示威时与法巡捕冲突。经调停，同意车夫成立工会，车租照旧并免租金三日，工人始复工。
12.8	北 京	航空署职员、工匠	因薪水积欠多月，全体罢工。
12.23	广 州	排字印刷工人	要求加薪五成，各报罢工休刊。经调解加工薪四成，27日各报复刊。

上表所列罢工，绝大部分取得了胜利，由此可见当局软弱无力之一斑。据不完全统计，1921 年中国各地罢工达 49 次，人数达 13 万人。

这对于年幼的中国工业文明来说，也称得上是重灾年了。

整个社会的大动荡、大混乱，意味着权力中心的瓦解和离散。1921年的中国，存在着南北两个民国政府。南方广东政府以孙中山为旗帜。在 1 月 1 日的南京临时政府成立五周年纪念大会上，身为军政府总裁的孙中山提出"仿南京政府办法在广东设立一正式政府，以为对内对外之总机关"。1 月 27 日，孙中山提出"北方政府实在不是民国政府"。4 月 7 日，广州召开的国会非常会议以 218 票对 2 票选举孙中山为中华民国大总统。5 月 5 日，孙中山宣誓就任后，通电希望各国承认广州政府"为中华民国唯一之政府"，并致电北京政府总统徐世昌，斥徐为"承平时一俗吏"，"名为受人拥戴，实则供人傀儡"，促其"即日引退，以谢国人"。孙中山于 7 月平定广西后，积极准备北伐。然而孙中山的实际力量连两广都不能有效控制。身兼内务部长、陆军部长、广东省长及粤军总司令的陈炯明就反对北伐，终坏其事。孙中山曾在 8 月给俄苏外交委员会的复信中说："我非常注意你们的事业，特别是你们苏维埃底组织，你们军队和教育底组织。"12 月 23 日，孙中山在桂林会见了经李大钊介绍前来的共产国际代表马林，从此孙中山才发现了一条重整河山的新径。

北方的北京政府此时以徐世昌为大总统。北洋军阀集团先后共有五位大总统——袁世凯、黎元洪、冯国璋、徐世昌、曹锟。其中徐世昌最为软弱无能，他实际上只是直、皖、奉等各系军阀的一个"大管家"而已。他所领导的政府，既无权，又无钱——不能自由任免官吏，不能指挥各路军队，不能决定对外方针，不能组织防险救灾，不能制订经济计划，不能支持文化教育，甚至连政府本身的开支都支付不起。北京政府驻外使馆五六个月经费未发，纷纷催索，外交部复电竟让他们自己解决。大概大使馆只好兼做中餐馆了。据上海《民国日报》该年 12 月 22 日报道政府各机关欠薪情况：参谋部 22 个月，蒙藏院 7 个月，教育部本部7 个月，各校两个半月，海军部 6 个月，平政院 6 个月，经济调查局 5个月，陆军部本部 5 个月，咨议差遣 12 个月，总统府 4 个月，国务院

3个月，财政部 3 个月，内务部 3 个月，农商部 3 个月，审计院 3 个月，司法部 3 个月，大理院 3 个月，航空署 3 个月，警察厅官吏 2 个月，交通部 1 个月，京汉路局 1 个月。这么大的一个国家，成千上万的政府公务人员居然在"枵腹供职"。为了索薪、罢工、罢教、辞职、静坐，全年风潮不断。北京大学等北京八所大、中学校从年初就为索薪和争取教育经费罢工。4 月 8 日，八校教职员通电全国，全体辞职。教育总长范源濂、次长王章祜亦先后辞职。在请愿中被警察刀枪击伤数十人，又经绝食斗争，风潮几起几落，直到年底，政府还在敷衍说："正竭力设法。"平心而论，并非政府故意"摧残教育"，政府何尝不愿意用教育来装点门面？然而这个政府实在是掉了牙往肚子里咽，它是个窝囊废加穷光蛋，中国已经没人真的把它看做政府了。这一年，穷得几乎要砸锅卖铁的北京政府狂借内外债，到年底已欠债 15 亿 8885 万 1972．96 元，此时全国人口（不计蒙、藏、绥、台）为 4 亿 6309 万 4953 人，平均每人负债近四块大洋。全国各界联合会 12 月 31 日宣布徐世昌四大罪，宣布"徐世昌为民治之障碍，早已电请新政府申罪致讨，庆父不死，鲁难未已"。而广州政府则在 12 月 10 日发布了对徐世昌的通缉令。北京政府名义上统治着大部分中国，实际上从 1921 至 1923 年，全国掀起了一个要求"省自治"和"联省自治"的浪潮。从政治角度来讲，1921 年的中国事实上是分崩离析的。《剑桥民国史》说："1928 年前宪法政府的失败，与其说是一个有效政府的衰落，不如说是根本无能建立起这样一个政府。段、吴及其他国家首脑曾多次建立起对全国大部地区的实质性军事控制，但这些成就基本上是军事的，而从未发展到建立有效政治制度的水平。"

中央政府如此，地方政府也疲软不堪。以山东为例，教育经费拖欠四五个月，无钱修堤坐视决口，司法欠款以致囚犯几乎饿死狱中，士兵每月欠饷十余万元。

国内四分五裂，天灾人祸接踵不断，国际关系也一片艰难，外患频仍。

1921 年的国际大趋势是，美、英、法、意、日等列强重新切割地球这块大蛋糕。昔日的欧洲已不复存在，赫赫不可一世的德、奥、俄三大帝国俱已从政治地图上消失，流落异域的王公贵族们热烈地讨论着列宁及苏维埃统治下的"谜一般的俄国"。哈布斯堡王朝的奥匈帝国崩溃了，新兴的巴尔干小国雨后春笋纷纷独立。被《凡尔赛条约》压得透不过气来的德国，经济萧条，满目疮痍，一种"受难德国"的神话正迅速蔓延。中国虽然属于第一次世界大战的战胜国，但在11月12日至次年2月6日召开的华盛顿会议上，北洋政府代表提出的收回关税自主权、取消领事裁判权、撤退外国驻华军队和收回租界等要求，均被拒绝。一句话，弱国无外交。中国在会上不过是听凭列强如何重新协调其侵华特权而已。此时各国在华驻军约近万人，其中日军最多，约4500人，仅山东就驻2700人。美军1504人，法军1214人，英军1044人，荷军78人，意军31人。此外南满一带，驻日警约1800人，均无条约根据。这样的国家，哪里像个战胜国？各列强贪心无厌，不断制造事端，竭力企图扩大在华利益。其中气焰最为嚣张的便是日本。

1月15日，吉林代表上书政府，痛陈人民受日军奸淫、枪杀、活埋、火烧、腰斩等惨状，财产损失2000万元，人民伤亡近万，"请政府提出严重抗议"，"全吉七百万人誓为政府后盾"。北京政府要求日本撤兵，日军不但不撤，反而继续捕杀中国百姓，并诬称其为"股匪"。

3月21日，驻哈尔滨之日军第五十三联队借日本春季"皇灵祭"之名演习，以炫耀武力。

5月13日，日本内阁决定必须确保并扩大日本在满蒙的既得权益。

9月14日，奉天日侨在有伤中国风俗习惯的祭祀活动中与中国居民发生纠纷，数百名日警及宪兵队打伤百余中国人，并向奉省当局提出抗议。

此外，日本加紧对华的经济侵略和控制。据上海《民国日报》10月29日报道，日本利用山东问题悬而未决之机，尽力扩充在鲁实业，青岛一隅，商店栉比，工厂林立，各种会社已增至数十处，投资已超过八亿元。在上海等地，日本亦开办纱厂等企业，操纵中国棉纱等行业的产销。

12 月 3 日，日本代表在华盛顿会议上公然声明，旅顺、大连皆由日本牺牲许多生命财产，取自其他强国；又因领土接近，故日本在该地有关经济命脉及国家安全之生死利益，实无意放弃。

按照这种逻辑，只要"牺牲"了生命财产，抢来的任何东西都可以堂而皇之地据为己有。中国若不尽快富强起来，终有一日要被"领土接近"的强国整个"无意放弃"。

另一个领土接近的大国也颇令中国头疼。

1 月 6 日，白俄阿年阔夫匪部七百余人在新疆古城暴乱。

1 月 9 日，白俄恩琴率白俄及蒙匪三千余，在日本参谋长山田策划下，使用日本供给的枪炮，大举进犯中国外蒙地区。多次战斗，中国守军伤亡惨重，库伦失陷。苏俄政府却指责中国侵害其经贸利益和扶助白俄。

2 月 1 日，俄蒙匪千余人围歼中国驻军两个连，将蒙古活佛博克多哲布尊丹巴裹胁而去，于 21 日成立蒙古"自治"政府，博克多为大汗，恩琴为亲王。恩琴成为蒙古的实际统治者。

3 月，大股白俄蒙匪又攻陷叨林、乌得、乌里雅苏台、科布多等地。

3 月 18 日，蒙古国民军及苏俄红军三千余击败中国守军，攻陷恰克图。

5 月，白俄匪部万余人在新疆塔城地区残酷杀掠，中国当局一时无策。

7 月 6 日，苏俄红军和蒙古军进军库伦，于 8 日推举活佛博克多为立宪君主，11 日改为"蒙古国民政府"元首。

7 月 8 日，苏俄炮舰在松花江口炮击中国汽船杭州号，死 3 人伤 8 人。

8 月 17 日，苏俄红军从恩琴手中夺占外蒙古科布多，于 25 日捕获恩琴，9 月 5 日枪毙。

新疆地区的白俄后经中国军队会剿而逃散。但蒙古地区却令中国政府进退两难。尽管外蒙的活佛、王公们不愿归附苏俄，多次向中国政府表示："蒙民等对于俄国新旧党之举动，概不赞成，仍愿归附中央，永受保护。"然而这个泥菩萨"中央"却保护不了他们。外蒙问题终于朝着越来越不利于中国的方向发展了。

此外，中国在这一年还与英国、葡萄牙、菲律宾等发生了外交冲突。

1921年的中国，真是值得大书特书。《小说月报》当年的主编沈雁冰说："中国现在社会的背景是什么？从表面上看，经济困难，内政窳败，兵祸，天灾……表面的现象，大可以用'痛苦'两个字来包括。再揭开表面去看，觉得'混乱'与'烦闷'也大概可以包括了现社会之内的生活。"①如果以这一年的中国为题材写一部长篇小说或电视连续剧的话，大可以题名为《中国：痛苦的1921》。

然而，事物都是辩证的。整体的痛苦并不意味着处处痛苦，正像一般被看做"十年浩劫"的"文革"，在有些人的记忆中却是"阳光灿烂的日子"。1921的中国，也造就了几个"赢家"。

第一个赢家是中国的民族工商业。

进入民国时代不久，中国就遇到了1914—1918年的第一次世界大战。战争使中国在一定程度上部分地恢复了19世纪以来由于一系列不平等条约而丧失的对市场的保护。交战列强全神贯注于战争和战后的讨价还价，而中央政府又无力垄断和领导全国的经济，于是中国的"自由资本主义"迎来了它空前绝后的"黄金时代"。

自1912至1920年，中国工业增长率达到13.8%，如此快速的发展节奏，在1953至1957年第一个共和国五年计划之前，再也没有出现过。中国外贸入超由战前的二亿多海关两，减少到1919年的一千六百多万海关两。民族资本1912—1919年八年的投资，相当于过去半个世纪投资的总和。现代中国银行也是从第一次世界大战时蓬勃发展起来的。仅仅1918—1919年，就建立了96家新银行。1913年，上海有钱

---

① 沈雁冰：《创作的前途》，载《小说月报》12卷7号（1921年7月10日）。

庄 31 家，至 1920 年，达到 71 家，控制银元 770 万，是战前的五倍多。至 1921 年底，上海已建立起 140 家交易所，其中"金业交易所之标金行市，具有影响世界银市及外汇之势力"。纺纱业发展迅猛，仅 1921 年创办的就有王克敏的天津裕大纱厂，姚锡丹等的崇明大通纺织公司，史量才等的上海民生纱厂，许松春的上海永予纱厂，唐深谦等的无锡庆丰纱厂，方寿颐等的无锡予康纱厂，陈玉亭等的上海伟通纺织公司，穆杼斋等的上海恒大纱厂等。著名的荣氏家族的两兄弟——荣宗敬 (1873—1938) 和荣德生 (1875—1952)1901 年创办茂新面粉厂，1913 年又建福新厂，在 1914 至 1920 年间又办了八个新厂，至 1921 年，荣氏兄弟在无锡集股创办申新纺织公司第三厂，发展成无锡规模最大的纺织厂。此外，1921 年还涌现出一系列面粉公司、精盐公司、造纸公司、粮油交易所、煤矿公司、土产进出口公司、信托公司等，中国由面粉输入国变成了输出国。铁路、通讯和其他重工业也有明显发展。工商经济的"繁荣"促进了城市的膨胀和其地位的上升。请看几个中国主要城市的人口增长数字：

城 市			年 份	居民人口数
北 京			1912	725235
			1921	863209
天 津			1900	320000
			1921	837000
青 岛			1911	54459
			1921	83272
上 海	租界	外国人	1910	13536
			1920	23307
		中国人	1910	488005
			1920	759839
	华界		1910	568372
			1920	1699077

可以看出，越是现代工商业发达的地区，城市的膨胀速度就越快。

民族工商业的长足进步，使得民族资产阶级产生了拥有自己"话语权"的欲望。1920年，在一个晚餐会的基础上，北京的现代银行家联合会成立了。至年底，全国银行总会创立。1921年，创刊了《银行月刊》和上海总商会月报。在1921年总商会一年一度的联席会议上，汤富福为参政问题发出呼吁："我们不能相信任何人……没有救世主……"

"自由资本主义"发展到一定阶段，必然与灾祸频仍、兵荒马乱的黑暗现实发生矛盾。事实上，中国的资产阶级迫切需要一个强有力的英明的中央政府，这样一个政府才能保证这个五灾俱全的国家迅速进入"现代"，才能统一市场，统一贸易税收制度，统一民族的经济实力，使得民族富强，国家昌盛。这个国家的最大问题并不是没有钱，而是钱的分配、流通和使用极不"合理"。六七年以后，蒋介石依靠江浙财团建立了一个极权政府，他的主要盟友并不是人们一般认为的资产阶级"右翼"，而恰恰是那些最富有民族主义思想的，具有"现代"意识的、并在某种程度上是"民主"的人士。后来，又是这些人士离开了蒋介石，投向了共产党，因为他们发现蒋介石的政府还远不够"英明而强有力"，远远不能把中国带入现代化的快车道。所以，1921年，作为一个赢家的中国民族工商业，其实也在企盼和呼唤着另一个赢家的出现。只是它还不懂，那另一个赢家，正是它的"掘墓人"。

作为"掘墓人"的中国无产阶级，在1921年的滚滚工潮中大显身手，正如前表所述。认识到无产阶级在社会结构中所扮演的重要角色的并非仅是无产阶级自身。据统计，在五四运动后的五年间归依马克思主义的人当中，仅有12人出身于无产阶级：陈郁、苏兆征、向忠发、项英、邓发、柳宁、邓培、朱宝庭、许白昊、刘文松、刘华和马超凡。越来越多的有识之士意识到，无产阶级作为一个巨人在中国大地上的崛起，已经成为指日可待的必然。

中国的无产阶级，包括民族资本企业工人，外资企业工人以及手工业者和店员，到1921年已经约有近两千万人，成为中国社会一支举足轻重的阶级力量。激进的小资产阶级敏锐地发现了这支钢铁大军，于是从他们中涌现出一批这支钢铁大军的代言人：李大钊、陈独秀、毛泽东……1915年开始的新文化运动，在"五四"之前还基本是资产阶级性质的，而到"五四"之后，则演变成宣传马克思主义和社会主义的越来越趋向"第四阶级"的运动。经过与实用主义、改良主义和无政府主义的三次大论战，马克思列宁主义野火春风般在中国蔓延开来。1920年春，共产国际远东部负责人吴廷康到北京会晤了李大钊，又到上海会晤了陈独秀。在共产国际的帮助下，上海、北京、长沙、武汉、济南、广州都建立了共产主义小组。到1921年，这些小组攥成了一只高高举起的拳头——中国共产党。这第一声雄鸡的鸣唱给这个国度带来的震动似乎还比不上一次地震。然而，这个星云一般纷乱扰攘的民族的一个核心诞生了，它将一步步把这团星云凝聚成一个巨大而有序的天体，运转在自由选定的轨道上。

如果说1921年的中国还有第三个赢家的话，那就是本书所要描述的对象：文学。正所谓"国家不幸诗家幸"。1921年的中国，其混乱、其荒芜、其痛苦、其不幸，丝毫不亚于建安时代或安史之乱时期。对应着现实图景，文学家们的心也在地震、在燃烧、在冲突、在流血。这一年，在小说、诗歌、戏剧、散文等各个领域，都有杰作问世，而且还成立了现代文学史上最重要的两个文学社团。新旧文学同时火爆而又彼此争斗不休，新文学内部也众声喧哗，尚未能确定一个"主旋律"。先觉的人们已经察知脚下的地火在奔突运行，但这地火将如何喷发，将烧毁什么，将催生什么，却不是几年之内能见分晓的。

数年后，一个寒冷的清秋，一位预感到自己会成为这个民族舵手的青年，独立在一片沙洲上，仰观天，俯视地，发出一声情感极其复杂的浩叹："问苍茫大地，谁主沉浮？"

这声浩叹，正可用来一叹，1921年的中国文学。

二 组织起来：计划文学的萌芽

1921 年 1 月 4 日，一个寒冷的冬日。

北京中央公园（现中山公园）的来今雨轩，正在进行一场有 21 人参加的热烈讨论。一位年近 40 的壮汉被推为主席，他乃是前清禁卫军管带、北洋政府总统府军事参议、中国现代军事理论家蒋百里先生。蒋百里庄严宣布：今天，我们在这里召开文学研究会成立大会！

会议首先由一位 23 岁的青年西谛君报告该会发起经过。西谛此时是北京铁路管理学校的一名学生，却在文学方面具有极强的活动组织能力，他日后更广为人知的名字是：郑振铎。

郑振铎报告说，1920 年 11 月间，有该会的几个发起人，相信文学的重要，想发起出版一个文学杂志，以灌输文学常识，介绍世界文学，整理中国旧文学并发表个人的创作。征求了好些人的同意，但因经济关系，不能自己出版杂志，便与上海的商务印书馆接洽。商务印书馆只答应改组《小说月报》，上海的同志沈雁冰君来信，亦说他编辑的《小说月报》"内容虽可彻底的改革，名称却不能改为《文学杂志》"。北京的同志遂于11月29日借北京大学图书馆主任室开一个会，议决积极筹备文学会的发起，并推郑振铎起草会章，决定暂以《小说月报》"为文学杂志的代用者"。12月4日，又在万宝盖胡同耿济之的住宅开会，讨论并通过会章，共推周作人君起草宣言书，决定以周作人、朱希祖、蒋百里、郑振铎、耿济之、瞿世英、郭绍虞、孙伏园、沈雁冰、叶绍钧、许地山、王统照等12人的名义发起该会。遂在京内各日报、杂志发表该会之宣言与简章，并征求会员入会。两周后入会者很多。12月30日，又在耿宅开会通过加入该会之会员，议决于1921年正月4日在中央公园今雨轩开成立会，并议定成立会秩序。至此，该会筹备发起之事遂完全告竣。

郑振铎报告后，21人对会章逐条讨论、修改、表决。然后，以无记名方式投票选举郑振铎为书记干事，耿济之为会计干事。选举毕，提前摄影。摄影后，又讨论了如下七个问题：

（甲）读书会　议决分为若干组，以便进行，并推举朱希祖、蒋百里、郑振铎、许地山四君为读书会简章起草员。

（乙）基金募集问题　议决随时由会员募集之。并以《小说月报》稿费1/10，捐入本会，为基金。

（丙）图书馆问题　议决以基金未募得，暂缓组织。第一步先由各会员把自己所藏之书，开一目录，交于书记干事，汇齐付印，交给各会员，以图相互借书之便利。

（丁）会报问题　议决每年出版四册，材料取给于读书会及本会各种纪事。

（戊）丛书问题　略加讨论，未议决。

（己）讲演会　议决随时举行。

（庚）会址问题　暂时不设会址，借书记干事寓所为接洽一切会务之处。

讨论竣，茶点，谈话，至晚 6 时始散会。现代文学史上第一个、也是影响最大的一个文学社团就这样成立了。

其实，文学研究会的起源可以追溯到 1919 年 11 月。当时，瞿秋白、郑振铎、耿济之、许地山、瞿世英等人，在北京创办了旬刊《新社会》，他们均是社会实进社的成员，创办这个旬刊，旨在倡导社会改造和平民教育。然而半年后《新社会》被政府查禁，他们又办了一份月刊《人道》，才出一期又因政治压迫而停刊，于是，创办一份新的刊物，并进一步组织一个新的团体，借文学的力量来改造社会，成为这些人的迫切需要。

恰在同一时期，上海商务印书馆《四部丛刊》的总校对，年仅 25 岁的沈雁冰，接受了一个新的职位。也是 1919 年 11 月，身兼《小说月报》与《妇女杂志》主编的王莼农（名蕴章，别号西神），决定《小说月报》从 1920 年起用 1/3 的篇幅提倡新文学，拟名为"小说新潮"栏，请沈雁冰主持该栏实际编务。于是，拥有 10 年历史的作为旧文学顽固堡垒的《小说月报》终于被打开了一个缺口。决口之下，难有完堤。"小说新潮"以外的其他栏目也在渐渐"新文学化"。到了 1920 年的第 10 号，《小说月报》取消了新旧小说栏目之并置，"一律采用'小说新潮'栏之最新译著小说，以应文学之潮流，谋说部之改进"。资方和读者两方面的压力使《小说月报》的完全新文学化成为大势所趋，终于到 1920 年底，王莼农辞职，沈雁冰接编《小说月报》，从 1921 年第 12 卷第 1 号起全面革新。京沪双方一拍即合，《小说月报》从它的新生之日起，便成为文学研究会的代用机关刊物。

此后，文学研究会又相继创办《文学旬刊》（先后改名《文学》周刊、《文学周报》）、《诗》月刊，编印《文学研究会丛书》、《文学研究会创作丛书》、《文学周报社丛书》、《文学研究会·世界文学名著丛书》、《文学研究会·通俗戏剧丛书》和《小说月报丛刊》等 6 类丛书近 300 种。1932 年《小说月报》因战事停刊后，文学研究会无形中解散，但其丛书仍继续出版到 1941 年。后来傅东华、王统照主编的《文学》，郑振铎主编的《文学季刊》，则可看做是文学研究会的余波。

作为文学研究会核心人物之一的沈雁冰，在谈到文学研究会时，总是不遗余力地辩解文研会并不是"一个有组织的文学团体"，强调它"是一个非常散漫的文学集团"，说"改组后的《小说月报》一开始就自己说明它并非同人杂志"，"事实上，它始终是商务印书馆的刊物"。他还说，"从文学研究会的宣言和简章中，可以看出，文学研究会并没打出什么旗号作为会员们思想上、行动上共同的目标。在当代文学流派中，它们没有说自己是倾向于那一派的"，"宣言及简章中并没半句话可以认为是提倡'为人生的艺术'"。

沈雁冰之言确有一定的事实依据。但他的大肆辩解不能不令人对其良苦用心有所探究。沈雁冰在文学界可以说是"诸葛一生惟谨慎"，极为明智清醒。他对自己在文学上作出的巨大贡献深藏着无可置疑的自信，所以他宁愿将种种矛盾留到身后而不愿在现实生活中引来过多的麻烦。几十年动荡的政治风波，使他对"团体"、"派别"怀有敏感的警觉。仔细分析他那些辩解的语境和语义，可以断定，沈雁冰的用意在于，竭力淡化文研会与创造社的争论与对立，消除文研会留给人们的"党派"色彩，努力显示自己并未参加过"有计划有组织"的党外小团体，特别是文研会后来走向不同道路的良莠不齐的那些成员，沈雁冰更不敢引为"同志"。

的确，与严格的政党相比较，文学研究会算是"非常散漫"的。但是，若以文学集团的角度来看，则不能不承认它是"有计划有组织"的。中国数千年文学史上，不乏形形色色的文学集团、流派，但是，有正式的宣言，正式的简章，明确的组织机构，固定的机关刊物，系统的组织活动，从酝酿成立到展开工作的有筹谋有步骤有分工，特别是鲜明地提出以打倒旧文学、建设新文学为己任并为之不懈地一致奋斗，由这些特点所凝成的一个"现代"式的文学团体，则无疑可以说，文学研究会是破天荒的。

文学研究会的宣言说他们发起这个会，有三种意思。一是"联络感情"，希望"结成一个文学中心的团体"。从这一点可以看出文研会的"中心"意识非常明确，他们是要借团体的力量，占据文学中心，夺取现代文学的话语权。二是"增进知识"，希望"渐渐改成一个公共的图书馆研究室及出版部，助成个人及国民文学的进步"。从这一点可以看出，文研会的"增进知识"实际上是"统一知识"，进而统一公共的话语空间，以实现文学的所谓"进步"。三是"建立著作工会的基础"。"将文艺当做高兴时的游戏或失意时的消遣的时候，现在已经过去了，我们相信文学是一种工作，而且又是于人生很切要的一种工作"，希望"不但成为普通的一个文学会，还是著作同业的联合的基本，谋文学工作的发达与巩固"。从这一点更可以看出，文研会要彻底改变文学的无计划无政府状态，要造成一个文学的大托拉斯，把文学纳入整个"人生事业"的系统运作之中。

在《文学研究会简章》中，第一条是命名，第二条是"本会以研究介绍世界文学、整理中国旧文学、创造新文学为宗旨"，这一宗旨包揽了当时中国文学事业的全部。另外八条，则分别规定了入会条件和程序，该会事业，会议召集办法，选举制度，费用来源，分会制度，修正办法等。如此严密有序的"简章"，在中国文学史上可称亘古未有，这本身即可充分说明文学研究会至少在它成立之初，已是一个颇具会党面目的"组织"。

文学，从发生学的意义上讲，本来是最无组织、最无计划的。《文心雕龙》云"情以物迁，辞以情发"，"感物吟志，莫非自然"。然而，由自然情意生发出来的文学进入社会人生的大系统后，与这个系统的其他要素彼此作用，便产生了相互制约的复杂关联。所以，文学一方面是混沌的，另一方面又是有序的。它的混沌或有序与整个社会的演进状态保持着密切而微妙的关系，故《文心雕龙》又云："文变染乎世情，兴废系乎时序。"在漫长的古代文学史上，文学的主要社会作用是"原道"、"征圣"、"宗经"，对维系社会统治发挥辅助教化的功能。然而近代中国受到西方文明的强烈撞击以后，在屡战屡败、屡败屡战的残酷而悲壮的现实境况中，这个民族开始意识到，不富强就无以生存，而不建立一个现代国家就无以富强。这个民族不是没有资源，不是没有钱财，不是没有技术，不是没有骨气，更不是没有人力，没有精英，而是没有把这一切集中起来进行有效运作的一个体制。因此这个国家才四分五裂，兵连祸结。而要建立起一个集中全民族精神能量与物质能量的体制，首要的一点和标志性的一点在于，这个民族的话语必须统一，思维模式和情感方式必须统一。无论对于民族的前途来说是悲剧、喜剧还是闹剧，这都是一个不得不接受的严峻现实。表面看去专制无比的封建政府，实际上远不能控制和领导纵横万里的泱泱大国。现代型的民主国家，权力虽非集中在少数几个人手里，却能集中在一个"民族意志"之下，为本民族的利益而运作。这样，就产生了一个"理性"问题。只有在理性的筹划与监控之下，这样的现代权力才能诞生和成长。于是，"组织起来！"就成了国家富强的第一要著！

10 个军人可以消灭 100 个武装平民，因为军人是有组织的；一个生命可以抵御亿万病毒的侵袭，可以愈合肌体创伤，可以大量占有和毁灭非生命物质，因为生命是有组织的；一个政党可以从无到有，从星星之火到燎原烈焰，因为政党是有组织的。"组织"的威力随着工业革命以来科技的飞速进步愈来愈为人们所发现和重视。石墨和金刚石是由相同的元素所构成，区别只在于"组织"方式不同。20 世纪人类哲学思想的发展，在很大程度上是系统论、结构论思想的发展，"整体"的观念、"组织"的观念日益深入人心。一个劣势系统如果要赶超优势系统，改变自己的不利处境，最佳的选择便是调整自身的组织方式和组织状态，因此当一个落后民族发现自己的组织状态很糟糕甚至根本谈不上有组织时，它自然会从心底迸发出一声呐喊："组织起来！"从清王朝的覆灭到中华人民共和国的建立这 38 年间，正是中华民族重新建构自己的组织状态的大调整、大转型的历史时期，从经济基础、社会结构到意识形态，总体的趋势都是走向组织、走向计划。1921 年文学研究会的成立，则标志着民族文化中最自由的一部分也开始列队看齐——计划文学萌芽了。

计划意味着效益。文学研究会其实还谈不上具有详细的计划，只是有一份大体的粗线条的纲领而已，但他们凭此就取得了十分丰硕的战果。

在创作上，文研会标举"为人生"的大旗，普遍采用现实主义的创作方法，注重文学的真实性，注重西方批判现实主义的文学成就，写出了包括"问题小说"、"乡土小说"等一系列具有鲜明时代特色的优秀作品。

冰心的《两个家庭》、《斯人独憔悴》、《超人》、《悟》提倡："世界是爱的，宇宙是大公的，因为无论何人，都有一个深悬极爱他的母亲。……有了母爱，世人便随处种下了爱的种子。"这是冰心问题小说最显著的特色。而庐隐的《海滨故人》、《或人的悲哀》则与冰心相反，充满了苦闷、焦灼和冰冷、仇恨。许地山的《命命鸟》、《商人妇》、《换巢鸾凤》，是"穿了恋爱的外衣而表示了作者的宇宙观和人生观"，宣扬一种乐天知命、随遇而安同时又积极向上的处世哲学。王统照的《微笑》、《沉思》，叶绍钧的《隔膜》都是赞颂"美"和"爱"对于人生的力量。这些"问题小说"有的发表于文学研究会成立之前，但文研会倡导"表现并且讨论一些有关人生一般的问题"，使问题小说在 1921 年达到了创作的高潮。

问题小说过去之后的乡土小说取得了更加坚实的成果。1921 年，周作人号召作家"把土气息、泥滋味透过自己的脉搏，表现在文字上"，认为"国民性、地方性与个性"应该是新文艺的特性。鲁迅的《风波》、《故乡》则成为乡土小说的典范。一时涌现出王任叔《疲惫者》、彭家煌《陈四爹的牛》、鲁彦《菊英的出嫁》、许杰《惨雾》、蹇先艾《水葬》、徐玉诺《一只破鞋》、许钦文《疯妇》、台静农《蚯蚓们》等名篇佳作，描写衰败农村的痛苦生活景象、美丽的田园风光、野蛮的乡风陋习、愚昧而纯朴的农民，从中传达出对故土的怀恋、忧虑。乡土小说的兴盛，使现实主义创作思潮在中国产生了大规模的影响。

文学研究会的诗歌创作也在 20 年代的诗坛上起着举足轻重的作用。

周作人、刘半农、刘大白、叶绍钧、刘延陵、朱自清、冰心、俞平伯、王统照、徐玉诺等都出版过个人诗集。他们创办了中国第一个现代新诗专刊《诗》月刊，发表诗作、译诗、诗评，促进了当时新诗的发展，特别在新诗的散文化和小诗的风行上起了巨大的作用。代表性的诗作有朱自清《光明》、《毁灭》，周作人《小河》，徐玉诺《将来的花园》，冰心《繁星》、《春水》及8人合集《雪朝》等。

文研会在散文等方面也取得了很丰厚的收获。

创作之外，文研会将大量精力投入外国文学的评介工作。《小说月报》革新后的11年内，共译介各种作品804篇，涉及39个国家的304位作者。在文研会出版的240多种丛书中，外国文学译著达120多种，超过了50%。

文研会"介绍西洋文学的目的，一半是欲介绍他们的文学艺术来，一半也为的是介绍世界的现代思想——而且这应是更注意些的目的"。当时，由于俄国近代文学很多是描写下层劳动人民悲惨生活的，其中表现了"改良生活的愿望"、"社会思想和社会革命的观念"，于是《小说月刊》非常重视，陆续翻译了普希金、果戈理、莱蒙托夫、屠格涅夫、契诃夫、高尔基、安得列夫等人的作品。《小说月报》曾出版《俄国文学研究》专号，《文学周报》曾出版《苏俄小说》专号。

对于捷克、小俄罗斯、芬兰、保加利亚、新犹太、波兰、亚美尼亚、塞尔维亚等北欧、东欧弱小民族的文学，文研会也积极进行评介。《小说月报》出有《被损害民族的文学号》。裴多菲、显克微支等著名文学家都得到过介绍。

《小说月报》还出过《法国文学研究号》、《拜伦纪念号》、《安徒生号》、《现代世界文学号》、《霍普德曼研究》、《芥川龙之介研究》等专号，广泛介绍了巴尔扎克、乔治桑、莫泊桑、菲利普、法朗士、缪塞、泰戈尔、本间久雄、厨川白村等世界文豪，同时将浪漫主义、自然主义、写实主义、新浪漫主义等思潮引入中国，大大促进了中国文学与世界文学的交流。如果不是有组织有计划地进行，很难想象在短短几年之内就能取得如此丰硕的成果。

文研会的简章中还包括"整理中国旧文学"一项，沈雁冰在《小说月报》改革宣言中说："中国旧有文学不仅在过去时代有相当之地位而已，即对于将来亦有几分之贡献。"1923年郑振铎接编《小说月报》后，从第14卷第1号起增加了"整理国故与新文学运动"的栏目，提出"要以科学方法来研究前人未开发的文学园地"，"重新估定或发现中国文学的价值，把金石从瓦堆中搜找出来，把传统的灰尘从光润的镜子上拂下去"。1926年，《小说月报》编印了《中国文学的研究》特大增刊专号，刊载了39位研究者的67篇论文，内容从诗经、楚辞、唐诗、宋词，直到明清小说，还包括儿歌、民谣、谚语等民间文学，集中体现了文研会成员在古典文学研究方面的劳动结晶，其中成绩卓著的有郑振铎、沈雁冰、顾颉刚、郭绍虞、赵景深、徐调孚等。此外，周作人《圣经与中国文学》、《文学上俄国与中国》，沈雁冰《中国神话的研究》，郑振铎《中山狼故事之变异》，许地山《梵剧体例及其在汉剧上底点点滴滴》等文章，则成为中国比较文学研究的奠基作。

作为一个相对独立的"组织"，文研会不可避免地与其他"组织"发生了碰撞和冲突。

第一个对手是长期被称为鸳鸯蝴蝶派的旧文学阵营。文研会是在"破"中"立"起来的，《小说月报》原本是鸳蝴－礼拜六派的大本营，1910到1920年已经经营了十年。然而，沈雁冰对《小说月报》的全面革新使得鸳蝴－礼拜六派十年之功废于一旦，文研会锋芒毕露地批判旧文学"游戏的消遣的金钱主义的文学观念"，"简直是中了'拜金主义'的毒，是真艺术的仇敌"、"是摧残文艺萌芽的浓霜"。所谓鸳－礼派其实并非一个文学流派，他们是真正的无组织无纪律无宗旨无计划的一群"文学个体户"，当然抵挡不住新文学铁甲军团的冲杀，很快便败下阵去。

第二个对手是学衡派。学衡派以几个"学贯中西"的名教授为核心，标榜"昌明国粹，融化新知"，反对文学进化论，反对以白话文代文言文。文研会诸君也都是学贯中西的强将，他们从中、西两方面对学衡派展开了双线进攻，又加上一位伟大的外援——鲁迅，终于打得学衡派在中、西两方面都大失面子，最后只好噤若寒蝉，等待后人为他们找补几句公道话了。

第三个对手才是文学研究会的劲敌。正是这个对手使得沈雁冰在耄耋之年还小心翼翼地矢口否认文研会是一个"组织"。

此话还须从头说起。

在民国初年的留日中国学生中，颇有几个"不肖生"式的人物。根据陶晶孙后来的回忆，叫做"没出息"。"当时大部日本留学生，仍免不了有科举思想，以为得了文凭回国可猎官，他们以为你们不务正业，仅和下女调笑，谈恋爱，算什么东西。"然而"混世魔王"却往往能够真的成为风云人物。在东京帝国大学里，就骚动着几位这样的"天才"。他们是学医的郭开贞、学经济的郁文、学造兵的成灏和学地质的张资平。他们所学的专业并非是其志愿所在，张资平说："在那时候，留学生只想获得官费，对于专门是否适合于自己的本性，却罕有人加以注意。"共同的志愿把这几个不同专业的青年拉到了一起，那共同的志愿是什么呢？用张资平的话说，叫做"发表欲都很强"。特别是国内的新文化运动开始后，留日学生中办文艺刊物的思潮深深感染了这几个年轻人。郭开贞的一些作品，得到宗白华的赏识，发表在上海的《时事新报》上，这使得郭开贞增加了要办一个"组织"的信心，郁、成、张三人，都很钦佩郭。他们相约，"把自己所写好了的文章都拿出来公评。汇集得相当量时，即设法刊行同人杂志"。张资平说他与郁、成"有一次在夜深风冷中站在日本皇城的外濠边为同人杂志的进行相对叹息，此情此景真是不堪回首"。

1918年的暑假，在福冈的箱崎湾海滩，郭开贞与张资平不期而遇，两人商定了出同人刊物之事。郑伯奇后来认为"这可说是创造社的受胎期"，成仿吾则强调得更早："沫若与我，想约几个同志来出一种文艺上的东西，已经是三四年以前的事。那时候胡适之才着手提倡口语的文学，文学研究会这团体还没有出世。"然而这几个"不肖生"似乎个人能力极强,组织能力稍差,同人刊物迟迟不见问世。成仿吾认为"东京的留学生能把中文写通顺的都没有好几个人,更说不上什么文学"。他主张"慢慢地搜集同志,不必着急"。此后又屡经波折,反复谋划、筹备,一个精锐的文学"组织"终于在1921年6月下旬成立了。1921年9月29日,上海《时事新报》刊登了《纯文学季刊〈创造〉出版预告》,预告说:

> 自文化运动发生后,我国新文艺为一二偶像所垄断,以致艺术之新兴气运,澌灭将尽。创造社同人奋然兴起打破社会因袭,主张艺术独立,愿与天下之无名作家共兴起而造成中国未来之国民文学。

预告中所列创造社同人为:田汉、成仿吾、郁达夫、郭沫若、张资平、郑伯奇、穆木天。社址为上海马霍路德福里320号。

这则预告值得注意之处是,其矛头不是指向旧文学,而是断然指向"文化运动",指向"新文艺",带有浓烈的党争气息。围绕"计划文学"话语权的战斗,从此揭开了序幕。

在此前后,"创造社丛书"由上海泰东图书局陆续刊行。第一种是郭沫若的诗集《女神》,第二种是朱谦之的《革命哲学》,第三种是郁达夫的小说集《沉沦》,第四种是张资平的小说《冲积期化石》……这些作品成为创造社进攻擂台的有力资本,而作为创造社主阵地的《创造》季刊,则到1922年5月才与世人见面(版权页署为3月15日)。

在创刊号上,郁达夫发表了《文艺私见》,认为"文艺是天才的创造物",要大批评家才能看出其好处,而中国"现在那些在新闻杂志上主持文艺"的都是"假批评家",只有把他们送到"清水粪坑里去和蛆虫争食去",那些被他们压下的"天才",才能"从地狱里升到子午白羊宫里去"。郭沫若则在《海外归鸿》一文中指责中国的批评家"党同伐异的劣等精神,和卑陋的政客者流不相上下,是自家人的做作译品,或出版物，总是极力捧场，简直视文艺批评为广告用具；团体外的作品或与他们偏颇的先入之见不相契合的作品，便一概加以冷遇而不理。他们爱以死板的主义规范活体的人心，甚么自然主义啦，甚么人道主义啦，要拿一种主义来整齐天下的作家，简直可以说是狂妄了"。

这里的矛头所指，已经不言自明了。创造社一出场，就迎头给了文学研究会三板斧。来势之猛，用语之甚，令对手不得不拔剑相迎。其实，文研会发起之时，郑振铎就慕名写信给在东京的田汉，邀他和郭沫若一同加入发起人之列，但田汉没有答复，那时，创造社的发起，正紧锣密鼓地进行。1921年5月初的一天，郑振铎、沈雁冰邀请回到上海的郭沫若共游风景美丽的半淞园。饭后，郑邀郭加盟文研会，郭婉词拒绝，表示愿在会外帮忙。于是，"太会拉人"也成了以后创造社攻击文研会的一项罪状。

文研会与创造社的冲突，已经不是传统意义上的文人相轻和门户之争，而是一场带有明显的"谁主沉浮"性质的主流话语大角斗。大战延续三年，相持不下，最后文研会挂出了免战牌：

> 本刊同人与笔墨周旋，素限于学理范围以内，凡涉于事实方面，同人皆不愿墨辩，待第三者自取证于事实。……如以学理相质，我们自当执笔周旋，但若仍旧羌无佐证谩骂快意，我们敬谢不敏，不再回答。

所谓"限于学理范围之内"之笔墨周旋，实在只是文人的理想。对于20世纪的中国文坛，"学理"远非第一要著。计划、如何计划，组织、如何组织，才是问题的焦点。文研会与创造社的争论一时止息了，但潜在的"两条路线"之争，事实上从来没有停止过。从"左联"到延安，从反右到"文革"，一架巨大的文学"组织"机器像一个旋转的椭圆，两个圆心互相绞杀又互相支撑着……

创造社当然并非仅仅作为文研会的劲敌而存在。它自有一系列成套的文学主张和创作成绩。

创造社的理论家成仿吾说："如果我们把内心的要求作一切文学上创造的原动力，那么艺术与人生便两方都不能干涉我们，而我们的创作便可以不至为他们的奴隶。"

过去曾有一种十分简单化的认识，以为文研会是"为人生而艺术"，创造社是"为艺术而艺术"，实际上创造社最看重的乃是"内心的要求"。于是，自我表现便成了创造社从理论到创作的最大特征。即便在论争中，创造社也给人以"太能骂人"的感觉。如成仿吾的如下评论：

"哈哈！好了！不要再抄胡适之的名句了。"

"这还不能说是浅薄，只能说是无聊。"

"这是什么东西？滚，滚，滚你的！"

"朋友！说你的不是诗，可是吗？恭恭敬敬的回答，先生，

正是呢！"

……

创造社表现自我的作品大体上有青春的悲哀、婚恋的痛苦和人生的苦闷几个方面，当然，这几方面有时是互通的。郁达夫的《沉沦》诸篇，郭沫若的《落叶》、《残春》、《喀尔美萝姑娘》，倪贻德的《玄武湖之秋》，都宣泄了青年对爱的渴求和得不到满足的悲哀，引起了广大青年的共鸣。成仿吾的诗歌《海上的悲歌》，周全平的小说《林中》，郑伯奇的一些爱情诗则表现了不幸的爱情婚姻所带来的深深的痛苦。郭沫若的《漂流三部曲》，郁达夫的《还乡记》、《茑萝行》、《春风沉醉的晚上》、《薄奠》等，则表现了更广泛意义上的人生苦闷。这些作品都不以写实见长，而是赤裸裸地直抒胸臆，任凭情感流露宣泄。这似乎更加符合"五四"时代的自由解放精神。不过，自由发展到极致，有时会转向自由的反面——专制。这在成仿吾对鲁迅小说集《呐喊》的胡批乱砍中已见端倪，成仿吾认为《呐喊》的大部分作品只是描写、再现和记述，不符合文学创作应

源于"内心的要求"、"自我的表现"这一类学原则。到了1925年以后，创造社发生了重大的转向，着重点越来越趋向"革命文学"。所以有人说："1928年以后，后期创造社已经不适宜再被称为一个文学流派，而只是作为一个文学社团，在新文学运动中发挥着其更为重要的作用了。"的确，创造社对外猛烈的征伐、内部无情的争斗，使它将自己调整得更像一架时代的机器。到1929年2月7日，创造社及其出版部被政府查封，但创造社的精英和精神并没有星散，而是很快便汇入1930年3月2日成立的左联之中去了。左联的成立，可以说是中国计划文学的正式开端，而文研会和创造社的发起，则是这个开端的预演和萌芽。

1921年，除了文研会和创造社，还有其他一些文学社团和派别也"组织起来"了。

1921年9月，在美国波斯顿美东中国同学会年会上，美国新人文主义大师白璧德（Babbite）作了题为《中国与西方的人文教育》的演说，认为中国"万不能忽视其伦理的一面，也万不能成为假伦理，而假如贵国对今日西方流行的若干观念不加批评地予以接受的话，就很可能产生这种成为假伦理的结果。明白说来，贵国很可能失去贵国的伟大而文明的过去中的精粹，却并未能得到西方的真正文明"。白璧德呼吁建立"人文国际"，发扬中西方各自的文化传统，他的几个来自北京清华学堂的学生梅光迪、吴宓、胡先骕深受影响。吴宓发表了《论新文化运动》。三人回国后，聚集到南京东南大学，坚定了反对新文化运动的共同志向，遂于1922年1月创立《学衡》杂志社。《学衡》从1922年1月一创刊，就攻击新文化运动的主要领袖。创刊号上的宗旨曰："论究学术，阐求真理，昌明国粹，融化新知。以中正之眼光，行批评之职事。无偏无党，不激不随。"90年代以来，颇有一些为学衡派鸣不平的言论，似乎学衡派真的很有学问，真的很平和公正，把握了中华民族应该前进的正确方向。其实，世上焉有先在的"中正"？任何言论必须置于当时当地的语境中去考察。按学衡派当年的宗旨所倡，结果无非是要中国"不动"而已。反对改革的人们总是诡辩说："你先不要急于改革，你先应该研究清楚你要改革的对象到底是什么？有哪些该保留，哪些该扬弃？再研究一下改革这个概念的来龙去脉，再研究一下你的立场和出发点是什么？还有你的改革方案是否可行，副作用如何……"听起来很有"学理"，实际上是一派狗屁！在需要改革的时代站出来显示"公正"，实际正是偏颇和伪善。从个人心理上分析，不是迂腐、糊涂，就是故作冷静以掩饰自己在选择判断上的无能。学衡派的人说起来也还都是有些学问的，只是自视太高了点（故作冷静者都深藏着极大的自傲），其实根本不了解中国的"国情"。虽然《学衡》由上海中华书局发行了 8 年共 79 期，但未经几个回合就被文研会为主力的新文化阵营所击溃。与《学衡》相呼应的还有 1922 年 3 月创刊的《文哲学报》季刊，1922 年 6 月创刊的《湘君》文学季刊，1923 年 9 月创刊的《华国》月刊以及《智识》旬报、《国学季刊》等。这些守旧复古的思想不能成为强有力的"固体粘合剂"，"组织"是与"现代"表里为一的。因此，标榜"学者与君子合一"，标榜"国粹"，可是连托尔斯泰和鸳鸯蝴蝶派都分不清的学衡派，实在只是个失败的"组织"而已。

1921 年 9 月，杭州第一师范学校 19 岁的学生汪静之在《新潮》上发表了两首新诗，周围一些同学纷纷找上门来，在其中一位叫潘谟华的提议下，10 月 10 日，二十多个文学青年在西子湖畔成立了晨光文学社，汪、潘之外，还有冯雪峰、陈昌标、赵平复、魏金枝等。他们请文研会的朱自清、叶圣陶、刘延陵作顾问，作品风格也受到文研会的很大影响。该社至 1923 年随学生毕业而无形解体，但直接促进了另一文学组织的诞生。

1922 年 3 月，因读了汪静之诗作而与之通信的上海银行职员应修人，到杭州与汪、潘、冯会晤。四人游山赏湖，谈文品诗，为了纪念这次聚会，他们合出了一本诗集，题名《湖畔》，并由此成立了中国第一个新诗组织——湖畔诗社。除《湖畔》外，他们还出版了汪静之《蕙的风》及应、潘、冯的《春的歌集》等。湖畔诗人的诗，主要是吟唱纯洁的爱情和清新的自然，在当时却引来了封建卫道士的诋毁攻击，由此引发了一场"文艺与道德"的论争。周氏兄弟仗义执言，鲁迅写有《反对"含泪的批评家"》，周作人写有《什么是不道德的文学》，保护了这一幼小稚嫩的"组织"，而湖畔诗社的文学活动也因此而被纳入一个宏大的话语再造计划中去了。

　　据统计，从1921年到1923年，全国出现大小文学社团四十多个，文艺刊物五十多种。而到1925年，社团和刊物都突破了一百。比较著名的还有：在上海有欧阳予倩、沈雁冰、郑振铎发起的民众戏剧社，胡山源等组成的弥洒社，田汉所办的南国社，高长虹等先后活动于京沪两地的狂飙社；在长沙有李青崖等组织的湖光文学社；在武昌有刘大杰等组成、受到郁达夫支持的艺林社；在天津有赵景深、焦菊隐等组织的绿波社；在北京，则有鲁迅、孙伏园、钱玄同、川岛、周作人等组成的语丝社，杨晦、陈炜谟、陈翔鹤、冯至组织的以浅草社为其前身的沉钟社，韦素园、李霁野、台静农等在鲁迅主持下组织的未名社。沈雁冰评论道："这几年的杂乱而且也好像有点浪费的团体活动和小型刊物的出版，就好比是尼罗河的大泛滥，跟着来的是大群的有希望的青年作家，他们在那迅猛的文学大活动的洪水中已经炼得一副好身手，他们的出现使得新文学史上第一个'十年'的后半期顿然有声有色！"这是几千年中国文学史上从未有过的繁荣。如果把这仅仅看成是一种"自由"、"百花齐放"，那是不够全面和准确的。深思一下可以发现，这正表现出一种对集团力量的向往，这是文学上的"七十二路反王十八路烟尘"。1923年3月成立于北京的新月社，其核心人物徐志摩说："几个爱做梦的人，一点子创作的能力，一点子不服输的傻气，合在一起，什么朝代推不翻，什么事业做不成？"群星的光辉当然不敌新月，而新月将来还会发现比不上红太阳。组织的力量是不可思议的，中国文学的马车在1921年这一年终于由荒原旷野被赶上画好了跑道的运动场。

　　"演出开始了。"

三　革命还是毁灭：沉重的小说

　　一个画室里，充满了静和美，深沉而安定的空气。韩叔云据在一张极新式的斜面画案上，极精细的一笔一笔，先描在他对面的那裸体美人的轮廓，他把前天那种喜乐，都收藏在心里，这时拿出他全副的艺术天才，对于这个活动的裸体模型，作周到细密的观察。琼逸女士，斜坐在西窗下一个被了绣袱的沙发上，右手倚在沙发的靠背，抚着自己的额角，一头柔润而细腻的头发，却是自然蓬松着，不十分齐整。她那白润中显出微红的皮肤色素，和一双一见能感人极深的眼睛，与耳轮的外廓，——半掩在发中——都表现出难以形容的美丽来。她腰间斜托着一副极明极薄的茜色轻纱，半堆在沙发上，半托在地上的绒毯上面，在那如波纹的细纱中,浮显出她琢玉似的肉体,充实而丰满的肉体,与纱的颜色相映,下面赤着双足,却非常平整,洁净,如云母石刻成的一样。她的态度自然的安闲,更现出她不深思而深思的表情来!玻璃窗子,虽有罗纹的白幕遮住,而静淡的日光线,射到她的肉体上,益发现出一种令人看着心醉的情形。

　　这是 1921 年全面革新后的《小说月报》第一期上发表的王统照《沉思》里的一段。小说中的画家韩叔云不妨可以看做是"五四"一代文学艺术家的代表,他"想画一幅极有艺术价值而可表现人生真美的绘画","实现出一个最高尚最合于理想的真美的人来"。这种"人生真美"的理想,应该是新文学艺术家的共同追求,因为"将文艺当做高兴时的游戏或失意时的消遣的时候,现在已经过去了"①。但是,这一理想和追求在 1921 年的中国是不具备现实可行性的。小说中那"充满了静和美,深沉而安定的空气"的画室和那象征着艺术美神的琼逸女士,只能是艺术家心造的乌托邦。韩叔云的画没有做完,他的美神就被一个少年接走。接着又有一位老官吏打上门来,辱骂画家是"有知识的流氓"。那位美神琼逸女士呢,被纠缠不遂的老官吏在社会上"散了些恶迹的谣言","几年的相知"少年也不再爱她。后来"画师也成了狂人了!不再做他的艺术生活了!"于是,这位艺术美神在夜雾凄冷的湖畔陷入了"沉思"。

　　这是一篇典型的"问题小说"。"问题小说"兴盛于五四运动之后,是"表现并且讨论一些有关人生一般的问题"的一股"题材热"。出现于五四运动至 1921 年之间的新文学小说,几乎全部是"问题小说"。围绕着"人生究竟是什么"这一核心问题,小说家们广泛涉及了个性解放、婚姻自由、男女平等、反抗社会等许多课题。这些课题的意义是普遍的,但却不是文学艺术所能解决的。以冰心、王统照等人为代表的"问题小说"家,以他们的艺术之笔,生动地把广大青年的现实苦闷移到纸上,

---

① 《文学研究会宣言》,载《小说月报》第 1 期 (1921 年)。

引起了广泛的共鸣。但是他们对这些苦闷没有开掘，没有拓展，留下的只是依旧苦闷、依旧叹息。他们唯一的解决问题的办法就是"爱"和"美"的止痛剂。这针止痛剂的效力到 1921 年可以说达到了最大值，"问题小说"在这一年迎来了它的最高潮，此后便让位于更加多样、更加深刻的小说艺术探索了。

1921 年还有一篇著名的"问题小说"——冰心的《超人》问世。冰心的前期小说皆为"问题小说"，她是"问题小说"的中军。《两个家庭》、《斯人独憔悴》、《去国》、《庄鸿的姊姊》、《一个忧郁的青年》，都抓住了当时青年所最关心的问题。"世界上的一切的问题，都是相连的。要解决个人的问题，连带着要研究家庭的各问题，社会的各问题。要解决眼前的问题，连带着要考察过去的事实，要想象将来的状况。——这千千万万，纷乱如丝的念头，环绕着前后左右，如何能不烦躁？……不想问题便罢，不提出问题便罢，一旦觉悟过来，便无往而不是不满意，无往而不是烦恼忧郁。"如何解脱这"烦恼忧郁"？冰心在《超人》中空前地高张起"爱"的大纛。

小说劈头一句就写主人公"何彬是一个冷心肠的青年，从来没有人看见他和人有什么来往"，何彬"不但是和人没有交际，凡带一点生气的东西，他都不爱"。他偶然答复房东程姥姥的话中，道出了他的人生观："世界是空虚的，人生是无意识的；人和人，和宇宙，和万物的聚合，都不过如同演剧一般，上了台是父子母女，亲密的了不得；下了台，摘了假面具，便各自散了；哭一场也是这么一回事，笑一场也是这么一回事。与其互相牵连，不如互相遗弃；而且尼采说得好，爱和怜悯都是恶……"这是一个尼采式的"超人"。然而这个超人作为冰心的假想敌，被冰心的"爱的哲学"轻轻一碰，就童话般地被征服了。夜晚受伤孩子的呻吟，令他"想起了许多幼年的事情。——慈爱的母亲，天上的繁星，院子里的花……"冰山慢慢消融了，冰心的话最后从何彬的口中说出来："世界上的母亲和母亲都是好朋友，世界上的儿子和儿子都是好朋友，都是互相牵连，不是互相遗弃的。"

如果我们视冰心为一个天真的女人而不是一个伪善者，那么我们只能客气地说这不过是一番梦呓。每一个有母亲或儿子的人，每一个当过母亲或儿子的人，拍拍良心说一句真话，都应该承认，世界上的母亲和母亲绝非都是好朋友，至于儿子和儿子，则大多数也不是好朋友。这也并非是什么社会黑暗问题，即便在光明普照的"太平盛世"，母亲们也天天在互相轻蔑、嫉妒、倾轧、构陷，儿子们更是钩心斗角，党同伐异。母亲和儿子之间，也并非只有爱，虐待子女、折磨子女、出卖子女甚至烹食亲生骨肉的母亲史不绝书、大有人在。这也许都是生长在深闺大院、自以为很有文化教养的女作家所真的不知道的。其实，知道这些、承认这些，既没有什么可怕的，也不等于世界就因此而不可爱。用爱的呓语把伤病者哄睡，虽可一时使之忘却苦痛，却往往耽误了真正有效的疗救。

　　小说史家杨义先生认为《超人》标志着"问题小说"由"社会问题小说"转变为"心理问题小说"。这一看法其实只顾及了"问题小说"的表面发展轨迹，并无严格的科学定义做基础。的确，冰心的《超人》以后的一些小说，更多地描写和渲染人物内在的烦闷情绪，但这些烦闷情绪的来源依然是"社会问题"而不是"心理问题"，人物的心理基本都是正常而非变态的，解决这些问题的药方也不是具体的心理分析和心理治疗，而是千篇一律的爱心丸。所以，冰心《超人》以后的"问题小说"并不是深化了，而是过分了。如《悟》中所宣扬的"神圣无边"的爱，已经充满臆造的神秘色彩，"问题小说"的衰落不振也就一步步到来了。聪明的冰心在现实的教育下悟出了自己的不切实际，她在1931年写了一篇《分》。同一产房的两个初生儿，父亲分别是教授和屠户。冰心不再吟唱"世界上的儿子和儿子都是好朋友"的催眠曲了，而是清醒地写出两个肉体上差不多的人之子出了产房之后，"精神上，物质上的一切，都永远分开了！"这是冰心用创作实际对旧日自我的批判。从不分好歹地爱做一团，到明智果断地分道扬镳，冰心自己早已给"爱的哲学"判定了分数。到了80年代，忽然有学界新锐批判鲁迅的"铁石心肠"，重新拉出冰心的"爱的哲学"作为救世的妙方。此论除了具有传教意义之外，实在不可当真，因为他第一不懂文学，缺乏对作品艺术水准的鉴赏力；第二不懂历史，没听说单凭爱的咒语救过哪朝哪代的世；第三不懂哲学，起码的辩证精神都没有。其实，冰心并没有这位学者所悬想的那么天使般轻柔，冰心的"问题小说"虽然问题解决得天真了点，但那问题本身已足以令人感到了几分沉重。

沉重，是1921年前后新文学小说给人的一个显著的审美感受。同是女作家，庐隐的沉重感要远甚于冰心。这位不幸而短命的小说家1921年的《一封信》，1922年的《或人的悲哀》，1923年的《丽石的日记》、《海滨故人》等篇什也均属"问题小说"，但叙述者已不把焦虑中心放在对问题的解决上，而是以问题作框架，抒发出满天的悲云愁雾。其实，说理本非小说的特长，而抒情方是艺术的强项，故而杨义先生轩轾道："庐隐在诗歌、散文方面输于冰心，在小说的成就上则有过之而无不及"，此话颇有道理。冰心写了一个"爱"，而庐隐写了一个"愁"。冰心的"爱"是祈使句，是命令式；庐隐的"愁"则是省略句，是倾诉式。冰心是先有问题，后造小说；庐隐是先有一腔苦痛，再化满纸血泪。冰心的问题，不是叙述者自身的问题，而是叙述者的解决对象；庐隐的问题，则是叙述者并未当做"问题"提出的自身的问题。冰心像一位发还作文本的老师，欣慰并得意于自己的评语；而庐隐则是一个失学的优等生，在旷野里一页页撕下心爱的日记放飞到风中……庐隐的"问题小说"虽也有"人生究竟是什么"的提问，但她并不在乎答案，而只把自己沉浸在这提问的气氛中，在矛盾和彷徨之间体会那份生命的"沉重"。所谓"十年读书，得来的只是烦恼与悲愁，究竟知识误我？我误知识？"（《海滨故人》）这是不需要回答的，需要的是同是天涯沦落人的知音。冰心不是这样的知音，所以她并不了解笔下的何彬。真正的何彬绝不是一束鲜花、几声呻吟所能感化征服的，而必定是高扬起尼采的鞭子，站在冰心的面前。

沉重而不可排解，这便引起了"沉思"。王统照《沉思》中的琼逸女士，日后很可能便是庐隐笔下的露沙之属。王统照也写过冰心《超人》那样的宣扬爱的无边伟力之作，即是著名的《微笑》。狱中一个

51

精神麻木的小偷阿根，偶然看见了一个皈依基督教的女犯人的慈祥的微笑，顿时获得了新生，出狱后成了个"有些知识的工人"。不过与冰心不同的是，这"慈祥的微笑"是偶然获得的。倘若没有这一"偶然"呢？《湖畔儿语》中的流浪儿就无法摆脱母亲卖淫为生的悲惨命运。正如他 1922 年出版的长篇小说《一叶》的诗序所云："为何生命是永久地如一叶飘堕地上？为何悲哀是永久而且接连着结在我的心底？"《一叶》的主人公在墙上挂着爱神的画片，但这爱神并不能解决主人公的人生悲哀与苦闷，正如《沉思》中的女模特并不能让画家实现其艺术理想。

沉思或许能令人清醒，于是便可以比较冷静地审视人生。这便有了一位以冷静著称的"问题小说"家——叶绍钧。从 1919 年到 1923 年，他先后发表了四十多篇短篇小说，结集为 1922 年出版的《隔膜》和 1923 年出版的《火灾》。沈雁冰在《中国新文学大系·小说一集·导言》中说："要是有人问到：第一个'十年'中反映着小市民知识分子的灰色生活的是那一位作家的作品呢？我的回答是叶绍钧。"这位在 1921 年仅 27 岁的叶绍钧，不动声色地"描写着灰色的卑琐人生"。从他的字里行间，能够感受到对爱的呼唤，但他把这呼唤留给读者去发挥，他更多渲染的是人与人之间的"隔膜"。男女间的隔膜，夫妻间的隔膜，阶级间的隔膜，一切之间的隔膜。对这隔膜的体会和挖掘之深，使他超越了一般的"问题小说"，而具有强烈的批判现实主义精神，特别是涉及他所最熟稔的教育界时，1925 年 1 月发表的《潘先生在难中》，是公认的叶绍钧短篇小说代表作，它可以看做叶绍钧"问题小说"的总结语。那种安安静静、和和气气的讽刺风格令人在仿佛无事中感到真正的沉重。

倘若沉思不能令人清醒，反而越思越烦躁，越思越痛苦，那就有可能使人走向"沉沦"。

1921 年 10 月 15 日，上海泰东图书局出版了"创造社丛书"第三种——小说集《沉沦》。这是新文学的第一部小说集，它早于第二部小说集——叶绍钧的《隔膜》——5 个月，早于第三部小说集——冰心的《超人》——

19 个月，早于第四部小说集——鲁迅的《呐喊》——22 个月。《沉沦》一问世，就引起了不同凡响的轰动。有的青年甚至连夜乘火车到上海去买《沉沦》。这部集子是新文学阵营投向传统文学的第一捆束手榴弹，也是以创造社为代表的"自叙传"小说正式形成流派的开始。

小说集《沉沦》中只有三篇小说——《沉沦》和《银灰色的死》、《南迁》。其中作为集名的《沉沦》成为郁达夫的代表作。

《沉沦》开头一句便写道："他近来觉得孤冷得可怜。"这个"他"是一位留日青年，忧郁、自卑，又愤世嫉俗，年青的心灵被损害得千疮百孔。他在备受冷落欺凌的孤寂环境中渴望得到温暖的慰藉和真挚的爱情。但是作为一个"弱国小民"，他深深感受到来自日本少女的轻蔑，连少女的笑声也在他心中烙上摧毁性的灼伤。他一步步走向变态，偷听野合，偷看浴女，沉溺于手淫，一次次想振作又一次次继续沉溺下去。他怀着"同兔儿似的小胆，同猿猴似的淫心"，到酒馆妓院去放纵发泄，终于觉得自己已不可救药。他走向波涛汹涌的大海，发出心底悲愤的呼喊："祖国呀，祖国！我的死是你害我的！你快富起来，强起来吧！你还有许多儿女在那里受苦呢！"

由于这个"高格调"的结尾，引起了关于这篇小说是否具有爱国主义主题的不同意见。主人公的沉沦，有他自身的性格和遭遇的原因，但不容否认，也与中国在日本面前的战败国的屈辱身份有关。小说的主要故事和篇幅不是在宣传爱国主义，主题也不是一个简单的爱国主义所能归纳的。但人物的命运与国家的命运是相连的，人物的沉沦是在国家的沉沦这一大背景之下发生的。这固然不等于说作品因此就增加了艺术价值，但的确可以说明它为什么在 1921 年的中国能引起那么广泛的共鸣。

《沉沦》万人争阅，引起长期争议的一个重要因素是小说中的性描写。对此有人嗤之以鼻，百般诋毁；有人又高声赞美，赋予神圣的意义。郭沫若在《论郁达夫》中说："他的清新的笔调，在中国的枯槁的社会里面好像吹来了一股春风，立刻吹醒了当时的无数青年的心。他那大胆的自我暴露，对于深藏在千万年的背甲里面的士大夫的虚伪，完全是一种暴风雨式的闪击,把一些假道学假才子们震惊得至于狂想了。为什么？就因为有这样露骨的真率,使他们感受着作假的困难。"

赋予《沉沦》中的性描写以反封建的意义,并没有错,它的确具有这样的客观效果。但不具备"反封建意义"的性描写就不能存在,就是不道德、就是低级庸俗吗？《沉沦》中的有关段落不但真实、真率,而且是人物走向沉沦的核心线索。主人公在性的问题上感受到的巨大压抑和苦痛具有极广的普遍意义,把一个"弱国小民"人不人鬼不鬼的可怜形象揭示得淋漓尽致。作者在其中表现出的苦痛和悲愤具有极强的感染力。正如再高雅的裸体艺术也不可能不唤起人的性意识,但那性意识不但是无可非议的,是正常和健康的标志,而且它同时也是艺术价值不可缺少的载体。没有了性,也就没有了性之美、性之雅或性之苦、性之痛。因此说,《沉沦》中的性是小说不可缺少的筋骨,小说通过性的沉沦,写出了人的沉沦、人性的沉沦。

《沉沦》的问世,带动了"自叙传"浪漫抒情小说创作浪潮的兴起。郁达夫说:"至于我的对于创作的态度,说出来,或者人家要笑我,我觉得'文学作品,都是作家的自叙传'这一句话,是千真万确的。"(《过去集·创作生活的回顾》)这一句话本是法国作家法朗士(Anatole France)所说,法朗士恰是在 1921 年以 77 岁高龄荣获诺贝尔文学奖。他的这句名言,中国的沈雁冰、周作人等新文学先驱都曾做过介绍。创造社诸人受中国古代诗文的感伤传统熏染甚深,又特别喜欢西方文学中以自我情绪表现为主的感伤型作家,如歌德、卢梭、华兹华斯、济慈、雪莱、魏尔伦、霍普特曼、王尔德等,同时又受日本文坛以永井荷风、谷崎润一郎、佐藤春夫为代表的唯美主义和田山花袋、德田秋声、葛西善藏、志贺直哉为代表的"私小说"的影响。郁达夫说:"在日本现代的小说家中,我所最崇拜的是佐藤春夫。"佐藤春夫的代表作《田园的忧郁》是一部散发着世纪末病态之美的"私小说",小说中的自我形象具有"老人般的理智,青年般的感情,和小孩子程度的意志"。这种写自我、写唯美,不讲情节、人物,只依感情流动的小说样式深得创造社作家青睐。早在1919年，郭沫若就在北京《新中国》月刊发表了他的小说处女作《牧羊哀话》，"借朝鲜为舞台，把排日的感情移到了朝鲜人的心里"。1920年又写了《鼠灾》、《未央》等表现身边生活的作品。1922年发表的《残春》，受到弗洛伊德精神分析学的影响，通过潜意识表现一种受到压抑的青春欲念。郭沫若说："我那篇《残春》的着力点并不是注重在事实的进行，我是注重在心理的描写。"他的《落叶》和《喀尔美萝姑娘》写的都是中日青年之间的爱情悲剧，具有与《沉沦》一样的"弱国小民"情结和充满幻灭感的"悲哀美"。发表于1924年的《漂流三部曲》——《歧路》、《炼狱》、《十字架》，发表于1925年的续篇《行路难》，是郭沫若自叙传体小说的高峰。小说中的爱牟即是作者的化身，这一形象虽也给人愤世嫉俗、命运多舛的沉重感，但与《沉沦》的主人公相比，却多了一份执著向前、排除万难的精神，就像千回百折却滔滔向前的江河，"流罢，流罢，大海虽远总有流到的一天"。

张资平的处女作《约檀河之水》，写的也是留日学生与房东女儿的恋爱悲剧。1922年，他出版了新文学最早的长篇《冲积期化石》，借用他本人的专业——地质学的概念："人类死后，他们的遗骸便是冲积期的化石。"这是一个缅怀往事的自叙传小说。张资平早期的自叙传小说，多写知识青年所遭受的贫困潦倒和生理苦闷，合于创造社小说创作的主旋律，但从1925年的长篇《飞絮》以后，越来越由沉重滑向轻飘。他说："在青年时期的声誉欲、知识欲，和情欲的混合点上面的产物，即是我们的文学的创作。"(《我的创作经过》)用欲望来理解和阐释一切，使他后来的作品多成为简单的媚世之作，游离了新文学的主航道。

成仿吾《一个流浪人的新年》等作，寓意与郁达夫十分近似，几乎就是"他近来觉得孤冷得可怜"一句的不同注脚。不过成仿吾的强项在于理论攻防，创作非其所长。在小说创作上与几位元老有所不同的是几位"小字号"作家：陶晶孙、周全平、倪贻德等。《木犀》、《音乐会小曲》等带有独特的"新浪漫主义"色彩，虽也涉笔恋爱的哀伤，但却哀不胜美，哀而不怒，在圆润纤细的缠绵陶醉中化解了那份沉重和沉思。但这毕竟是对残酷现实的一种麻木和回避，它在艺术上满足了作者的幻梦，却在现实中要求作者偿付更大的沉沦。到了抗战时期，陶晶孙和张资平一道成了日寇的顺民。这是创造社的最大污点，此中的思想源流还有待于进一步研究。

周全平的小说集有 1924 年出版的《烦恼的网》，1925 年出版的《梦里的微笑》等。风格有些徘徊于郁达夫和张资平之间，有凄婉的诀别，浓烈的感伤，也有美丽的风光，甜蜜的欢爱。周全平说："我又时时在顾虑着一个美妙的幻想到实现了时，一定要变为无可收拾的庸俗。于是我的步法便乱了，跑了几步，又退后一些。梦是一天天的深了。"（《清寂的冬晨》）他的代表作《林中》就充分表现出作者的彷徨不决。后来周全平退出了文坛，成为在现实中漂泊的沙漠之驼。

倪贻德的小说集有《玄武湖之秋》和《东海之滨》。他对读者评价自己的作品说："与其说它是写实，倒还不如说它是由我神经过敏而空想出来的好；与其说它是作者自身的经验，倒还不如说它是为着作者不能达到幸福的希望而想象出来以安慰自己的好。"（《玄武湖之秋·致读者诸君》）他的小说注重意境的渲染，具有古典的朦胧美和感伤美。他最佩服的同人是郁达夫，但并不像郁达夫那般自吼复自泣。

此外，那一时期写过这种浪漫抒情小说的还有《孤雁》的作者王以仁，《被摈弃者》的作者白采，《壁画》的作者滕固以及浅草－沉钟社的陈翔鹤，弥洒社的胡山源，绿波社的赵景深、叶鼎洛，武昌艺林社的刘大杰、胡云翼等。

至于"自叙传"小说的主帅郁达夫，则继《沉沦》之后，连续写下了几十篇这种形式的小说。小说中的"我"、"Y"、伊人、于质夫、文朴等，都有作者的影子，就连《采石矶》中的清代诗人黄仲则，也是郁达夫借以寄托一腔悲慨的形象。这些形象合起来，组成了一个"零余者"系列。他们穷愁潦倒，被社会正统意识所轻蔑和抛弃，身受着经济的和精神的多重压迫，既孤傲不群，又怜才自卑。通过这些形象，传达出对社会的强烈控诉，对人世的愤恨质疑。郁达夫曾对一位外国记者这样讲："我的消沉也是对国家，对社会的。现在世上的国家是什么？社会是什么？尤其是我们中国？"不过实际生活中的郁达夫，境况要比他笔下的自我好得多，三十多岁就出了全集，稿费丰厚，坐拥书城，与爱侣王映霞在西子湖畔造了一座叫做"风雨茅庐"的别墅，二人被艳称为"富春江上神仙侣"。只是郁达夫心里总爱自愁自怜，"在常人感受到五分痛苦的地方"，他"所感到的痛苦，非增加到十分或十二分不可"。这些增加了的痛苦不是作者一人的写照，而是融合了一代青年的心声，因此自叙传小说才赢得了那么多的读者。这些读者在读自叙传小说时，并非像读黑幕小说一样仅仅满足一种窥视他人隐私的欲望，而是同时读到了自己的心声。这也是自叙传小说大量采用书信、日记的原因之一。自叙传不是自传，而是作者与读者的合传。

在谈到创造社的作家为什么倾心于浪漫主义时，郑伯奇有一段著名的论述："第一，他们都是在外国住得很久，对于外国的（资本主义的）缺点，和中国的（次殖民地）病痛都看得比较清楚；他们感受到两重失望，两重痛苦。对于现社会发生厌倦憎恶。而且国内外所加给他们的重重压迫只坚强了他们反抗的心情。第二，因为他们在外国住得很久，对于祖国便常生起一种怀乡病；而回国以后的种种失望，更使他们感到空虚。未回国以前，他们是悲哀怀念；既回国以后，他们又变成悲愤激越；便是这个道理。第三，因为他们在外国住得长久，当时外国流行的思想自然会影响他们。哲学上，理知主义的破产；文学上，自然主义的失败，这也使他们走上了反理知主义的浪漫主义的道路上去。"

郑伯奇的这几点归纳起来其实只是一点，就是说因为在外国住得久，所以就倾向浪漫。这样讲是不具备完全的说服力的。久住外国者甚多，为何只有创造社如此？还应从他们本人的性格、经历以及当时的时代气氛中去探究更深的原因。沈从文指出："创造社对于文字的缺乏理解是普遍的一种事。那原因，委之于训练的缺乏，不如委之于趣味的养成。"创造社的趣味恰与文研会的趣味形成鲜明的对比，二者共同满足了新文学市场的两极消费。沈从文又说："到现在，我们说创造社所有的功绩，是帮我们提出一个喊叫本身苦闷的新派，是告我们喊叫方法的一位前辈，因喊叫而成就到今日样子，话好像稍稍失了敬意，却并不为夸张过分的。他们缺少理知，不用理知，才能从一点伟大的自信中，为我们中国文学史走了一条新路，而现在，所谓普罗文学，也仍然得感谢这团体的转贩，给一点年青人向前所需要的粮食。"（《论郭沫若》）有人说创造社的小说比文研会的更先锋、更现代，因为其中有现代派的手法。这只是问题的一个方面，其实创造社的小说在另一个方面看来，是更趋俗，更大众，更富市场竞争性。泰东图书局的老板赵万公就靠出版了几本《创造社丛书》，"已够他享用一辈子"。白手起家的创造社出版部，也是很快就财源滚滚。张资平的《飞絮》，郭沫若的《落叶》，"几乎成为青年们的枕畔珍宝，人手一编，行销钜万"，以至于郁达夫在《创造月刊》发刊词内财大气粗地宣布"创造社脱离各资本家的淫威而独立"。操纵出版部业务的周全平卷了一笔钱不辞而别，竟然到黑龙江开办了个农场。前来查账的郁达夫稍加整顿，出版部又复兴旺，举办了一次创造社文艺资金，悬赏 1000 元征求一部长篇小说。所有这些都说明，新文学小说从 1921 年开始，就是雅俗并进的。作为现代艺术，它既要"沉思"这个民族的历史、前途、命运，又不得不在现代市场规律制约的商品大潮中"沉沦"或是"反沉沦"。这就是现代小说所必须肩负的那份"沉重"。

也许这就是"命"吧。1921 年改革后的《小说月报》第一号上有一篇叫做《命命鸟》的小说，作者许地山。作者描写缅甸世家子弟加陵和优人之女敏明由同学而恋爱，但因门第界限，遭受家长以生肖相克为名的阻挠，二人遂共赴湖水，走向极乐世界。雅和俗到底能不能结合？一定要毁灭了才能结合还是经过革命就可以结合？这篇小说所给人的"沉思"远不止是一个婚姻自由反封建的问题。1921 年的小说家们提出的问题。不论隔膜、贫困、失望、苦闷，都不是当时五灾俱全的中国社会所能解决的。于是就出现了一个"怎么办"的问题，是革命还是毁灭的问题。许地山有他自己的"沉思"。

许地山 1921 年还有几篇小说发表在《小说月报》上。《商人妇》写一个被丈夫抛弃十年的妇女到南洋寻夫，又被丈夫和新妇骗卖给印度商人。商人死后，她又去寻找前夫，但前夫商店倒闭，下落不明了。《换巢鸾凤》写知县女儿不爱贵胄子弟，与囚徒出身的下级军官私奔，落草为寇。而辛亥革命后，前清的贵胄子弟却成了革命军官，率队前来清剿。《黄昏后》写丈夫怀念亡妻，抚育二女，誓不再娶，背景是甲午战败和法国占据他所住的海湾。1922年许地山发表的《缀网劳蛛》写善良的妇女尚洁因搭救受伤的盗贼，被粗野放荡的丈夫因生疑而刺伤，她只身到一个岛上独立谋生，后来丈夫被基督教感化，夫妇言归于好。

　　许地山的这些小说突出地写了一个"命"的问题。加陵和敏明是平静而幸福地共赴湖水的。商人妇一生悲苦，却说："眼前所遇底都是困苦；过去，未来底回想和希望都是快乐。"《换巢鸾凤》中女主人公唱道："但愿人间一切血泪和汗点一洒出来就同雨点一样化做甘泉。"《黄昏后》中的丈夫就仿佛妻子没有去世时一样地生活。《缀网劳蛛》则借尚洁的口，说出了许地山的人生哲学：

　　　　就像蜘蛛，命运就是我的网，蜘蛛把一切有毒无毒的昆虫吃入肚里，回头把网组织起来。他第一次放出来的游丝，不晓得要被风吹到多么远，可是等到粘着别的东西的时候，它的网便成了。

　　　　他不晓得那网什么时候会破，和怎样破法。一旦破了，他还暂时安安然然地藏起来；等有机会再结一个好的。

　　　　他的破网留在树梢上，还不失为一个网。太阳从上头照下来，把各条细丝映成七色；有时粘上些小水珠，更显得灿烂可爱。

　　　　人和他的命运，又何尝不是这样？所有的网都是自己组织得来。或完或缺，只能听其自然罢了。

　　听其自然，平静地对待生命的阴晴圆缺，这是许地山对待现实苦难的办法。但是并不消极，这种平静中皆蕴蓄了一种反抗。加陵和敏明的投湖，商人妇的寻找奔波，都包含了对某种现实价值的否定。《缀

59

网劳蛛》最后写道:

> 园里没人, 寂静了许久。方才那只蜘蛛悄悄地从叶底出来, 向着网的破裂处, 一步一步, 慢慢补缀。它补这个干什么?因为它是蜘蛛, 不得不如此!

许地山小说里的宗教不是一种色彩, 而是一种灵魂。在革命和毁灭之间, 他指出了一条忍辱负重、默默抗争之路。这条路一向被认为是消极的, 人们只肯定许地山的反封建内涵, 欣赏他作品中的异域情调, 赞扬他曲折的情节和贴切的比喻。但是, 如果真正体会到 1921 年中国的乱世滋味的话, 也许有人会问, 是不是只有革命或毁灭两条路? 爱和美当然是救不了中国的, 那只会更加误事。那么对于广大的既非革命者又非反革命者的民众来说, 包括文学艺术工作者在内, 辛苦工作, 顺应命运, 是否也算一条可行之路? 不管算不算一条路, 反正 1921 年以后的中国, 选择了革命。中国人为什么一定要选择革命? 让我们从一幅最生动的中国人画像中去找找答案。

1921 年 12 月 4 日, 北京《晨报副刊》的“开心话”专栏出现了一篇奇文, 叫做《阿 Q 正传》。作者似乎要切“开心话”之题, 在文章的名目, 立传的通例, 传主的名字、籍贯等问题上反复纠缠考辨, 极尽调侃之能事, 大有“后现代”的解构主义风采。可是人们读了却又感觉难以畅怀大笑, 因为分明感觉到这篇不像小说的小说似乎是在讽刺什么。但又摸不准是在讽刺什么。看上去处处可乐, 摸上去却处处有刺。副刊的主编孙伏园也觉出不很“开心”, 于是从第二章起, 便移到“新文艺”栏目中去了。

小说写的是一个叫阿 Q 的人, 姓名、籍贯、历史都不可考, 没有家, 没有固定职业, 只在一个叫未庄的农村里做各种短工。这个人很有意思, 既看不起未庄的人, 也看不起城里人。他头上长了些癞疮疤, 因此便忌讳音、义相近的字。他经常挨打, 但心里一想这是“儿子打老子”, 便心满意足了; 甚至打自己两个嘴巴, 认为是自己在打别人, 也同样心满意足。他被人打了后，也会去欺负更弱小的尼姑，以博得众人的哄笑。阿Q的思想"其实是样样合于圣经贤传的"，严"男女之大防"，但他有一次突然向赵太爷家的女仆吴妈求欢，结果被连打带罚一顿。人们从此都不雇他做工，连他一向看不起的小D也敢跟他打架。阿Q生计成了问题，于是偷了尼姑庵的三个萝卜后便进城去谋生。回来以后因为带了许多新闻和旧货，地位又高了起来。但人们慢慢打听出他不过是小偷的帮手时，又对他"敬而远之"了。辛亥革命以后，阿Q也幻想参加革命，以便报复、分东西和女人。没想到赵老太爷家的秀才和钱府的假洋鬼子已经都"革命"了，并且不准阿Q革命。阿Q只好幻想去县里告状，让打他的假洋鬼子"满门抄斩"。没想到赵家遭了难，阿Q被当做犯人抓进衙门，稀里糊涂地审问过后便判了死罪。而未庄的人们却不满足，因为他们认为枪毙没有杀头好看，而且犯人"游了那么久的街，竟没有唱一句戏：他们白跟一趟了"。

小说的开头仿佛是有点漫不经心，"但是，似乎渐渐认真起来了"。虽然不很"开心"，却越来越让人疑心、痛心、触目惊心。几年后《现代评论》上有一篇涵庐（高一涵）的《闲话》回忆道：

> ……我记得当《阿Q正传》一段一段陆续发表的时候，有许多人都栗栗危惧，恐怕以后要骂到他的头上。并且有一位朋友，当我面说，昨日《阿Q正传》上某一段仿佛就是骂他自己。因此便猜疑《阿Q正传》是某人作的，何以呢？因为只有某人知道他这一段私事。……从此疑神疑鬼，凡是与登载《阿Q正传》的报纸有关系的投稿人，都不免做了他所认为《阿Q正传》的作者的嫌疑犯了！等到他打听出来《阿Q正传》的作者名姓的时候，他才知道他和作者素不相识，因此，才恍然大悟，又逢人声明说不是骂他。

直到《阿Q正传》收入鲁迅的第一部小说集《呐喊》中，还有人问鲁迅：

你实在是骂谁和谁呢？鲁迅说："我只能悲愤，自恨不能使人看得我不至于如此下劣。"

鲁迅尽管"悲愤"着，然而阿Q究竟是谁？人们一直在议论、分析、研究、争执着。小说还没有载完时，沈雁冰就在《小说月报》上撰文说："我读这篇小说的时候，总觉得阿Q这人很是面熟，是呵，他是中国人品性的结晶呀。"后来沈雁冰又进一步说："我又觉得'阿Q相'未必全然是中国民族所特具，似乎这也是人类的普遍特点的一种。"鲁迅自己则说是要通过阿Q"画出这样沉默的国民的魂灵来"，说阿Q"有农民式的质朴、愚蠢，但也很沾了些游手之徒的狡猾，在上海，从洋车夫和小车夫里面，恐怕可以找出他的影子来的"。

但是后来到了五六十年代，阿Q被认为是一个"不觉悟的落后农民"的典型。这意思是说，中国农民——更不用说全体中国人——本不是这样的，只是在那个特定时期，马克思主义的春风还未吹到未庄之时，才出现了阿Q。到了80年代，在新时期的启蒙主义浪潮中，人们又把"阿Q相"扩大到整个农民以至整个国民身上。进一步，又有人提出阿Q的"精神胜利法"等，"属于人类共通的精神现象"①。"不仅东方落后民族会产生阿Q的精神胜利法，处在一定的生产关系、社会关系中的人类在历史发展过程中，只要还有个人和集团处于落后地位，就有产生粉饰落后的精神胜利法的可能"②。

真是说不尽的阿Q。从怀疑是骂一个人，到认为写的是全人类，各有各的道理。这也说明了阿Q这一艺术形象巨大而丰富的典型意义。但是在鲁迅写作《阿Q正传》的当初，实在关心的并不是全人类的问题，当然更不如旧小说家那样用来报私仇、泄私愤了。鲁迅的字里行间处处不忘"中国"，他实在讲的是一个"革命还是毁灭"的严肃课题。

在《阿Q正传的成因》一文中，鲁迅目光如炬地指出："据我的意思，

---

① 林兴宅：《论阿Q的性格系统》。
② 钱理群：《中国现代文学三十年》。

中国倘不革命，阿Q便不做，既然革命，就会做的。我的阿Q的运命，也只能如此，人格也恐怕并不是两个。民国元年已经过去，无可追踪了，但此后倘再有改革，我相信还会有阿Q式的革命党出现。我也很愿意如人们所说，我只写出了现在以前的或一时期，但我还恐怕我所看见的并非现代的前身，而是其后，或者竟是二三十年之后。"

历史发展的事实证明了鲁迅的英明洞见。尽管不断有人宣布阿Q的死亡或者预言、希望阿Q的死亡，然而阿Q的生命力似乎与5000年的民族一样长久，一样不朽。阿Q的内心是要革命的，他的生命本能是要革命的，因为他已经被踩在了生命的最底层，比他弱小的只有不属于"正常"伦理之内的异端——小尼姑了。不革命，他就只能饱一顿饥一顿，无衣无褐，难以卒岁，他就会经常挨打受骂，四处磕头，他就永远连个姓名也没有，而且"断子绝孙没有人供一碗饭"。然而阿Q的革命是什么呢？首先当然是杀人。那么首先杀的是谁呢？阿Q早已决定："第一个该死的是小D和赵太爷。"其实小D也是一个"阿Q"，或者说是一个正在成长中的阿Q。这意味着阿Q革命后，"阿Q们"首先要自我残杀起来。于是"革命"也就成为报私仇的一个美丽口号。本来阿Q就认为革命党是为明朝报仇的，"个个白盔白甲，穿着崇正皇帝的素"。

杀人之后，是搬东西，是选女人——百般挑选都不中意。革命到此为止，阿Q再无其他念想。这样的革命，其实也就是"反革命"，这正是中国革命的悲剧。然而阿Q却连这样的革命也不能如愿。抢先"革命"了的假洋鬼子不准他革命，"从此决不能望有白盔白甲的人来叫他，他所有的抱负、志向、希望、前程，全被一笔勾销了"。于是阿Q对革命由向往、绝望转为了仇恨："不准我造反，只准你造反？妈妈的假洋鬼子，——好，你造反！造反是杀头的罪名呵，我总要告一状，看你抓进县里去杀头，——满门抄斩，——嚓！嚓！"

这深刻地寓意着，阿Q随时可以革命，但也随时可以反革命。他可以做革命党、杀革命党或者看革命党杀头。关键就在于哪一方面能让他有饭吃、有衣穿，不受欺侮，能娶上女人。至于革命的精神、革命的道理，那都离阿Q太远。

若干若干年以后，出现了一本书，叫做《告别革命》。这本书的大背景是人们饱尝了革命造成的痛苦、混乱之后，觉得革命式的社会激烈变动不适于中国，摧残人性，诱发邪恶等等。人们开始缅怀那些提倡改良的人，历史上那些温和的中庸主义者开始升值。人们天真地相信通过改良，中国可以没有破坏地一步一步走向天堂——但是这些人忽略了，革命或是改良，是不由理论家的意志来决定的，而是由阿Q来决定的。阿Q的革命很不好，甚至有点反革命，但尽管这样，阿Q仍然是要革命的。鲁迅虽然给了阿Q一个枪毙的结局，但鲁迅并没有否定阿Q式革命的必然发生。鲁迅只是沉痛地指出了阿Q式革命还不能算是真正的革命。然而，如果没有阿Q式的革命，那真正的革命是不会到来的。《告别革命》所代表的"反革命"思潮，出发点是善良的，是为了让民族免受动乱之苦。但且不说动乱本身是不是"苦"，就算有苦，那苦是不是革命带来的？恐怕不是。那苦应该记在"革命"之前的账上。假设革命之后阿Q一刀怒斩了小D，难道能说小D是革命杀害的么？不，恰恰是因为革命得太晚，才让杀机埋在了阿Q的心里。

总有人想算革命的账。从完全否定文化大革命，到否定土地革命、国民革命、文学革命，只是还没有人敢公然否定民族革命。事后的诸葛亮正越来越多，他们指点着革命的背影胡说假如不革命就会如何如何好，假如当初不那么激进，再保守点、再中庸点，今天该是多灿烂。这些糊涂的人不知道，假如可以不革命，当初有比他们更英明的理论家在，根本轮不到他们今天来指指点点。没有人喜欢天下大乱，你杀我砍，没有人喜欢阿Q式的革命。鲁迅对革命以后的个人命运是那么的悲观，但他却毅然迎向了革命。因为什么？因为天下大乱在先，革命是把这大乱亮出来进行整理，让它从乱到治；革命的目的是为了不革命，革命是要人活，不是要人死。在1921年的中国那种万民嗷啕的国度里，中庸、静穆、温和，实质上是杀人的代名词。面对奄奄一息的民众和民族，让他们等待改良，如同让涸辙之鲋等待西江之水，如同让大出血的病人慢慢喝点保健饮料。历史是没有耐心等待博学的理论家们的万全之策的。阿Q时代的中国，不革命，就毁灭。改良不是没有试过，不是戊戌六君子被杀之后就被堵住了嘴巴，改良者一直在说话，在行动，甚至帮助反革命去镇压革命。但改良主义自身的历史证明了自身的谬误。中国一百多年来死于革命的人固然不少，但死于改良所耽误和暗害、虐杀的人恐怕更多。愚蠢、质朴的阿Q其实是能不革命就不革命的，就在他向往革命时，也认为那是杀头的罪。"他有一种不知从那里来的意见，以为革命党便是造反，造反便是与他为难，所以一向是'深恶而痛绝之'的。"然而阿Q终于被逼得到他一向仇视的假洋鬼子那里去"投降革命"，可见，命是非革不可了。今天那些不愁温饱的"反革命"论者，实在是对我们民族之"命"还了解得很不够。

也许这就是中国的悲剧，满目疮痍的肌体，实在禁不起革命，但不革命又只有毁灭。老舍的《茶馆》中说"死马当活马治"。所以"革命"一词在中国蕴含那么复杂的感情色彩。没革命的要革命，革过命的又痛惜、忏悔。革命与反革命的斗争那么尖锐激烈，使本来就层次不高的革命增添了更多的血污和阴影。然而一切都不能说明革命的不应该，而且革命也无法"告别"。历史不会匀速地在改良轨道上"进化"的，尤其是阿Q和假洋鬼子还正多的时代。

革命的目的，本来应在改造阿Q的灵魂，使阿Q向那些博学的理论家们看齐。然而这一点依靠改良也能够慢慢做到，比如给阿Q捐款、献爱心、送他上学、进修、练外语、用电脑，最后会写《从未庄煎鱼不用葱丝看中国文化》的论文，到美国去得个比较文学博士。但只有在"革命"以后，这些才能开始。阿Q连今天国际上常说的"生存权"都无法保障的时候，谁来给他献爱心？

改良是好的，但必须以革命为起点。但倘若改良忘了本，因为吃了几天饱饭就回过头去骂革命，就像不肖的子孙骂创业的先人，那改良肯定要以再革命为终点。改良，革命，谁也告别不了谁。

鲁迅于1923年出版了他的第一部小说集《呐喊》，1926年出版了

第二部小说集《彷徨》。鲁迅的小说指涉到中国许多重大的问题：农民、知识分子、传统、现实、国民性、革命、启蒙……鲁迅小说的艺术手法也可以说开启了此后多种流派的先河。后人可以从这份宝贵遗产中做出各种呼应其时代的阐释。但从1921年这个特定的观察点望去，鲁迅的小说给人最显著、最突出、最挥之不去的感觉就是：沉重，浓黑的沉重。这份沉重以致笼罩了当时所有的小说，成为那一时期小说创作的主体色调。

《狂人日记》的"吃人"，《孔乙己》的"冷漠"，《药》的"人血馒头"，《风波》的"无事的悲剧"，《故乡》的"人世隔膜"，《在酒楼上》、《孤独者》的"先觉者的沉沦"，《伤逝》的"爱情破灭"，《祝福》的"地狱之有无"，《阿Q正传》的……这一切组成了一个宏大的叹息：中国大约是太老了。

怎么办？鲁迅没有说。再沉重的小说也只是小说，它只负责"沉思"，它没有振臂一呼的义务。

若干年后，一位伟人拍案而起喝道："不革命，行吗！"据说当时他的裤子掉了，警卫员忙替他拉好。这个细节非常富于象征性地说明：革命是不可阻挡的，但革命不是完善的，可能会出乖露丑。但出乖露丑也一定要革命。不能承担这个丑，就会丢更大的丑。

鲁迅有一个著名的"肩住了黑暗的闸门"的比喻。从1921年前后的新文学小说中，我们感到了那闸门的沉重。

四 "我把日来吞了"：
繁丽的新诗

1921 年前后的小说是沉重的，因为小说的世界都是"过去时"。过去时的沉重到了不能承受之时，就会引发现在时和将来时的革命。这革命的亮丽色彩便体现在"五四"时期最昂扬的文体——新诗上。

1921 年 8 月，创造社刚刚成立数十日，上海泰东图书局出版了郭沫若的诗集《女神》。这是新文学史上第二部个人诗集。第一个人诗集是胡适 1920 年 3 月出版的《尝试集》，它虽然打破了传统诗词的桎梏，平淡自然，清楚明白，为白话诗的发展铺下了第一层阶石，但却平铺直叙，缺少激情与想象，缺少诗之所以为诗的"文学味"，难免被讥为"分了行的散文"。"胡适之体"为代表的早期白话诗显然不能适应经过了五四运动之后激情澎湃的中国诗坛。于是，《女神》出现了。

《女神》的《序诗》写道：

我是个无产阶级者：
因为我除个赤条条的我外，
什么私有财产也没有。
"女神"是我自己产生出来的，
或许可以说是我的私有，
但是，我愿意成个共产主义者，
所以我把她公开了。

"女神"哟！
你去，去寻那与我的振动数相同的人；
你去，去寻那与我的燃烧点相等的人。
你去，去在我可爱的青年的兄弟姊妹胸中，
把他们的心弦拨动，
把他们的智光点燃吧！

1921年5月26日

作者的自信是毫无虚妄的，一部《女神》，的确拨动了无数的心弦，点燃了无数的智光。

《女神》包括《序诗》共有57篇作品，分为三辑。第一辑由三部诗剧组成：《女神之再生》、《湘累》、《棠棣之花》。根据女娲炼五色石补天的神话而作的《女神之再生》，强烈地表达了抛弃旧世界、创造新世界的思想。女神们说："新造的葡萄酒浆／不能盛在那旧了的皮囊。""我们要去创造个新鲜的太阳，／不能再在这壁龛之中做甚神像！"在诗剧的结尾处，舞台监督上场向听众一鞠躬说："诸君！你们在乌烟瘴气的黑暗世界当中怕已经坐倦了吧！怕在渴慕着光明了吧！作这幕诗剧的诗人做到这儿便停了笔，他真正逃往海外去造新的光明和新的热力去了。

诸君，你们要望新生的太阳出现吗？还是请去自行创造来！我们待太阳出现时再会！"这与朱自清《光明》一诗结语所云"你要光明，你自己去造"的意旨相通，时代已经不甘再等待，而要进入一个自我飞旋的阶段。

《湘累》是根据娥皇、女英的传说，结合屈原《离骚》的意境写成。漂泊在洞庭湖的屈原神志激昂而近于错乱，宁死不肯向邪恶低头。他高叫："我效法造化底精神，我自由创造，自由地表现我自己。我创造尊严的山岳、宏伟的海洋，我创造日月星辰，我驰骋风云雷雨，我萃之虽仅限于我一身，放之则可泛滥乎宇宙。"这分明是作者借人物之口在"夫子自道"。抗战时期作者著名的历史话剧《屈原》，其思想核心可以说就发源于此。

《棠棣之花》是借用战国时代聂政刺侠累的故事，写聂政临行前与姐姐聂嫈到母亲墓前歌箫诀别。聂政说："近来虽有人高唱弭兵，高唱非战，然而唱者自唱，争者自争。不久之间，连唱的人也自行争执起来了。"聂嫈唱："不愿久偷生，／但愿轰烈死。／愿将一己命，／救彼苍生起。／苍生久涂炭，／十室无一完。／既遭屠戮苦，／又有饥馑患。"这里说的不像是战国，而像是民国。最后聂嫈唱道："去吧，二弟呀！我望你鲜红的血液，迸发成自由之花，开遍中华！二弟呀，去吧！"这又分明是"五四"时代的激越口号。总之，第一辑里的三部诗剧，虽是历史题材，但都借过去时的事，讲着现在时的话，与第二辑、第三辑的现实吟唱，是一脉相通的。

第二辑的30首诗是《女神》的主体，是"五四"时期激荡千万青年心胸的洪钟大吕。其中第一首长诗《凤凰涅槃》，是《女神》中篇幅最长的作品。它借古代天方国神鸟"菲尼克司"（Phoenix），满500岁后，"集香木自焚，复从死灰中更生，鲜美异常，不再死"，和中国关于凤凰的传说，写成了一部气壮山河的民族更生的史诗。长诗分为序曲、凤歌、凰歌、凤凰同歌、群鸟歌和凤凰更生歌六部分，结构上俨然是一部华丽辉煌的交响乐。序曲中，一对凤凰在除夕将近、寒风凛冽的丹穴山上集木歌舞，燃火自焚。凤歌中，对茫茫宇宙发出一连串本体性的天问和诅咒：

宇宙呀，宇宙，
你为什么存在？
你自从哪儿来？
你坐在哪儿在？
你是个有限大的空球？
你是个无限大的整块？
你若是有限大的空球，
那拥抱着你的空间
他从哪儿来？
你的外边还有些什么存在？
你若是无限大的整块，
这被你拥抱着的空间
他从哪儿来？
你的当中为什么又有生命存在？
你到底还是个有生命的交流？
你到底还是个无生命的机械？
……
宇宙呀，宇宙，
我要努力地把你诅咒：
你脓血污秽着的屠场呀！
你悲哀充塞着的囚牢呀！
你群鬼叫号着的坟墓呀！
你群魔跳梁着的地狱呀！
你到底为什么存在？
我们飞向西方，

西方同是一座屠场。
我们飞向东方，
东方同是一座囚牢。
我们飞向南方，
南方同是一座坟墓。
我们飞向北方，
北方同是一座地狱。
我们生在这样个世界当中，
只好学着海洋哀哭。

这里的天问反映了新文化运动所宣传的科学精神，表现了"五四"时期中华民族的眼界已从狭小的"九州"扩展到整个苍穹。而这里的诅咒则表达了对黑暗现实世界的全面否定。

凰歌中，回顾 500 年生涯，发出无尽的悲鸣：

啊啊！
我们年青时候的新鲜哪儿去了？
我们年青时候的甘美哪儿去了？
我们年青时候的光华哪儿去了？
我们年青时候的欢爱哪儿去了？
去了！去了！去了！
一切都已去了。
一切都要去了。
我们也要去了，
你们也要去了，
悲哀呀！烦恼呀！寂寞呀！衰败呀！

这是对 5000 年文明史的总结。曾有的繁荣富强都已过去，如今已是穷途末路。

于是，凤凰同歌：

啊啊！

火光熊熊了。

香气蓬蓬了。

时期已到了。

死期已到了。

身外的一切！

身内的一切！

一切的一切！

请了！请了！

群鸟歌是作为与凤凰高洁品格的对比，写其他凡鸟幸灾乐祸的丑态。这里有霸道的岩鹰，自恋的孔雀，贪鄙的鸱枭，驯顺的家鸽，善辩的鹦鹉，高蹈的白鹤。它们组成了一幅世态百丑图，正是黑暗现实的一幅素描。

最后的凤凰更生歌是全诗的高潮。首先由鸡鸣唱出"导板"："死了的光明更生了"，"死了的宇宙更生了"，"死了的凤凰更生了"。然后是凤凰一浪高过一浪的反复和鸣：

火便是你。

火便是我。

火便是他。

火便是火。

翱翔！翱翔！

欢唱！欢唱！

72

凤凰高唱着"我们更生了","一切的一,更生了"。"一的一切,更生了"。"我们新鲜,我们净朗,／我们华美,我们芬芳","我们热诚,我们挚爱。／我们欢乐,我们和谐。""我们生动,我们自由,／我们雄浑,我们悠久。"最后,全诗达到了高潮:

　　一切的一,常在欢唱。

　　一的一切,常在欢唱。

　　是你在欢唱?是我在欢唱?

　　是他在欢唱?是火在欢唱?

　　欢唱在欢唱!

　　欢唱在欢唱!

　　只有欢唱!

　　只有欢唱!

　　欢唱!

　　　欢唱!

　　　欢唱!

　　全诗汪洋恣肆、气势磅礴,是纵情讴歌中华民族经过大痛苦大沉沦之后走向大复兴大繁荣的一曲壮丽的"欢乐颂"。郭沫若说《凤凰涅槃》是在一天之内分两次写成的。诗中"飞流直下三千尺"的感情瀑布和波澜壮阔的旋律铺陈,充分体现出作者个人和整个时代的狂飙突进的精神。在艺术上,则可以说,从《凤凰涅槃》开始,中国的诗歌经过几十年的阵痛,终于更生了。

　　《凤凰涅槃》的风貌是多样化的,以雄丽壮阔为主,也有幽哀悲切和委婉悠扬。其他诗篇在不同向度上发展了《凤凰涅槃》的艺术风貌。其中《天狗》以摧枯拉朽的狂暴无比的力量,表现了荡涤一切污泥浊水的"五四"气概:

　　　我是一条天狗呀!

我把月来吞了，
我把日来吞了，
我把一切的星球来吞了，
我把全宇宙来吞了。
我便是我了！

我是月底光，
我是日底光，
我是一切星球底光，
我是 X 光线底光，
我是全宇宙 Energy 底总量！
我飞奔，
我狂叫，
我燃烧。
我如烈火一样地燃烧！
我如大海一样地狂叫！
我如电气一样地飞跑！
我飞跑，
我飞跑，
我飞跑，
我剥我的皮，
我食我的肉
我吸我的血，
我啮我的心肝，
我在我神经上飞跑，
我在我脊髓上飞跑，
我在我脑筋上飞跑。

我便是我呀!

我的我要爆了!

　　这29行诗中共有39个"我",每一行皆以"我"开头。这是个无限扩张、无限膨胀的自我,中国人从来没有也不敢有如此畅快淋漓抒发自我的时候。这是个性的极度张扬,一只发了狂的巨犬横扫天宇,不但毁灭整个世界,而且彻底毁灭自我。这种精神是与鲁迅相通的。再也压抑不住的革命怒潮以排山倒海之势席卷了作者和所有读者的心灵。郭沫若说:"在我自己的作诗的经验上,是先受了泰戈尔诸人的影响力主冲淡,后来又受了惠特曼影响才奔放起来的。"又说:"我自己本来是喜欢冲淡的人,譬如陶诗颇合我的口味,而在唐诗中我喜欢王维的绝诗,这些都应该是属于冲淡的一类。"而五四新文化运动的风雨雷霆却使郭沫若"一时性地爆发了起来,真是像火山一样爆发了起来"①。

　　火山爆发般的激情,是《女神》艺术感染力的核心。《晨安》一诗向大海、白云、祖国、同胞、先哲名人、五洲四海,一口气喊出了27个"晨安",洋溢着拥护一切的热望。《匪徒颂》则对古今中外被诬为各种匪徒的反抗革新的领袖巨子们喊出了18声"万岁",表达出无限的景仰。这是中国古典诗歌从来没有的"崇高"之美。正如《浴海》中一句所形容:"无限的太平洋鼓奏着男性的音调!"这音调宏大轰鸣到人的感官的极限,如《立在地球边上放号》一诗:

　　无数的白云正在空中怒涌,

　　啊啊!好幅壮丽的北冰洋的晴景哟!

　　无限的太平洋提起他全身的力量来要把地球推倒。

　　啊啊!我眼前来了的滚滚的洪涛哟!

　　啊啊!不断的毁坏,不断的创造,不断的努力哟!

---

① 郭沫若:《我的作诗的经过》。

75

啊啊！力哟！力哟！

力的绘画，力的舞蹈，力的音乐，力的诗歌，力的律吕哟！

　　真是大视角、大场面、大手笔，是感情的 B-52 在狂轰滥炸，在这
对强力的讴歌中蕴含着一个积弱民族的多少希望和憧憬！为了获得强
大，一切牺牲都在所不惜。《太阳礼赞》中写道："太阳哟！你请把我全
部的生命照成道鲜红的血流！"为太阳奉献一切，是郭沫若不可解的终
生情结。为了任何一种代表光明和美好的东西，他都可以欣喜若狂，无
物无我。如《梅花树下醉歌》的后一半：

梅花！梅花！

我赞美你！我赞美你！

你从你自我当中

吐露出清淡的天香，

开放出窈窕的好花。

花呀！爱呀！

宇宙的精髓呀！

生命的泉水呀！

假使春天没有花，

人生没有爱，

到底成了个什么世界？

梅花呀！梅花呀！

我赞美你！

我赞美我自己！

我赞美这自我表现的全宇宙的天体！

还有什么你？

还有什么我？

还有什么古人？

还有什么异邦的名所？

一切的偶像都在我面前毁破！

破！破！破！

我要把我的声带唱破！

《女神》的自我是在自毁中完成的。强悍粗粝的"破"压倒了一切。在这些作品中，一切诗的镣铐都打破了，可以说真正做到了"我手写我心"。郭沫若主张"绝端的自由，绝端的自主"。上天入地，狂呼乱喊，却不觉其浅陋，感人至深，原因在于发乎真情，又合于时代，大我与小我在《女神》中得到了高度的统一。如《我是个偶像崇拜者》：

我是个偶像崇拜者哟！

我崇拜太阳，崇拜山岳，崇拜海洋；

我崇拜水，崇拜火，崇拜火山，崇拜伟大的江河；

我崇拜生，崇拜死，崇拜光明，崇拜黑夜；

我崇拜苏彝士、巴拿马、万里长城、金字塔；

我崇拜创造的精神，崇拜力，崇拜血，崇拜心脏；

我崇拜炸弹、崇拜悲哀、崇拜破坏；

我崇拜偶像破坏者，崇拜我！

我又是个偶像破坏者哟！

一共9行中共有22个"崇拜"，张口就喊却一喊中的，正是不假修饰，直达诗的根底。郭沫若说："诗无论新旧，只要是真正的美人穿件什么衣裳都好，不穿衣裳的裸体更好！"中国新诗这位美人自从解去镣铐之后，可以说就从《女神》为代表的裸体时代开始了她的时装之旅。

《女神》第二辑的30首诗中也有一部分狂暴粗粝间隙的安静隽美之作。如表达眷恋祖国情绪的《炉中煤》：

啊，我年青的女郎！
我不辜负你的殷勤，
你也不要辜负了我的思量。
我为我心爱的人儿
燃到了这般模样！
啊，我年青的女郎！
你该知道了我的前身？
你该不嫌我黑奴卤莽？
要我这黑奴的胸中，
才有火一样的心肠。

啊，我年青的女郎！
我想我的前身
原本是有用的栋梁，
我活埋在地底多年，
到今朝总得重见天光。

啊，我年青的女郎！
我自从重见天光，
我常常思念我的故乡，
我为我心爱的人儿
燃到了这般模样！

这一类诗在形式上往往很讲究整齐和谐，追求视觉美和听觉美。像《地球，我的母亲》、《心灯》、《登临》、《光海》等，其实已在开启后来的新月派诗歌的先河。它们不是古典诗歌格律的残留，而是对新诗艺术规律的自觉探索。郭沫若一再强调"诗是写出来的,不是做出来的"[①]。他的许多诗篇是在灵感冲来时一挥而就的,比如《凤凰涅槃》的前一半就写在课堂上。但诗歌一旦从心中经过手、笔注到纸上,"写"与"做"的界限就不是那么泾渭分明,它会在不自觉的状态下获得各种先在条件所决定的艺术加工。只是对1921年前后的郭沫若来说,这种种艺术加工都是不自觉的,都是来自心底的喜悦的要求。他在1922年说:"我又是一个冲动性的人,我的朋友每向我如是说,我自己也承认。我回顾我走过的半生行路,都是一任我自己的冲动在那里奔驰;我便作起诗来,也任我一己的冲动在那里跳跃。我在一有冲动的时候,就好像一匹奔马,我在冲动窒息了的时候,又好像一只死了的河豚。"[②]所以,冲动的一面,狂暴的一面,无畏无惧、敢破敢立的一面,是《女神》的主导,也是《女神》的艺术价值和文学史价值的精髓所在。一个"我把日来吞了"的伟大形象,笼罩了整个1921年前后的中国诗坛。我们完全有理由把《女神》的作者尊称为"天狗诗人"。

《女神》的第三辑是26首形式风格多样的短诗,主体格调是委婉悠扬的"小我"奏鸣曲,多侧面地表现了"五四"精神的丰富性。如《Venus》一首:

> 我把你这张爱嘴,
> 比成着一个酒杯。
> 喝不尽的葡萄美酒,
> 会使我时常沉醉!
>
> 我把你这对乳头,
> 比成着两座坟墓。
> 我们俩睡在墓中,

---

① 郭沫若:《文艺论集·论诗三札》。
② 郭沫若:《文艺论集·论国内的评坛及我对于创作上的态度》。

血液儿化成甘露！

这是对爱和美的深切向往与陶醉。《死的诱惑》是郭沫若自认的"最早的诗"，大概作于1918年初夏：

> 我有一把小刀，
> 倚在窗边向我笑。
> 她向我笑道：
> 沫若，你别用心焦！
> 你快来亲我的嘴儿，
> 我好替你除却许多烦恼。
>
> 窗外的青青海水
> 不住声地也向我叫号。
> 她向我叫道：
> 沫若，你别用心焦，
> 你快来入我的怀儿，
> 我好替你除却许多烦恼。

此诗颇有些《尝试集》的味道，但却形象表达了"五四"时期青年对"死亡"的本体性思考。此外如《晚步》的平淡清新，《蜜桑索罗普之夜歌》的缥缈神秘，"我独披着件白孔雀的羽衣，／遥遥地，遥遥地，／在一只象牙舟上翘首。"还有《雾月》的幽寂祥和，《日暮的婚筵》的娇艳多彩，写夕阳与大海这对新人："新嫁娘最后涨红了她丰满的庞儿，被她最心爱的情郎拥抱着去了。"这些诗作的广泛探索，正如鲁迅开辟了新文学小说的多种风貌一样，可以说也开辟了中国新诗的多种风貌。与《女神》中前两辑作品相通的是，它们都具有丰富的想象、深挚的真情、精确的感悟和华丽的藻绘。郭沫若曾在《论诗三札》里把"诗的艺术"概括成一个公式：诗 =（直觉 + 情调 + 想象）+（适当的文字）。《女神》可以说是这个公式的最佳典范。这位才华横溢的"天狗诗人"似乎想要写出天下所有形式的诗来。他评论道："海涅的诗丽而不雄。惠特曼的诗雄而不丽。两者我都喜欢。两者都还不足令我满足。"[①]郭沫若似乎更喜欢雪莱："他有时雄浑倜傥，突兀排空；他有时幽抑清冲，如泣如诉。他不是只能吹出一种单调的稻草。"（《雪莱诗选·小序》）[②]郭沫若的《女神》是在既深又广的意义上把中国新诗推入了"现代"的轨道。诗集出版不久，闻一多在《女神之时代精神》中指出《女神》"不独喊出人人心中底热情来，而且喊出人人心中最神圣的一种热情"，他评论道："若讲新诗，郭沫若君的诗才配新诗呢，不独艺术上他的作品与旧诗词相去最远，最要紧的是他的精神完全是时代的精神——二十世纪底时代的精神。有人讲文艺作品是时代底产儿。《女神》真不愧为时代底一个肖子。"

1921 年，中国文坛风起云涌，佳作迭出，但若以某部作品的成就和影响来看，完全可以说：《女神》至尊，无出其右！本章以较多的篇幅引述和评价《女神》，原因正在于此。

郭沫若 1923 年出版了诗文戏曲集《星空》，里面的诗歌丧失了《女神》奋发凌厉的气质，映入眼帘的是"带了箭的雁鹅"，"受了伤的勇士"，"可怕的血海"，"莽莽的沙场"，"闪闪的幽光"，"鲜红的血痕"，"深沉的苦闷"。这表现出"五四"退潮期的社会心理嬗变，有人说《女神》是诗的《呐喊》，而《星空》则是诗的《彷徨》。彷徨期的艺术也许更精致、更圆熟，例如《星空》中《天上的市街》一诗，长期被列入中小学课本：

> 远远的街灯明了，
> 好像闪着无数的明星。

---

① 郭沫若：《三叶集》。

② 郭沫若：《雪莱诗选·小序》。

天上的明星现了，
好像点着无数的街灯。

我想那缥缈的空中，
定然有美丽的街市。
街市上陈列着一些物品，
定然是世上没有的珍奇。
你看，那浅浅的天河，
定然是不甚宽广。
那隔河的牛郎织女，
定能够骑着牛儿来往。

我想他们此刻，
定然在天街闲游。
不信，请看那朵流星，
那怕是他们提着灯笼在走。

但这也分明是一种逃避。而逃避不可能是永久的。曾有过天狗般能量的诗人在逃避之后如何转化那巨大的能量，将是凶吉未卜的。

郭沫若1928年出版的《前茅》，除《序诗》写于1928年外，其余22首诗实际都写于1921至1924年。这里不再有《星空》中的逃避和低徊，但也没有回到《女神》的自由和无畏，而是更多地进行预言和召唤。他预言"静安寺路的马路中央，终会有剧烈的火山爆喷"，他预言太阳"在砥砺他犀利的金箭，要把妖魔射死"。在《太阳没了》一诗中，作者颂扬刚刚去世的列宁：

他灼灼的光波势欲荡尽天魔，
他滚滚的热流势欲决破冰垛，

无衣无业的穷困人们

受了他从天盗来的炎炎圣火。

郭沫若实在是个预言诗人，他总是能够第一批站到时代的最前列。在每一个历史转折关头，他都毫不顾及以往的旧我，像初生婴儿一样坦荡地跨入时代先锋队，他以"天狗诗人"而立业，但若纵观他的一生，郭沫若实在不愧为一位"前茅诗人"。

写于1925年初春的《瓶》，是40多首短诗组成的爱情诗集。其实这也是《女神》中相应部分的扩展发扬。爱的热烈、浪漫、焦躁、痛苦，都表现得深刻而奇异，也可说是作者丰富曲折的爱情经历在艺术上的投影。不过，把郭沫若全部诗歌一并考察，则会发现他并没有那么多的艺术"转折"，他后来所有诗集的调式和诗眼，在《女神》中都可找到端倪和源头，只不过是主旋律和插曲之别而已。所以说《女神》一出手便成为郭沫若诗歌艺术的顶点，其他诗集只是由这天池分溢出来的支流而已。郭沫若自己回顾说："但我要坦白地说一句话，自从《女神》以后，我已经不再是'诗人'了。自然，其后我还出过好几个诗集，有《星空》，有《瓶》，有《前茅》，有《恢复》，特别像《瓶》似乎也陶醉过好些人，但在我自己是不够味的。要从技巧一方面来说吧，或许《女神》以后的东西要高明一些，但像产生《女神》时代的那种火山爆发式的内发情感是没有了。潮退后的一些微波，或甚至是死寂，有些人是特别的喜欢，但我始终是感觉着只有在最高潮时候的生命感是最够味的。"（《沸羹集·序我的诗》）

《女神》是1921年中国文坛的高潮，也同时使1921年成为20世纪中国百年文学的高潮之一。

在《女神》的冲击波汹涌过后，中国新诗开始了百花争妍。1922年5月上旬，一本叫做《湖畔》的诗集在上海出版了。这是一个月前刚刚成立的中国第一个新诗社团——湖畔诗社的第一枚硕果。集中收有应修人、潘谟华、冯雪峰的诗作和从汪静之《蕙的风》中选出的6首小诗。

初版 3000 册一问世，立刻引起了热烈的反响。郭沫若、叶圣陶、郁达夫等写信致贺。到了 1922 年 9 月，汪静之《蕙的风》出版，由朱自清、胡适、刘延陵作序，周作人题写书名，短期内就印了 5 次，销售 2 万余部。1923 年 12 月，湖畔诗社又出版了《春的歌集》，收应修人、潘谟华、冯雪峰三人诗作 105 首和冯雪峰怀念潘谟华的文章《秋夜怀若迦》。湖畔诗社的影响日益扩大，1925 年 3 月又出版了谢旦如的《苜蓿花》，另外还创办了文学月刊《支那二月》。

湖畔诗社被视为"真正专心致志做情诗"的社团。其实他们除了爱情，也吟咏大自然和其他事物，只是爱情诗写得一枝独秀，给人们留下了最深刻的印象。潘谟华有一首写于 1921 年 12 月的《隐痛》：

> 我心底深处，
> 开着一朵罪恶的花，
> 从来没有给人看见过，
> 我日日用忏悔的泪洒伊。
>
> 月光满了四野，
> 我四看寂廖无人，
> 我捧出那朵花，轻轻地
> 给伊浴在月底凄清的光里。

这是对爱的无限依恋，更是对有爱却不能爱的无限控诉。诗歌没有《女神》式的呼喊咆哮，只是静默地勾描出花、泪、月，却令人于无声中感受到了那惊心动魄的惊雷。

应修人的《妹妹你是水》：

> 妹妹你是水——
> 你是清溪里的水，

无愁地镇日流，

率真地长是笑，

自然地引我忘了归路了。

　　如此纯净，如此清澈。简单中蕴含了极大的美的魅力。用朱自清的话说，他们"赞颂的又只是清新，美丽的自然，而非神秘，伟大的自然；所咏歌的又只是质直，单纯的恋爱，而非缠绵，委曲的恋爱"①。好像是脱口而出的民歌，却又是极具个性解放色彩的时代歌声。旧的文学传统恰恰不能容忍这些不假修饰的真的美人。汪静之的诗句"我冒犯了人们的指摘，／一步一回头地瞟我意中人，／我怎样欣慰而胆寒啊！"（《过伊家门外》）竟引来"变相的提倡淫业"的污蔑，攻击作者"有故意公布自己兽性冲动和挑拨人们不道德行为之嫌疑"②。由此引起一场"文艺与道德"的争鸣，鲁迅写了《反对"含泪的批评家"》，周作人写了《什么是不道德的文学》，给予年轻的作者以极大的支持和鼓励。

　　虽是小小的一己之爱的情诗，却关联到整个"五四"时代的文化斗争。汪静之《伊底眼》写道：

伊底眼是温暖的太阳；

不然，何以伊一望着，

我受了冻的心就热了呢？

伊底眼是解结的剪刀；

不然，何以伊一瞧着我，

我被镣铐的灵魂就自由了呢？

---

① 《诗话》。

② 胡梦华：《读了〈蕙的风〉以后》，载《时事新报·学灯》1922 年 10 月 24 日。

伊底眼是快乐的钥匙；

不然，何以伊一瞅着我，

我就住在乐园里了呢？

伊底眼变成忧愁的引火线了；

不然，何以伊一盯着我，

我就沉溺在愁海里了呢？

　　诗中"伊底眼"仿佛是王统照笔下那代表爱与美的"微笑"，但这里的爱情关联着镣铐和自由，关联着乐园和愁海。"伊底眼"实际是斗争的旗帜。

　　湖畔诗人更多不是写爱的甜蜜，而是爱的愁苦、相思、幽怨，只是风格上委婉含蓄又不乏天真，一派青春气象。汪静之在《〈寂莫的国〉自序》中说："我要做诗，正如水要流，火要烧，光要亮，风要吹。"这又与《女神》作者有灵犀相通之处。湖畔诗社的爱情诗、自然诗，是对传统同类诗歌的解放。冯雪峰的一首《落花》：

片片的落花，尽随着流水流去。

流水呀！

你好好地流罢。

你流到我家底门前时，

请给几片我底妈；——

戴在伊底头上，

于是伊底白头发可以遮了一些了。

请给几片我底姊；——

贴在伊底两耳旁，

也许伊照镜时可以开个青春的笑呵。

还请你给几片那人儿；——

那人儿你认识么？

伊底脸上是时常有泪的。

　　这里的抒情主人公是一个游子。其实湖畔诗人的作品就如那"落花"，在完成了时代的任务以后，就随流水去慰藉那些情有独钟的读者。1925年5月以后，小虎长大，各自投林，冯雪峰、应修人、潘谟华都投身到实际的革命工作中，应、潘二人还为此献出了生命。汪静之则"著书都为稻粱谋"，一生苦寻"蕙的风"。汪静之没有因为自己爱情上的隐痛而走向革命，在生命的浮沉中他得出"时间是一把剪刀，生命是一匹锦绮；一节一节地剪去，等到剪完的时候，把一堆破布付之一炬！"（《寂莫的国·时间是一把剪刀》）的感慨。汪静之后来卖过酒、开过小店。的确，在遭受爱情创伤的岁月里，是无暇思考、也很难预料在生命的旅次中"谁主沉浮"的。

　　湖畔诗社的作品多为短章，很像《女神》的第三辑。这与当时流行的"小诗"有很大关系。冯雪峰就有一首《小诗》，诗中写道："我爱小孩子，小狗，小马，小树，小草，／所以我也爱做小诗。／但我吃饭却偏要大碗，／吃肉偏要大块啊！"

　　小诗是在周作人等翻译的日本短歌、俳句和郑振铎翻译的印度文豪泰戈尔《飞鸟集》的影响下产生的。它用短短的几行，表达刹那间的感受、联想，寄寓某种人生哲理和微妙的意趣。由于形式短小自由，一时甚为流行。1923年冰心出版了小诗专集《繁星》、《春水》，宗白华出版了《流云》，使小诗创作达到鼎盛。另外还有梁宗岱、何植三、徐玉诺等，也创作了一些小诗。这些小诗细处着眼，在具体的抒情状物技巧和遣词造句的锤炼上推进了中国新诗的发展，是对《女神》的有益补充和协同，为新诗取得下一步的成就准备了基石。

　　冰心的《繁星》之一：

繁星闪烁着——

　　　深蓝的太空，

　　　　何曾听得见他们对语？

　　沉默中，

　　　激光里，

　　　　他们深深的互相颂赞了。

这里表达了对"无声中的友谊和理解"的向往和赞颂。

《繁星》之一三一：

　　大海呵，

　　　那一颗星没有光？

　　　那一朵花没有香？

　　那一次我的思潮里

　　　没有你波涛的清响？

这是冰心"海恋"情结的代表作。

《繁星》之一五九：

　　母亲呵！

　　天上的风雨来了，

　　　鸟儿躲到他的巢里；

　　心中的风雨来了，

　　　我只躲到你的怀里。

这是冰心"母恋"情结的代表作。

《春水》之三三：

墙角的花！

　　你孤芳自赏时，

　　天地便小了。

这酷似日本的俳句，不加褒贬，含意隽永。

《春水》之一〇五：

造物者——

　　倘若在永久的生命中

　　　只容有一次极乐的应许。

我要至诚地求着：

"我在母亲的怀里，

　　母亲在小舟里，

　　　小舟在月明的大海里。"

　　这是冰心人生梦想的极致。小诗这种形式为作者建造起一座精巧漂亮的小洋房，一串串的小诗组成了诗坛上的温情卡通。在和平的时代，享乐的时代，这种小诗作为一种文化快餐，需求量极大，就如同 90 年代的贺卡、台历、日记本乃至招贴、广告上，都充斥了这种"小诗"。但是在风雨的时代，战斗的时代，这些小摆设就禁不起三摇两晃，也容易引起人们的讪笑和指摘。不过，小诗在拓展人们对诗歌本质的理解上，在提高对内心世界细微感受的表现力上，还是具有不可忽视的文学史价值的。如宗白华的《夜》：

一时间，

觉得我的微躯，

是一颗小星，

莹然万星里，

随着星流。
　　一会儿，
　　又觉得我的心，
　　是一张明镜，
　　宇宙的万星，
　　在里面灿着。

　　自我与万物的关系，被浓缩在一刹那的感悟变化中。是身在宇宙，还是宇宙即心，答案并不重要，那生动的凝思却长留在读者心中。

　　《天狗》、《晨安》式的"大诗"，《湖畔》、《繁星》式的小诗，使中国新诗呈现出五彩斑斓的繁丽局面。到1925年之前，还有一些诗集陆续问世，1922年俞平伯的《冬夜》、康白情的《草儿》、徐玉诺的《将来之花园》，1923年陆志苇的《渡河》，1924年刘大白的《旧梦》、朱自清的《踪迹》、梁宗岱的《晚祷》等。在众声喧哗中，中国新诗完成了时代号角的使命，将要驶入一片更加宽阔的百舸争流的水域。标志着这个转折的开始的，可推1923年9月泰东图书局出版的一部诗集——闻一多的《红烛》。

　　闻一多是前期新月派的精神领袖，在古典诗词和美术上造诣较深，良好的理论素养和艺术气质使他的格律诗理论和实践对包括徐志摩在内的新月派诗人具有全面性的影响。闻一多诗歌创作的成熟期应该以1928年出版的《死水》为代表，但在1923年出版的《红烛》，已经形成了诗人完整的艺术风格。《烂果》一诗：

　　我的肉早被黑虫子咬烂了。
　　我睡在冷辣的青苔上，
　　索性让烂的越加烂了，
　　只等烂穿了我的核甲，
　　烂破了我的监牢，

我的幽闭的灵魂

　　便穿着豆绿的背心，

　　笑咪咪地要跳出来了。

　　这里有一种《女神》式的自我毁灭精神。的确，前期新月派同前期创造社具有比较密切的感情呼应。闻一多曾称郭沫若为"同调者"，并在《创造周报》上发表《〈女神〉之时代精神》、《〈女神〉之地方色彩》，在《创造季刊》上发表长诗《李白之死》（第二卷第1期，1923年5月）。但是，新月派比创造社更注重艺术本身。《烂果》一诗就表现出欣赏丑恶事物并刻意加以雕琢、从中挖掘出美的情趣。这种"恶之花"的艺术趣味正是日后《死水》的源头。"索性让烂的越加烂了"，"烂穿了"，"烂破了"，发展到《死水》，便是"不如多扔些破铜烂铁，／爽性泼你的剩菜残羹"。《烂果》的结局是"烂极生春"，烂出新的生命；《死水》则已彻底绝望："不如让给丑恶来开垦，／看他造出个什么世界。"相比之下，《烂果》还保有"五四"时代的乐观向上的一面。

　　"为艺术而艺术"的倾向在《红烛》里是十分明显的。《李白之死》歌颂了死在幻美之中的理想，《剑匣》则歌颂了"昏死在它的光彩里"的艺术迷醉，《色彩》中对色彩至高无上的赞美流露出饱含专业意识的唯美倾向。但《红烛》历来更为人注重的似乎是它的爱国主义深情。如《太阳吟》写身在美国留学的游子看到太阳时勾起的对祖国深情的思念：

　　……

　　太阳啊，也是我家乡底太阳！

　　此刻我回不了我往日的家乡，

　　便认你为家乡也还得失相偿。

　　太阳啊，慈光普照的太阳！

　　往后我看见你时，就当回家一次；

我的家乡不在地下乃在天上！

　　郭沫若的《太阳礼赞》说："太阳哟，我眼光背开了你时，四面都是黑暗！"闻一多的《太阳吟》说："太阳啊，刺得我心痛的太阳！"郭沫若对太阳顶礼膜拜，闻一多只把太阳看做故乡的照片。闻一多的情感不比郭沫若浅，但新月派主张"理性节制感情"，所以闻一多只有深深的吟咏，并无撕心裂肺的长啸。《太阳吟》一共 12 节，每节三行，每节第一行皆以"太阳啊"起首，以"太阳"收尾，全诗每节的一、三行押韵，一韵到底，这已经体现出闻一多新诗格律化的主张——具有音乐美、绘画美与建筑美。闻一多在《诗的格律》中论述"格律可从两方面讲"，视觉上"有节的匀称，有句的均齐"，听觉上"有格式，有音尺，有平仄，有韵脚"。这种追求在《红烛》时期还是比较自然的，因而显得收放自如，内容与形式和谐统一。如《忆菊》一诗并不追求押韵，诗中名句"我要赞美我祖国底花！／我要赞美我如花的祖国！"字数也不一样，却色彩绚丽，韵律动人。而到了《死水》时期，诗人强求每句字数相同，音节一致，押韵严整，结果往往形式大于内容，有削足适履之感，而且形式本身也减少了美感，成了一堆一堆的"豆腐块"。闻一多等人高举格律化的大旗，本意在匡正《女神》的直抒胸臆、一泻无余的"伪浪漫主义"倾向，但这一主张推向了极端，则在一定程度上又是从《女神》时代的倒退。所以说《红烛》使得 20 年代前期的中国新诗更加繁丽多彩，而到了《死水》，"也许铜的要绿成翡翠，铁罐上锈出几瓣桃花"，则未免有些"浓得化不开"了。

　　"浓得化不开"，其实是另一位新月派代表诗人徐志摩的诗风之一。徐志摩 1925 年出版了《志摩的诗》，其中有一些早期白话诗的遗风，更多的则表现出一个天才诗人的灵性与艺术规律的结合。徐志摩的诗也是讲求格律的，但读来却飘逸飞动，这是由于他不是"格律先行"，他最看重的是"从性灵的暖处来的诗句"。郭沫若是灵感来时，趁热打铁，一挥而就；闻一多是"感触已过，历时数日，甚至数月之后"，"记得的只是最根本最主要的情绪的轮廓，然后再用想象来装成那模糊形象的轮廓"；徐志摩则是直接抓住已经在心里形成的诗句，情感流到笔尖之时，已经是诗了。如他著名的《雪花的欢乐》：

假如我是一朵雪花，
翩翩的在半空里潇洒，
　我一定认清我的方向——
　飞飏，飞飏，飞飏——
这地面上有我的方向。

不去那冷寞的幽谷，
　不去那凄清的山麓，
　也不上荒街去惆怅——
飞飏，飞飏，飞飏，——
你看，我有我的方向。

在半空里娟娟的飞舞，
认明了那清幽的住处，
　等着她来花园里探望——
　飞飏，飞飏，飞飏，——
啊，她身上有朱砂梅的清香！

那时我凭藉我的身轻，
凝凝的，沾住了她的衣襟，
　贴近她柔波似的心胸——
　消溶，消溶，消溶——
溶入了她柔波似的心胸！

全诗有格律———共四节，每节五行，句式对应，而且押韵。但又有变化，不呆板——字数、音节不强求一致，各节前两行和后三行分别押韵，特别是第四节一改前三节的"飞飏，飞飏，飞飏"，变为"消溶，消溶，消溶——"三翻四抖，自由畅快。所有这些，都与作品描绘的主体——雪花、快乐，达成了完美的和谐。飞飏的雪花大体是匀速的，但也有调皮的时候。它的轻柔、舒缓的节奏，衬托出一个真正快乐的灵魂。

　　在文学革命以后的各种文字实验中，新诗可以说是变动最大而又最难找到"规范"的体裁。中国白话新诗的探索今天仍在艰辛地继续和浮沉着。到底诗应该怎样写，往何处去，甚至到底什么是诗，真假诗人和真假评论家们还在争论和试验下去。但也许已有的这些就是诗，在这个问题上，应该承认：存在先于本质。正是有了《女神》《湖畔》，有了《繁星》《红烛》，中国新诗这只"天狗"才吞下了古典诗词几千年不落的太阳。这太阳要在它腹中翻滚、烧灼、消溶、同化，才会爆出一轮鲜红的旭日，照耀在新世纪的诗坛。

五 大幕为谁开：
戏剧在"民众"与"艺术"之间

一位戏剧理论家说："为了拯救戏剧，戏剧必须被摧毁，男演员和女演员们必须全部死于灾祸……他们使艺术不可能存在了。"[①]

中国的戏剧经历过这样的时期吗？

1920年10月15日，上海《时事新报》第四版登出一则演出预告，叫做《中国舞台上第一次演西洋剧本》。文称："中国十年前就发生新剧，但是从来没有完完全全介绍过西洋剧本到舞台上来。我们新舞台忝为中国剧场的先进，所以足足费了三个月一天不间的心血，排成这本名剧，以贯彻我们提倡新剧的最初主张。"

"这本名剧"，就是萧伯纳的《华伦夫人之职业》——

---

① 戈登·克雷：《论剧场艺术》。

当时广告译为《华奶奶之职业》。主持者是中国话剧的开创者之一、著名的文明戏演员汪优游(1888—1937，字仲贤)。他与新舞台的几位戏曲"大腕儿"夏月润、夏月珊、周凤久等合作，决心以"写实派的西洋剧本第一次和中国社会接触"为开端，为中国话剧的发展，打开一个具有轰动效应的突破口。为此，他们斥资千余元，制作全新布景，事先大登广告，彩排三次，并选择周六和周日两个假日首演。考虑到中国观众接受西洋故事之隔膜，他们又将原著"变化形色，改成中国事情"。可以说，为了演出成功，能做到的都做到了——名剧、名家、名剧场、名演员，苦用功、高投入、广宣传，万事俱备，志在必得。

演出惨败。

据《戏剧月刊》1921年1卷5期《上海新舞台演华伦夫人之职业的失败史》一文云：①"费了一百多夜的排练，心血，耗了七八个人的全副精神，掷了一千多元的资本，结果只演了三次！"

观众反应非常冷淡，上座率比新舞台平时售票最惨的日子还少四成。"演到第二幕就有几位头等座的看客站起来走了。二三等座里也有嚷'退票'的。半梅在头等座里听见旁边有人把剧中人说的'社会'误作'茶会'。"②

剧场的失败，就是整个戏剧的失败。这次失败，使整个戏剧界在震动中陷入了"沉思"。

陈西滢在《民众的戏剧》一文中说：

　　凡是关心艺术，眼光明嘹的人，谁都相信中国的旧戏是应当改良的，新戏是应当提倡的。我们也赞同这样的意思。可是一般提倡新剧的人，我们以为大都走进了"此巷不通"的死胡同。他们只知道新剧是要提倡的，他们却不问怎样的新剧是可以提倡的。他们不问一出戏是不是完全西欧的特产，里面的风俗思想能不能

---

① 《上海新舞台演华伦夫人之职业的失败史》，载《戏剧月刊》1921年1卷5期。

得到中国观众的了解；他们更不问一出戏是不是改头换面的旧戏，只有旧戏的短处，没有旧戏的长处；他们只要看见"新戏"的招牌，便觉得义不容辞的应当往观了。他们也未尝不觉得坐在家里舒服得多了，同朋友闲谈有味得多了，但是为了提倡新戏，不得不做多少的"牺牲"。所以他们坐在剧场里，恭恭敬敬，肃然穆然，挣扎着不让那与时俱增的呵欠，占据优势；他们面上的神色，无异乎临刑，他们的前后左右也大都如此。

陈西滢刻薄但却准确地指出了新剧的尴尬之处。他由此提出：

> 戏剧是民众的艺术，尤其是娱乐民众的艺术。你们要民众舍弃了消忧忘愁的旧剧，来随了你们去"牺牲"，上法场，能不能有成功的希望？你们走的是不是死路？你们怎样会得到民众的赞助？

"民众"一词，在这里被赋予决定性的意义。本来文学艺术就是生于民众、用于民众、离不开民众的。尤其是标榜推倒贵族文学、建设国民文学，推倒古典文学、建设写实文学，推倒山林文学、建设社会文学 [①] 的"五四"新文学，更应该尽早认识到"民众"的伟力。这个问题在戏剧这个环节上首先爆发了。

中国的戏剧变革发轫于晚清。19 世纪末，就有一些上海学生，模仿西方戏剧进行演出，剧中没有歌舞只有对话。这便是中国话剧的最早萌芽。

随着维新派掀起的"小说界革命"浪潮，由于当时把小说和戏剧归为同一文类，所谓"传奇，小说之一种也" [②]，一时间涌现了许多具有新思想、新内容的新剧作，戏曲界也大演时事戏、时装戏。至 1907 年春

---

① 陈独秀：《文学革命论》。
② 浴血生：《小说丛话》，载《新小说》1903 年第 1、2 卷。

柳社成立于日本，并演出《茶花女》、《黑奴吁天录》等，再次掀起新剧演出高潮，遂使中国话剧初现雏形。其后，春阳社、进化团等组织推波助澜，使"文明新戏"演遍大江南北，一种与中国传统戏曲截然不同的戏剧开始在这片土地上扎根了。

现代话剧的成长道路异常曲折。它源于学生演剧、宗教演出，从海外搬到国内，再借革命风云遍地播种。当辛亥革命过后，文明新戏已能独立行走，不仅有1914年的"甲寅中兴"，更重要的是造就了第一批中国话剧的作者、演员和观众。学术界一般都对新文化运动之前的文明戏给予严厉批判，认为它"畸形"、"堕落"，但也应该认识到问题的另一面，即这也是早期话剧试图"民族化"的第一步尝试。戏剧的"下流"首先决定于观众的"下流"。面对几百年旧戏传统所培养起来的中国观众，又失去了革命性煽动的刺激，让"文明新戏"如何生存呢？只能是先"投其所好"，上演第一，争取观众第一，营业运转第一。廉价的叫好声中，中国观众毕竟接受了这种不带歌舞的对话体戏剧，接受了穿时装说白话，接受了男女合演，接受了写实布景。只要接受了，扎根了，那么今后的问题就不是"要不要"的存亡问题，而是"好不好"的改进问题了。

在这样的背景下，1917年开始的新文化运动才底气十足地对中国旧戏发动了总攻。在攻击中尽管分为"改良"和"推翻"两派，但总的结论是，必须引进和创造"西洋派"的戏剧。胡适说："赶紧翻译西洋的文学名著做我们的模范。"①周作人说："建设一面，也只有兴行欧洲式的新戏一法。"②于是，从1917年至1924年，据不完全统计，出版翻译剧本达170余部，涉及近20个国家的70多位剧作家。其中1919年至1924年全国28种报刊共发表翻译剧本81部，涉及46位作家。宋春舫在《世界新剧谭》一文中，评价了30多位近代欧美戏剧家，又根据胡适提议，于1918年在《新青年》上发表《近世名戏百种》，涉及13个国家58位

---

① 胡适：《建设的文学革命论》。
② 《论旧剧之当废》，载《新青年》5卷4期。

作者。中国人开始熟悉了莎士比亚、易卜生、萧伯纳、泰戈尔、王尔德、高尔斯华绥、斯特林堡、梅特林克、霍普特曼、契诃夫、安特莱夫、果戈理、托尔斯泰、席勒、莫里哀……从现实主义、浪漫主义到象征派、未来派、唯美派、表现派等所组成的西方戏剧的最华丽阵容。

然而就在摧毁旧戏、建设新戏的凯歌声中，《华伦夫人之职业》演出失败了。失败的原因在于不重视"民众"。《华》剧虽然已把剧情改为中国的故事，但在剧本结构和语言上基本采用"直译"。那种开门而不见山的倒叙体，那远离中国人心理的交流对话方式以及没头没脑不三不四的语言，实在让中国"民众"是可忍熟不可忍。难道中国话剧的进军会卡在这么一个不大不小的关口上吗？时代呼唤着中国"民众戏剧"的问世。

1921 年 3 月，民众戏剧社成立了。

这个"五四"之后第一个新剧组织的倡议者就是汪优游。他总结《华》剧演出失败的教训说：

> 我们借演剧的方法去实行通俗教育，本是要去开通那班"俗人"的啊，如果演那种太高的戏，把"俗人"通统赶跑了，只留下几位"高人"在剧场里拍巴掌"绷场面"，这是何苦来？

汪优游决定："以后的方针——我们演剧不能绝对的去迎合社会心理，也不能绝对的去求知识阶级看了适意。"应该"拿极浅近的新思想，混合入极有趣味的情节里面，编成功叫大家要看的剧本"[①]。

于是，一个念头产生了。汪优游想"脱离资本家的束缚，招集几个有志研究戏剧的人，再在名剧团中抽几个头脑稍清有舞台经验的人，仿西洋的 Amateur，东洋的'素人演剧'的法子组织一个非营业性质的独立剧团。"不久，陈大悲将 Amateur 译为"爱美的戏剧"。一时之间，"爱美剧"如火如荼，取代了走向没落的文明戏。

---

① 《优游室剧谈》，1920 年 11 月 1 日《晨报》。

汪优游首倡的民众戏剧社，于 1921 年 5 月创办了新文学史上最早的专门性戏剧杂志——《戏剧》月刊。创刊号封二的"民众戏剧社社员题名录"列了 13 个人的名单：沈雁冰、柯一岑、陈大悲、徐半梅、张聿光、陆冰心、熊佛西、张静庐、欧阳予倩、郑振铎、汪仲贤、沈冰血、滕若渠。民众戏剧社的社名是沈雁冰应汪优游之请，根据法国作家罗曼·罗兰所倡导的民众戏院活动而拟的。附录的《民众戏剧社宣言》云："萧伯纳曾说：'戏剧是宣传主义的地方'，这句话虽然不能一定是，但我们至少可以说一句：当看戏是消闲的时代现在已经过去了，戏院在现代社会中确是占着重要的地位，是推动社会前进的一个轮子，又是搜寻社病根的 X 光镜。"

　　不难看出，这与文学研究会的宣言在精神上是如出一辙的，实际是在提倡"为人生"的戏剧。

　　创刊号的第一篇文章是沈泽民的《民众戏院的意义与目的》，文前有"雁冰附注"，表示"文章虽是他做的，可以说我对于这个题目的意见……也不外乎此！"文章开头写道："民众这个东西自有人类以来便已存在；但是民众这一个名词被人认识被人注意，却只是近二十年来的事！"结尾写道："现在很有人抱怨社会上没有听众，却不晓得最大的患处尚在没有编剧家和演剧家，听众本来要靠上二者引起来的啊！"

　　这是对中国自己的戏剧艺术的呼唤。汪优游指出，介绍演出西洋名剧"不过是我们过渡时代的一种方法，并不是我们创造戏剧的真精神……中国戏剧要想在世界文艺中寻一个立锥地，应该赶紧造成编剧本的人才，创造几种与西洋相等或较高价值的剧本，这才算真正的创造新剧。如果徒知模仿西洋作品，没有创造的雄心，那是中国戏剧永远不会在世界戏剧史上占着位置的啊！"①

　　《戏剧》陆续发表一系列研讨表演艺术和舞台技巧方面的文章，如沈冰血《演剧初程》、《假须的研究》，汪优游《化装术的一得》等。还

---

① 《与创造新剧诸君商榷》。

设有《答问》专栏，回答诸如"麻子底化妆是怎样化的"等问题。

民众戏剧社的创立，可以说是中国戏剧"组织起来"，走向"计划"的第一步。他们提出了建设中国话剧的全面而系统的理论构想，并且基本奠定了此后中国话剧发展的大方向。

民众戏剧社没有自己的演出活动，理论与实践之间存在脱节，但其号召鼓动作用是很大的。汪优游在《戏剧》第 2 期《本社筹备实行部的提议》中说："我们成立这民众戏剧社的目的，并不是仅仅出这几本书就算了；我们的最主要的事业，是要大家跳上舞台去实演我们理想中的戏剧。"汪优游自己带头，在《戏剧》第 6 期上以"汪仲贤"之名发表了他的"试作剧本"《好儿子》。

这是一个问题剧，写一个上海普通家庭里"好儿子陆慎卿就是家庭中的唯一生产者，母亲，妻子，兄弟，都靠他一个人赚钱回来养活。非但一切用度要他负完全责任，并且母亲要赌，妻子要插戴，兄弟要念书，要无限制的零花。两位女太太还要争着藏私财，儿子与丈夫的失业不能赚钱是不管的。……分利者多，生利者少，果然是一种贫弱的原因；而利己心太重，从没有公共观念，尤其是我们民族的弱点。上至政府，下至家庭，都把管理财政的职务当做肥私囊发洋财的差使"。最后好儿子被逼得走上犯罪道路，包探来搜出老太太的私产，老太太泣不成声地说："我……对不起……儿……好儿子！"

这个剧本比胡适 1919 年的《终身大事》无论思想还是技巧上都前进了一大步。《终身大事》本来是预备让一个女学堂排演的，但"后来因为这戏里的田女士跟人跑了，这几位女学生竟没有人敢扮演田女士，况且女学堂似乎不便演这种不道德的戏！"而汪仲贤的《好儿子》由于很适合中国的"国情"，台词和细节都富有生活气息，因此后来经常有人演出，效果也不错。注重"国情"，是话剧走向民众的关键。蒲伯英在《戏剧》第 4 期上就专门写了一篇《戏剧要如何适应国情》，进行了理论探讨。

民众戏剧社于 1922 年 1 月扩建为新中华戏剧协社，征收集体社员

48 个，个人社员达两千余，继续出版《戏剧》月刊。其背景就是爱美剧运动的蓬勃发展。

在民众戏剧社的大力倡导下，以京、沪两地为中心，全国的爱美剧演出热潮迭起。1921 年前后，北大实验剧社演出过《母》、《爱国贼》、《黑暗之势力》，清华新剧社演出过《新村正》、《终身大事》，燕大女校演出过《青鸟》、《无事烦恼》，女高师演出过《孔雀东南飞》，政法专科学校演出过《良心》，高师演出过《幽兰女士》、《可怜闺里月》，燕大演出过《十万金镑》。在这些学生演剧的基础上，1921 年 11 月，陈大悲、李健吾、陈晴皋、封至模、何玉书、郭商隐等组织了"北京实验剧社"。该剧社跨校联合，集中了各校的优秀演出人才。它一面自己组织演出或协助学生剧团演出，一面编译剧本，研讨戏剧理论，成为一个社会影响比较大、水平比较高的爱美剧团体。

这个团体的组织者之一陈大悲 (1887—1944)，是"爱美剧"一词的发明者。他在北京的学生演剧活动中，发挥了重要的中坚作用。陈大悲不仅撰文批判旧戏和文明戏，还经常到各大、中学校去组织和指导学生演剧。他 1920 年发表的《英雄与美人》和《幽兰女士》，是许多学校常演的剧目。1922 年 3 月，陈大悲编译的《爱美的戏剧》一书出版，该书系统地评介了爱美剧的性质，源起和编、导、演各方面的理论知识。陈大悲指出文明戏的堕落在于其商业化和职业化，现代戏剧必须以爱美剧为主体。他反对文明戏的"幕表制"，提倡"剧本制"，"舞台上不可没有剧本，戏剧不可与文学离婚"。他反对由旧戏沿袭下来的"名角制"，提倡导演制，"演戏必要排戏，排戏必要有精通各个戏剧部门的组织者"，陈大悲以"组织"的观念来看待现代戏剧。他还反对文明戏的"角色分派制"和脸谱化以及哗众取宠的布景，提倡以人物灵魂为主，"想剧中人所想的事，说剧中人所说的话"，提倡油彩化妆术，提倡"布景与戏剧精神一致"等等。陈大悲的主张解了中国话剧艺术发展的燃眉之急，对当时的戏剧建设具有不可替代的理论指导意义。《爱美的戏剧》一书成为"一般爱美剧的信徒趋之若鹜的"必备工具书。

但是，陈大悲的爱美剧主张虽然有力地矫正了文明戏之弊，却因极端强调非职业化而使剧团演出缺乏正规性和连续性。没有专业的编、导、演队伍的长期钻研努力，演出质量也不能保证。所以，1923年以后，爱美剧运动陷入低潮。有鉴于此，陈大悲认识到职业化不一定是戏剧发展的障碍。还在1921年，蒲伯英就在《戏剧》1卷5期上发表《我主张要提倡职业的戏剧》一文，提倡以高质量的艺术获得生活报酬，再依靠生活报酬继续在艺术上前进。陈大悲认识到蒲伯英主张的正确性，于是二人合力筹建一所私立戏剧学校。

1922年冬，由蒲伯英出资任校长、陈大悲任教务长的北京人艺戏剧专门学校成立了。该校不分科系，男女兼收，以"提高戏剧艺术辅助社会教育为宗旨"，聘请梁启超、鲁迅、周作人、孙伏园、徐半梅等文坛名人作校董，力图将学生培养成"能编剧、能演戏、又要能播种"的戏剧通才。学校还设有一座专供实习演出的新明剧场，一律对号入座，改变旧戏园中喝茶起哄等陋习，一时成为新鲜事物。

1923年5月19日，人艺剧专在新明剧场举行首场演出，成为中国话剧男女合演的开端。此后又演出了14次，剧目有陈大悲的《英雄与美人》、《幽兰女士》、《说不出》、《良心》、《爱国贼》，蒲伯英的《阔人的孝道》、《道义之交》等。民众戏剧社、新中华戏剧协社、北京实验剧社、人艺剧专的戏剧活动对中国话剧、特别是北方地区的话剧发展起到了核心的作用。

南方的话剧中心无疑是上海。1921年冬，上海戏剧协社成立了。骨干成员有应云卫、谷剑尘等，后来又吸收了欧阳予倩、汪优游、徐半梅等。上海戏剧协社到1923年5月才举行了第一次公演，但它前后活动了十余年，是历史最长的中国早期话剧团体。

上海戏剧协社的成就在很大程度上要归功于一位中国早期的话剧大师——洪深。

洪深(1894—1955)早在上海的教会学校——徐汇公学和南洋公学读书时，就积极参加演剧活动。1912年考入北京清华学校后，更开始尝试创作。1915年写有独幕剧《卖梨人》，1916年写有五幕剧《贫民惨剧》。赴美留学后，他弃工就文，用英文创作了三幕剧《为之有室》和独幕剧《回去》，并于1919年考入哈佛大学由著名戏剧教育家培克主持的"47工作室"。从此他全面掌握了话剧艺术的整个生产、流通过程，并继续进行话剧创作。1922年春，洪深归国投身于中国的话剧事业，立下誓言说："我愿做一个易卜生。"[①]这一年的冬天，他写出了著名的《赵阎王》，大量借鉴了美国剧作家奥尼尔《琼斯皇》的表现主义技巧，从结构、细节、伏笔到无声幻象和独白的运用。这些新鲜的手法对于一般的中国观众来说还颇为陌生。但剧作的主体思想仍是与其早年剧作《贫民惨剧》一脉相承的，它是一部鲜明的社会问题剧。剧本写的是一个叫赵大的士兵由质朴走向狡诈凶残，由杀人到被杀的悲剧。深刻的心理刻画起到了深刻揭露军阀罪恶的作用。尽管剧场效果并不尽如人意，但在戏剧界反响很大，刺激了中国话剧意识的提高。

1923年秋，洪深由欧阳予倩介绍加入了上海戏剧协社，担任排演主任。洪深大刀阔斧地展开了自己的话剧改革实践。为了彻底改变从旧戏延续到文明戏的男扮女装的积习，洪深同场推出男女合演的《终身大事》和男扮女装的《泼妇》。两相对比中，新生事物取得了胜利。

洪深建立了严格的规章制度，从排演、台风、舞台设计直到演员的形体、发声都有规定，形成一套完整的导演理论体系。他的辛勤努力在1924年结出了硕果。该年4月，上海戏剧协社演出了根据英国唯美主义剧作家王尔德的名剧《温德米尔夫人的扇子》改编的《少奶奶的扇子》。剧情改为中国的故事，人物、环境、语言、习俗全部中国化。剧社严格排练，表演真切、流畅，灯光、音响追求逼真效果，还第一次在中国话剧舞台上采用真门真窗的立体布景，既面貌一新，又内容丰富，一时"轰动全沪，开新剧未有的局面"[②]，获得了巨大的成功。学术界公认这是中

---

① 《我的打鼓时期已经过了么？》。
② 谷剑尘：《〈剧本汇刊〉序》，商务印书馆，1928。

国话剧正规化的第一座里程碑。

《少奶奶的扇子》的演出成功，证明新文学如果要生存发展开花结果，必须在两个向度上同时努力，同时有所成就，一方面必须适应"民众"，另一方面必须坚持"艺术"。一味孤芳自赏、背弃民众和一味媚俗玩世、放弃艺术，都是自杀行为，最终都会被艺术和民众一并抛弃。关起门来的小剧场实验是必须的，走向广阔天地的大广场演出也是必须的，但这二者都不应该是戏剧的主体形式。必须有规范化的既能保证艺术质量又能保证剧场效应的戏剧作为主体，才能保证提高和普及各得其宜，百花齐放。

上海戏剧协社此后还演出了汪仲贤《好儿子》、徐半梅《月下》、欧阳予倩《回家以后》和易卜生《傀儡家庭》等，逐步确立了正规的导演、排演制度，为其他话剧团体树立了典范。"话剧"这一名称，就是洪深所起。以对话为标志的中国现代新剧与以歌唱为核心的中国传统戏曲划开了分水岭。

从1921年开始的中国话剧规范化运动，到1925年初见成效。这一年，又有一个重要的话剧"组织"——国立北京艺术专门学校（艺专）戏剧系诞生了。这是话剧史上第一个由政府主办的戏剧教育机构。主要创办人是系主任赵太侔和教授余上沅。该系分表演、图案两科，专业课有戏剧概论、舞台装置、化妆术、习演、戏剧文学和发音学等。该系于1926年5月举行首次公演，精美的灯光布景和舞台装置使观众大为叹赏，舆论轰动全城。不久，赵太侔和余上沅因多方压力先后离校，留美归来的熊佛西接任。他改变原来单纯培养表演和舞美人才的方针，"认为戏剧系的主要目的应该是：戏剧领袖人才的培养。戏剧系应该是训练戏剧各方面人才的大本营，戏剧系应该是新兴戏剧的实验中心"。他为学生开设了广博的基础课，既有文学概论、戏剧原理、西洋戏剧史、西洋戏剧文学，也有中国戏曲史、皮簧昆曲研究、元曲、国文，力图融汇中西戏剧而创新径。艺专戏剧系对中国话剧的规范化作出了很大的贡献。尽管赵太侔、余上沅、熊佛西都有一些为艺术而艺术的倾向，他们所曾倡导的"国剧"运动也含混模棱，无疾而终，但在艺术发展史上，往往需要一些"为艺术而艺术"的阶段和局部，以促进主流的更加宏大和拓展。而"国剧"运动本身虽无所"立"，但对新文化运动初期全盘否定传统旧戏的弊端颇有矫正之功。史实证明，中国话剧并未抛弃传统戏曲的象征表现性，真正民族化的"国剧"形式今天仍在探索的途中。

伴随着1921年以后众多的戏剧社团和演出，戏剧创作也呈现出生机勃勃的繁荣景象。洪深说："剧本是戏剧的生命。"①文明戏就是主要因为没有剧本，仅靠演员上台即兴发挥，导致越来越向插科打诨而堕入艺术的底层的。1921年民众戏剧社曾在《戏剧》月刊启事"巨资征求剧本"，指出中国戏剧"要想将来在世界史占一个位置，非要有自己的创作不可"。于是，一大批有志之士投入到戏剧创作中来，比较著名者有汪优游、陈大悲、张彭春、欧阳予倩、洪深、余上沅、郭沫若、成仿吾、郁达夫、田汉、丁西林、王统照、叶绍钧、李健吾、熊佛西、白薇、濮舜卿、侯曜等。他们进行了各种风格流派的创作尝试，现实问题剧、历史剧、独幕剧、多幕剧，悲剧、喜剧、正剧、诗剧、哑剧都有，充分表现出"五四"时代勇于探索、不拘一格的宏大气魄。宋春舫曾译未来派剧本《早已过去了》，该剧只有老头、老婆二人，三幕剧的对话完全一样，只有月份牌分别是1860年、1880年、1910年，最后二人死去。还有一部叫《枪声》的短剧，全剧如下：

　　登场人物　一粒子弹
　　布景　黑夜冷极了，路上一个人也没有，静悄悄的，歇了一
　　　　　分钟，忽然手枪呼地一声响……
　　幕就此下来了。

宋春舫说："未来派的剧本，现在已经是不时髦的了；但是据我看

_____

① 《〈中国新文学大系·戏剧集〉导言》。

106

起来，未来派所崇拜的几个字‘快’‘胡闹’，都很有研究的价值。"

"快"和"胡闹"，也是中国话剧草创时期的特点，但中国话剧很快消化吸收了各家各派的营养，度过草创期，进入了规范期。这里介绍一些 1921 年以后过渡期内具有代表性的剧作，从中也可看出早期话剧在"民众"和"艺术"之间的游动概貌。

1921 年郭沫若出版的《女神》中收入了他的三部历史诗剧《女神之再生》、《湘累》和《棠棣之花》，本书第四章已有所介绍。随后，郭沫若又写了《广寒宫》、《孤竹君之二子》和《卓文君》、《王昭君》、《聂嫈》——后三者合为《三个叛逆的女性》于 1926 年出版。郭沫若的剧作是以历史为画布，以诗情为画笔。所谓"要借古人的骸骨来，另行吹嘘些生命进去"[①]，诗、史、剧，在郭沫若那里实际是一体的。

《卓文君》一开场便充满了诗情画意。在月光下的莲池畔，卓文君与侍女红箫不像是在对话，而像是在吟诗：

红　箫　哦，好月亮呀！甚么都像嵌在水晶石里一样！
卓文君　今晚上怕不早了吧？
红　箫　月儿已经在天心了……
卓文君　怎么还不听见弹琴呢？
红　箫　两个心中一轮月，你的心中有他，不知道他的心中
　　　　有你不呢？
……

这样的对话烘托出一片清澈而又清冷的境界，既引人入胜，又吻合人物的性格和心情。但郭沫若的诗情不止于此，他的激情所到之处，便不满足于人物自身的表演，而是直接钻入人物的身体，从人物的口中发出郭沫若的声音。比如第三景中卓文君的父亲和公公阻挠她与司马相如

---

① 《孤竹君之二子·幕前序话》。

的相爱，卓文君说："我以前是以女儿和媳妇的资格对待你们，我现在是以人的资格来对待你们了。……我自认为我的行为是为天下后世提倡风教的。你们男子们制下的旧礼制，你们老人们维持着的旧礼制，是范围我们觉悟了的青年不得，范围我们觉悟了的女子不得！"这斩钉截铁的声音，分明是"五四"的声音，是20世纪的声音，郭沫若让它出自一个汉武帝初年的孀妇之口，他所要表达的当然不是"历史"了。20世纪，从某种意义上说，也正是创造"历史"的世纪。

卓文君对父亲说："你要叫我死，但你也没有这种权利！从前你生我的只是一块肉，但这也不是你生的，只是造化的一次儿戏罢了！我如今是新生了，不怕你就咒我死，但我要朝生的路上走去！"这种"新生"的观念正是《凤凰涅槃》的观念，是《女神》的观念，是"五四"新文化运动的观念。

剧中侍婢挺剑刺死了软弱背叛的情郎秦二，后又刺死自己扑在秦二尸上。这一对人物身上已经隐含着后来的《屈原》一剧中婵娟和宋玉的影子。红箫对秦二尸身道："哈哈，可爱的奴才！你怎么这样地可爱呀！你的面孔和月光一样的白，你的头发和乌云一样的黑，你的奴性和羊儿一样的驯，你的眼睛和星星一样的清，啊，星星坠了，你项上的铁圈也退了，你终竟得和我们逃走了呢！啊，可爱的羊儿呀！"这个杀死情郎但又对其尸身爱恋不舍的场面，显然是受王尔德《莎尔美》一剧的影响。郭沫若在《王昭君》一剧中，让汉元帝抱着毛延寿的头颅亲吻，也与此类似。

《卓文君》一剧，女子学校很喜欢演出，但也因此而闹出风潮，据说浙江省教育会就曾禁止中学以上的学生表演。郭沫若非常乐观：我觉得我国的男性的觉醒期还很遥远……"我想我们现代的新女性，怕真真是达到觉醒的时代了。"其实这完全可以用郭沫若的另一句话来解释："这怕是禁果的滋味特别甜蜜，未必就是我的剧本真能博得这许多的同情。"的确，虽然充满了诗情，但作为一个剧本，《卓文君》无疑是幼稚的。演出者不过是和郭沫若一样，要借人物之口喊出自己的心声。

卓文君的父亲气急败坏地骂她是"泼妇"，欧阳予倩有部独幕剧就叫《泼妇》，写的也是一个反抗礼教的女子——素心。她反对丈夫讨王氏为妾，怒斥丈夫说：

> 你从前对我是怎么说的？你向来对我是怎么说的？你方才对我是怎么说的？你不是反对一夫多妻制的吗？你不是主张神圣恋爱的吗？你不是自命为主张女子解放的中坚分子吗？你不是绝对以真实不欺为信条的吗？你不是主张废娼说不忍拿金钱去压迫那无辜的女子吗？你始终不能不取掉你那正义人道的假面，到了今天，你自己证明你自己从头至尾全是诈伪！

素心以杀子相威胁，终于逼迫丈夫交出王氏的卖身字，并写下离婚书。最后拉着被解救的王氏，双双离去。公婆丈夫一家大小望着这位"逼丈夫退小老婆"的大老婆，齐声叹曰："真好泼妇啊！"

相比之下，《泼妇》比《卓文君》的现实感要强，但又过于朴实，缺少一种飞扬之气。在这一点上与郭沫若接近的是田汉（1898—1968），他的《梵峨嶙与蔷薇》、《灵光》、《咖啡店之一夜》、《午饭之前》（《姐妹》）等剧均表现出明显的浪漫主义风采，又由于接受象征派、唯美主义的影响，剧作往往散发出带有神秘气息的感伤情调。著名的《获虎之夜》，写富裕猎户之女莲姑与流浪儿黄大傻相爱，父母却要她嫁给有钱的陈家。没想到夜里为打虎装设的抬枪，恰恰打中了黄大傻。莲姑的父亲死力拉开他们相握的手，毒打莲姑，黄大傻悲痛欲绝，举刀自尽。故事并不复杂，剧作所渲染的气氛却令人难忘。讨饭流浪的贫儿黄大傻竟有这样的大段台词：

> 一个没有爹娘，没有兄弟，没有亲戚朋友的小孩子，日中间还不怎样，到了晚上独自一个人睡在庙前的戏台底下，是多么凄凉，多么可怕的境况啊！烧起火来，只照得自己一个人的影子；唱起

歌来，哭起来，只听得自己一个人的声音。我才晓得世间上顶可怕的不是虎豹，也不是鬼怪，就是寂寞啊！……我寂寞得没有法子，每到太阳落了，山上的鸟儿都归到巢里去了的时候，便一个人慢慢地走到这后面的山上来望这个屋子里的灯光，尤其是莲姑娘窗上的灯光。我一看了这窗上的灯光，好像我还是五六年前在爹爹妈妈膝下做幸福的孩子，每天到这边山上来喊莲姑出来同玩，我拼命的摘些山花给莲妹戴的时候一样，真不知道多么欢喜，多么安慰！尤其是落霏霏细雨的晚上，那窗上的灯光，远远望起来越显得朦朦胧胧的，又好像秋天里我捉得许多萤火虫儿，莲妹把它装在蛋壳里一样，真是好看。我一面呆看，一面痴想，每每被雨点把一身打得透湿，还不觉得，直等那灯光熄了，莲妹也睡了，我才凄凄凉凉地挨到戏台底下去睡。

黄大傻的文学水平，真可以做创造社的诗人了。但似乎没人过多指责《获虎之夜》的脱离现实，人们似乎宁可把它看成是诗剧、是歌剧。黄大傻口中说不出那样优美的散文诗，但他心中一定有那种散文诗一样的世界，是剧作家替他说了出来。田汉后来从浪漫主义转向现实主义，在一定程度上丧失了他所擅长的这些稀奇古怪的东西，因而也就失去了艺术优势。应该看到，郭沫若、田汉的戏剧风格并不"规范化"，忽视人物性格、身份，忽视情节、结构，忽视戏剧冲突等等，它们表现出强烈的个人色彩，这样的剧作往往会在一时轰动后被时间所遗弃。但是它们的抒情性、传奇性实在也是独具魅力的，是话剧花园里一个鲜艳夺目的品种。如果在"规范化"、"民众化"、"现实主义化"的大潮中吞没了这一品种，会使戏剧的百花园中减色不少。

讲究布局、结构的剧作也出现不少，但往往是为结构而结构。有时很明显是为了玩弄一句语言游戏而层层铺垫，好似相声的"抖包袱"。结果不过博得一笑，而回顾全局，则冗长累赘，仿佛一公里长的导火线，最后不过放响了一支小爆竹。许多剧作家爱在结尾"点题"，汪仲贤的

《好儿子》结尾，老太太说对不起"好儿子"，欧阳予倩的《泼妇》结尾，众人说"真好泼妇啊！"陈大悲的《爱国贼》也大体如此。窃贼躲在张老爷的卧室伺机行窃，无意中听到了"当朝一品大员"张老爷的卖国行径和其三姨太的秘密。窃贼拿到钱后，被张老爷发现，于是持枪而出，当面指出"你是一位卖国的老爷"，张老爷说："我不是卖国贼！"窃贼于是勃然大怒：

> 你再敢说"贼！"我知道，你卖过国，可没有当过贼！你们这一班卖国的王八旦也配称"贼"吗？你们只配称"老爷"！称"大人"！你们卖了国，还配称"贼"？我们当贼的，不能卖国！国卖给外国人了，我们到那儿偷去？当贼的从来没有卖过国！卖国的就是你们这班老爷！大人！你们老爷大人卖了国，还要坏我们贼的名誉！从此以后，你还敢卖了国再冒充贼吗？

全剧的精华尽在于此。这个"包袱"抖完了，也就"没戏"了。可以说，今日的一个普通的戏剧小品，水平也高于此。但没有这些早期的艺术积累，当然也就不会有今日的芸芸小品。还有余上沅的《兵变》，写兵变的传闻造成的社会混乱，结尾人物说："兵不变都这样，兵变了又该怎么样呢？"

最惯于使用这种"抖包袱"手段的还要数丁西林。丁西林(1893—1974)本是北京大学的物理系主任，熟读英国近世喜剧，以"票友"姿态写了几个剧本。也许是中国太缺乏喜剧的缘故，丁西林很快被捧为"独幕喜剧的圣手"。其实丁西林的戏法很容易揭破，他的剧本皆由三个主要角色构成，其中两个欺瞒另一个，构成"欺骗模式"[①]。运用这个模式，丁西林故作优雅地描写一些男女之间的想勾搭又找借口遮掩的小机智小聪明。可不知为什么，长期以来人们对此视而不见，不断有人拔高

---

① 参见孔庆东：《丁西林剧作"欺骗模式"初探》，载《现代文学研究丛刊》1992年第1期。

111

对丁西林的评价，什么"反封建"、"反黑暗"、"反压迫"，什么轻松自然、妙趣横生。这实在是对中国人的智力、审美能力、幽默能力的贬低。丁西林的《一只马蜂》，男女主人公卖弄口舌，在拥抱时以"一只马蜂"为借口瞒过老太太，这里根本没有"反封建"的锋芒，不过是一种矫情做作。《亲爱的丈夫》的核心是写任先生知道了太太是男扮女装后，还要在其怀中睡一会儿的"别趣"。《酒后》写妻子欲吻睡着的醉客而征求丈夫意见，编造痕迹极为明显。《压迫》中的男女房客在欺骗房东太太的过程中两情相悦，却美其名曰"无产阶级联合抵抗有产阶级的压迫"。此话在戏中本应看做戏言，却长期被评论界吹捧为丁西林具有无产阶级革命思想的标志。这真是对无产阶级革命的天大污蔑。其实当年就有明眼人指出："他的剧本内容是完全空虚的。除掉接吻拥抱和男女间一些亲密的关系之外，只充满了一些漂亮的对话……以狡猾巧妙的方法欺骗读者……只能供给游荡阶级无聊时消遣。"[1]丁西林后来长期担任文化、外事官员，那些过誉之词便一直没有得到纠正。其实，他的剧本演出效果很差，大部分只能供给那些不懂机智幽默为何物的批评家作案头阅读。这本身就是对其剧作最有力的艺术评价。

真正在思想、技巧各方面都禁得起时间考验的并切实推动了中国话剧前行的，还要数洪深1922年创作的《赵阎王》。四十来岁的赵大是个"兵油子"，从一个质朴的农民逐步演变到可以无恶不作，但他的潜意识里又保存和留恋着善良纯真的一面。在别人的怂恿逼迫下，他击伤营长，劫饷逃跑，在密林中因又累又怕，潜意识被诱发，往事一幕幕以幻象涌现到面前，致使赵大神智迷乱，被追兵打死。该剧人物性格鲜明、统一，语言真实贴切，结构完整简练——赵大的历史都在他迷乱时以幻象和忏悔呈现，符合三一律，铺垫密实，挖掘心理深刻，社会批判意义明确而又不直露。唯一被人指责的是表现主义手法当时的观众不适应，但这无损于剧本自身的完整和水准。今日读来，《赵阎王》仍不失为一部很优

---

① 培良：《中国戏剧概评》，见《丁西林研究资料》。

秀的作品。洪深说《赵阎王》是他"阅历人生,观察人生,受了人生的刺激,直接从人生里滚出来的。不是趋时的作品"①。洪深带着浓厚的戏剧专业素养加上深厚的人生感受,才写出了这部佳作。后来他偏离这两根平行的钢轨,凭着概念去写《农村三部曲》,就捉襟见肘了。三部曲中的《香稻米》,竟一次也没有上演过。洪深在解释赵阎王——赵大的性格复杂性时说:

世上没有所谓天生好人或天生恶人,好人恶人都是环境造成的;也没有所谓完全好人或完全恶人,人的行为是相当复杂的;他可能在某些事情上表现得很好而在某些事情上表现得很恶,甚至在同样事情上某些时候表现得很好而某些时候表现得很恶。剧本最后一则对话中,剧的另一人物批评赵阎王说:"你做好人心太坏,做坏人心太好",正是我对军阀时代一般当兵者的看法。他们几乎"无可不作"。但他们到底还不是"不可救药的";在他们身上存在着有些好的因素,即如比起剧中的营长,赵阎王似乎还较"可敬"。他偷,他抢,他骗,他杀人,他犯上,他活埋战场上未死的敌人。他为什么会是这样的?如果他——和那些类似他的人——的生活历史可得而查考的话,他们可能都曾遭受严重的不公待遇与不幸经验的打击,尤其在他们幼弱而不能抗争的时候——那些不公与不幸,或竟严重到几乎使得他们从此不能在做人处世方面正常地发展的。他们是罪恶者呢,还是遭受罪恶的对象?还是,因为他们都是遭受罪恶的对象,于是最后他们也成为罪恶者?在《赵阎王》这个剧本里,我把许多人的遭受,集中在他一个人的身上,以见从一九二二年——此剧写于一九二二年冬——上溯三四十年的社会,充满着多样的黑暗,自然会造成《赵阎王》这类的罪恶者的。

① 《属于一个时代的戏剧》。

洪深在《少奶奶的扇子》后序中也说过类似的话："……世无全人，为善为恶，随境而迁，人之一生，单论形迹，矛盾甚多。惟究其心事，始知渊源贯通，前后仍是一人。"对戏剧人物如此深刻的理解，可以说是超越时代的。中国话剧在 20 年代初期就拥有洪深这样的全才，其意义不亚于 30 年代之拥有曹禺和夏衍。戏剧如何能在"民众"与"艺术"之间调好平衡波段，说到底，这并不是一个政策问题或技术问题，而是修养问题、功力问题。洪深的修养和功力当然不止体现在《赵阎王》和《少奶奶的扇子》上，而是更多地倾注到一项项具体的组织建设中去了。

总之，自 1921 年开始，中国话剧正式地"组织起来"了。正式的剧社、正式的演出、正式的创作，有板有眼，有雅有俗。到这一时期，旧戏、文明戏才真正在气势上被压倒，新式戏剧才在中国真正争得了一席之地。此时的话剧，重视"民众"，也重视"艺术"，还没有出现一边倒的情况。多种戏剧类型的全面尝试，多种理论主张的实践争鸣，现代剧本制、导演制和一系列舞台制度、剧场规范的建立，共同为中国话剧进入它的成熟繁荣阶段奠定了全方位的基石。好比建起了一座宏大坚实的新舞台，演职人员已各就各位，布景、灯光、音响、效果齐备，先演了几出小品，聚来了满场的观众。于是，一片掌声中——

大幕徐徐拉开了。

六　梦醒之后：
散文在"战斗"与"闲适"之间

中国现代散文是在战斗中横空出世的。

从 1917 年新文化运动开始，现代散文就在打倒"选学妖孽，桐城谬种"的否定句式中树立起自己的形象。一次次的进攻、辩驳，不知不觉中，作为战斗武器的文字形成了自身独特的美学风采。它使用清楚明白、逻辑严密的白话，不为圣人立言，抒发个人意志，高张科学与民主的旗帜，自由驰骋笔墨，爱憎分明，充满激进批判的青春气息。正是这种文字的冲锋陷阵，为新文学全面扫清了一片开阔的战场。各种体裁的新文学创作才得以登场打擂，而现代散文的诞生，也就自然孕育于其间了。

1921 年，正是这种战斗性的散文发展到高峰的时期。最有代表性的，是《新青年》于 1918 年首创的"随感录"。"随感"二字，在今天不起眼得很，中小学语文教师就常常布置学生做"随感"。但在"五四"时期,这"随感"却是个性解放的自由思想的载体,是打破"文以载道"堡垒的炸药包。随感录开创了现代散文的一个大宗——杂文。《新青年》以外,李大钊、陈独秀主持的《每周评论》,李辛白主持的《新生活》,瞿秋白、郑振铎主持的《新社会》,邵力子主持的《民国日报》副刊《觉悟》等,都开辟了"随感录"专栏。其他许多报刊则辟有"杂感"、"评坛"、"乱谈"等栏目,与"随感录"一起把"杂文"推到了现代散文的前台。其中产生了陈独秀、李大钊、鲁迅、周作人、刘半农、钱玄同等一批优秀的杂文家。从《新青年》到《莽原》、《语丝》,再到30年代以后的《萌芽》、《太白》、《中流》,战斗性的杂文成了现代散文最有分量的组成部分。

1921年6月,陈独秀在《新青年》9卷2号上发表了三篇随感录,篇幅虽小,但气势磅礴,充分体现了陈独秀杂文的"王霸之气"。《下品的无政府党》第一段如下:

> 我前次听说中国式的无政府主义即虚无主义的无政府党,在中国读书人中还总算是上品;其余那一班自命为无政府党的先生们:投身政党的也有,做议员的也有,拿干俸的也有,吃鸦片烟的也有,冒充人家女婿的也有,对人说常同吴稚晖先生在上海打野鸡的也有,做陆军监狱官的也有,自称湖南无政府党先觉到处要人供给金钱的也有,以政学会诬人来谋校长做的也有,书已绝版尚登广告劝人寄钱向他购买的也有,谋财杀害嫂子的也有,可以说形形色色无奇不有了。

这一段痛斥如同开花炮弹,四面飞炸,骂尽了那些假革命以谋私利的无耻之徒,堂堂正正,不容辩难。

《青年底误会》一篇只有一大段:

> "教学者如扶醉人,扶得东来西又倒。"现代青年底误解,也

和醉人一般。你说要鼓吹主义，他就迷信了主义底名词万能。你说要注重问题，他就想出许多不成问题的问题来讨论。你说要改造思想，他就说今后当注重哲学不要科学了。你说不可埋头读书把社会公共问题漠视了，他就终日奔走运动，把学问抛在九霄云外。你说婚姻要自由，他就专门把写情书、寻异性朋友做日常重要的功课。你说要打破偶像，他就连学行值得崇拜的良师益友也蔑视了。你说学生要有自动的精神，自治的能力，他就不守规律，不受训练了。你说现在的政治、法律不良，他就妄想废弃一切法律、政治。你说要脱离家庭压制，他就抛弃年老无依的母亲。你说要提倡社会主义、共产主义，他就悍然以为大家朋友应该养活他。你说青年要有自尊底精神，他就目空一切，妄自尊大，不受善言了。你说反对资本主义的剩余劳动，他就不尊重职务观念，连非资本主义的剩余劳动也要诅咒了。你说要尊重女子底人格，他就将女子当做神圣来崇拜。你说人是政治的动物，不能不理政治，他就拿学生团体底名义干预一切行政、司法事务。你说要主张书信秘密自由，他就公然拿这种自由做诱惑女学生底利器。长久这样误会下去，大家想想是青年底进步还是退步呢？

全文除了首尾两句，共由 15 个"你说……他就"的条件句组成，一泻千里，不留余地，如丈八蛇矛，锋锐无敌。淋漓尽致地发挥出杂文的战斗功能。

《反抗舆论的勇气》篇幅很短小：

舆论就是群众心理底表现，群众心理是盲目的，所以舆论也是盲目的。古今来这种盲目的舆论，合理的固然成就过事功，不合理的也造过许多罪恶。反抗舆论比造成舆论更重要而却更难。投合群众心理或激起群众恐慌的几句话，往往可以造成力量强大的舆论，至于公然反抗舆论便不是一件容易的事了。然而社会底进步或救出社会底危险，都需要有大胆反抗舆论的人，因为盲目的舆论大半是不合理的。此时中国底社会里正缺乏有公然大胆反抗舆论的勇气之人！

一共六句话，句句相扣，完全以逻辑取胜，恰如一道九节鞭打下的深痕，让人感到力可开碑。鲁迅曾赞道："独秀随感究竟爽快。"①这一览无余的"爽快"中含有政治家的气势，却少了些政治家的韬略。直到中国共产党成立的1921年7月，他还在《新青年》上发表《卑之无甚高论》，认为"中国人民简直是一盘散沙，一堆蠢物，人人怀着狭隘的个人主义，完全没有公共心"，从而提倡少数人专政。这是陈独秀坦诚的个人思想，但这思想与共产党的宗旨颇有枘凿。恐怕陈独秀还是做个杂文家和学者的好，政党领袖于他并不十分相宜。

李大钊的杂文在气势上与陈独秀类似，形象思维稍多一些，因而文学感稍强，如《"中日亲善"》一篇：

日本人的吗啡针和中国人的肉皮亲善，日本人的商品和中国人的金钱亲善，日本人的铁棍、手枪和中国人的头颅血肉亲善，日本的侵略主义和中国的土地亲善，日本的军舰和中国的福建亲善，这就叫"中日亲善"。

连用5个"亲善"，颠覆了最后一个"亲善"，要言不烦，一针见血。再如《赤色青色》，只有一句：

世界上的军阀财阀怕赤（赤军的赤）色，中国现在的官僚政府怕青（青年的青）色，这都是他们眼里的危险颜色。

---

① 参见鲁迅1921年8月25日致周作人信。

留有余地，令人回味，表现出寸铁杀人的力度。

代表早期杂文风格的还有刘半农和钱玄同等。刘半农"一是畅达流利，发挥驳难的气势；二是运用反语，竭尽夸张之能事。无论采取哪一种写法，他都寓庄于谐，以滑稽出之，使读者感到津津有味亲切易懂"①。司马长风说："刘半农许多诗颇近乎散文，但他写的杂文则多属战斗格的东西。反距散文较远。"②钱玄同也是一员战将，常说极端的惊人之语，如要把京剧"全数扫除，尽情推翻"，还提出要废除汉字，以及人过40岁就该枪毙等等。鲁迅评价他的杂文为"颇汪洋，而少含蓄"③。这类战斗性的杂文所起的历史作用是打破"铁屋子"，把沉睡的人们从梦中唤醒。至于梦醒之后何去何从，就不是单纯的冲锋呐喊所能包括的了。看看鲁迅1921年以后数年的散文创作，无疑可以加深对这一问题的认识。

1921年，鲁迅只写了6篇作品。两篇小说收入《呐喊》，两篇杂文收入《热风》，另两篇后来收入《集外集拾遗》。鲁迅1918年9月15日在《新青年》发表第一篇随感录，该年共有15篇作品，1919年则有26篇作品，其中《热风》内的杂文占21篇，而1920年突然只有4篇作品，全部是《呐喊》中的小说。1921年可以说是1920年状态的延续，1922年又见起色，有19篇作品，而到1923年又降到4篇。1924年以后突又进入高产期，并一直保持下去。鲁迅在《热风》的题记中说："五四运动之后，我没有写什么文字，现在已经说不清是不做，还是散失消灭的事。"看来鲁迅颇不重视在运动高潮时"锦上添花"。他是呼唤那运动到来的"呐喊家"。当他"用骨肉碰钝了锋刃，血液浇灭了烟焰"，迎来"新世纪的曙光"时，④就不屑于挤在庆典的队伍中欢呼雀跃了。随喜胜利的人有的是。《热风》题记又说："于是主张革新的也就蓬蓬勃勃，而且有许多还就是在先讥笑，嘲骂《新青年》的人们，但他们却是另起了一

---

① 林非：《现代六十家散文札记》。

② 《中国新文学史》。

③ 鲁迅：《两地书·一二》。

④ 《"圣武"》。

个冠冕堂皇的名目：新文化运动。这也就是后来又将这名目反套在《新青年》身上，而又加以嘲骂讥笑的，正如笑骂白话文的人，往往自称最得风气之先，早经主张过白话文一样。"

所以，1920 年和 1921 年，是鲁迅散文战斗的一个"幕间休息"期。休息并不意味着不再需要战斗了，而是要经过休整，迎接更激烈复杂的战斗。

鲁迅说："只记得一九二一年中的一篇是对于所谓'虚无哲学'而发的"，这便是《热风》中的《智识即罪恶》。该文的写法很奇特：

> 我本来是一个四平八稳,给小酒馆打杂,混一口安稳饭吃的人,不幸认得几个字，受了新文化运动的影响，想求起智识来了。
>
> 那时我在乡下，很为猪羊不平；心里想，虽然苦，倘也如牛马一样，可以有一件别的用，那就免得专以卖肉见长了。然而猪羊满脸呆气，终生胡涂，实在除了保持现状之外，没有别的法。所以，诚然，智识是要紧的！
>
> 于是我跑到北京，拜老师，求智识。地球是圆的。元质有七十多种。$X+Y=Z$。闻所未闻，虽然难，却也以为是人所应该知道的事。
>
> 有一天，看见一种日报，却又将我的确信打破了。报上有一位虚无哲学家说:智识是罪恶，赃物……虚无哲学，多大的权威呵，而说道智识是罪恶。我的智识虽然少，而确实是智识，这倒反而坑了我了。我于是请教老师去。
>
> 老师道："呸，你懒得用功，便胡说，走！"
>
> 我想："老师贪图束脩罢。智识倒也还不如没有的稳当，可惜粘在我脑里，立刻抛不去，我赶快忘了他罢。"
>
> 然而迟了。因为这一夜里，我已经死了。
>
> ……

接下去是"我"的一个梦境,在地狱里因为有"智识"而受苦,最后"还阳"醒来,自究自问。这篇文章是针对朱谦之"知识就是罪恶"的虚无哲学观点而发,但却没有采取论战式,而是运用一个虚拟的梦来更隐晦更曲折地表达作者的感触,主旨不在制敌而在究己,这非常像是《野草》的风格。三年后开始创作的《野草》在1921年就伏下了根芽。

《热风》中另一篇1921年的作品可以有力地佐证上述观点。该文叫《事实胜于雄辩》,全文如下:

> 西哲说:事实胜于雄辩。我当初很以为然,现在才知道在我们中国,是不适用的。
>
> 去年我在青云阁的一个铺子里买过一双鞋,今年破了,又到原铺子去照样的买一双。
>
> 一个胖伙计,拿出一双鞋来,那鞋头又尖又浅了。
>
> 我将一只旧式的和一只新式的都排在柜上,说道:"这不一样……"
>
> "一样,没有错。"
>
> "这……"
>
> "一样,您瞧!"
>
> 我于是买了尖头鞋走了。
>
> 我顺便有一句话奉告我们中国的某爱国大家,您说,攻击本国的缺点,是拾某国人的唾余的,试在中国上,加上我们二字,看看通不通。
>
> 现在我敬谨加上了,看过了,然而通的。
>
> 您瞧!

文中的胖伙计,不是很像《野草·死后》中那个小伙计吗?《热风》中的两篇1921年之作,完全可以收入《野草》。这说明鲁迅的散文艺术在战斗性之外,于1921年又明显增加了另一种色调。当这种色调沉积下来，便与原来的战斗性一起，使鲁迅散文焕发出更繁丽的色彩。

《热风》中1922年的杂文有12篇，鲁迅说："大抵对于上海之所谓'国学家'而发，不知怎的那时忽而有许多人都自命为国学家了。"①其中有著名的《估〈学衡〉》、《"以震其艰深"》、《所谓"国学"》等篇，仍然保持着"五四"以前的战斗性。1923年，鲁迅几乎没有创作，表面原因一是忙于《中国小说史略》的整理定稿，二是兄弟失和的家庭变故。但从创作风貌的变化上看，这一停顿蕴含着一个大的转向。到了1924和1925两年，鲁迅一下子写出了《彷徨》的全部12篇小说，《野草》23篇中的21篇，《坟》23篇中的15篇，《华盖集》的全部45篇和另外37篇文章，进入其创作生涯的黄金时期。此期作品与以前相比，普遍凝练、厚重、深沉，有一种"重、拙、大"的境界。其中《坟》里的15篇杂文，篇篇都是脍炙人口的名作，层层深入，跌宕起伏，其感染力不亚于长篇小说，至今仍是人们讨论中国的国民性、民族性等问题的必引材料。

鲁迅在1925年的最后一夜整理《华盖集》时感叹："这一年所写的杂感，竟比收在《热风》里的整四年中所写的还要多。意见大部分还是那样，而态度却没有那么质直了，措辞也时常弯弯曲曲，议论又往往执滞在几件小事情上，很足以贻笑于大方之家。"②这说明鲁迅自觉意识到文风、文气的转变。这位伟大的战士并不是从一开头就懂得"韧的战斗"的，是在"被沙砾打得遍身粗糙，头破血流"③，交上了"华盖运"之后，他才伏进堑壕，打起持久战的。而那转折点，大致就在1921年到1923年。

经过了1928年的《华盖集续编》之后，鲁迅的杂文艺术枝繁叶茂，走向成熟。一方面思想深邃无比，刀刀见血；另一方面才情横溢，形象生动。鲁迅使杂文成为一种可以融政论、史论、人论为一体的高级艺术。在文学史上，一个人能将一种文体由凡庸的地位提升到大雅之境，只有屈原可与之相伴。1926年以后直至临终，鲁迅除去写了5篇《故事新编》

---

① 《题记》。

② 同上。

③ 同上。

外，几百篇作品全部是杂文，结成十几个集子。那时的鲁迅，已经是飞花摘叶皆可伤人的大宗师了，真可谓之"杂文剑仙"。

杂文之外，鲁迅给中国现代散文的最大贡献是1924到1926年创作的《野草》。研究《野草》的文章和专著已经不少，这里不宜多嘴浅议。只从本章的题旨说一句，《野草》同时表现了对战斗和闲适的两种渴望和两种拒斥。"五四"时期的鲁迅是战斗的，30年代的鲁迅也是战斗的。但二者的不同在于，前者的战斗是有所为的，是为了催人梦醒的战斗，而后者在一定意义上把战斗本身视做存在的本体。1921年以后的鲁迅，曾有过"闲适"退隐的犹豫，但他终于没有选择"闲适"，或者说他以"战斗"为"闲适"，因为他对战斗和闲适都已看透。人们一般把鲁迅写作《彷徨》、《野草》的1924到1926年视为他的"彷徨期"，但不要忘记，写作是对存在的反抗和否定。写作《彷徨》和《野草》，正是他告别彷徨与绝望，然后走向更无畏的反抗的标志。至于鲁迅心理上真正的"彷徨期"，恐怕是1921到1923年更为准确。

鲁迅1926年还写了一部叙事散文集《朝花夕拾》，忆旧中充满温情，笔法清新，舒卷自如，十篇中有好几篇长期被选入学校教材，当做写人记事散文的典范。鲁迅的确是现代散文的巨匠，从杂文，散文诗，抒情、叙事、记人散文，到科学小品、序跋题记以及书信，他都进行了深入的探索，取得了巨大的成就，为中国民族散文的现代化，建立了不朽的殊勋。

如果说鲁迅是战斗性散文的元帅的话，那么元帅帐下还有一队人马，这就是被称为"语丝派"的一群作家。

1924年10月，《晨报》副刊的编辑孙伏园因受新月派之排挤而辞职。周氏兄弟鼓励他另起炉灶。于是，1924年11月17日，《语丝》周刊问世，长期撰稿人16位：周作人、钱玄同、江绍原、林语堂、鲁迅、川岛、斐君女士、王品青、章衣萍、曙天女士、孙伏园、李小峰、淦女士、顾颉刚、春台、林兰女士。在发刊辞里，周作人写道："我们只觉得现在中国的生活太是枯燥，思想界太是沉闷，感到一种不愉快，想说几句话。……我们并没有什么主义要宣传，对于政治经济问题也没有什么兴趣，我们所想做的只是想冲破一点中国的生活和思想界的浑浊停滞的空气，我们各人的思想尽自不同，但对于一切专断与卑劣之反抗则没有差异。我们这个周刊的主张是提倡自由思想，独立判断和美的生活。"

显然，"反抗"，"自由"，"独立"和"美"是《语丝》的宗旨，战士的色彩一开始就非常鲜明。鲁迅在《语丝》上发表了《论雷峰塔的倒掉》、《再论雷峰塔的倒掉》、《论照相之类》、《看镜有感》、《不是信》、《记念刘和珍君》、《无花的蔷薇》、《"死地"》、《论"费厄泼赖"应该缓行》等著名杂文。周作人也发表了《狗抓地毯》、《上下身》、《道学艺术家的两面》、《裸体游行考订》、《日本人的好意》、《关于三月十八日的死者》、《新中国的女子》、《论并非睚眦之仇》、《我们的闲话》等战斗篇章。如《狗抓地毯》中的一段：

> 我看普通社会上对于事不干己的恋爱事件都抱有一种猛烈的憎恨，也正是蛮性的遗留之一证。这几天是冬季的创造期，正如小孩们所说门外的"狗也正在打仗"，我们家里的青儿大抵拖着尾巴回来，他的背上还负着好些的伤，都是先辈所给的惩创。人们同情于失恋者，或者可以说是出于扶弱的"义侠心"，至于憎恨得恋者的动机却没有这样正大堂皇，实在只是一种咬青儿的背脊的变相，实行禁欲的或放纵的生活的人特别要干涉"风化"，便是这个缘由了。

这是批判中国人的性道德中的野蛮因素的。《裸体游行考订》针对日本报纸借武汉裸体游行一事污蔑中国"真不异百鬼昼行之世界矣"，"此真为世界人类开中国从来未有之奇观"，指出日本在明治维新后还有女阴展览："在官仓野外张席棚，妇女露阴门，观者以竹管吹之。每年照例有两三处。"又指出"特别是日本现行的卖淫制度内，有所谓Mawashi（巡回）者，娼妓在一夜中顺次接得多数的客"，这"便可以不算是百鬼昼行了"，用事实回击了"以尊皇卫道之精神来训导我国人为职志的"日本帝国主义机关报。在《日本人的好意》一篇中，更是长矛大戟，直斥日本：

> 《顺天时报》上也登载过李大钊身后萧条等新闻，但那篇短评上又有"如肯自甘澹泊，不作非分之想"等语。我要请问日本人，你何以知道他是不肯自甘澹泊，是作非分之想？如自己的报上记载是事实，那么身后萧条是澹泊的证据，还是不甘澹泊的证据呢？日本的汉字新闻造谣鼓煽是其长技，但像这样明显的胡说巴道，可以说是少见的了。日本人对于中国幸灾乐祸，历年干涉内政，"挑剔风潮"，已经够了，现今还要进一步，替中国来维持礼教整顿风光，厉行文化侵略，这种阴险的手段实在还在英国之上。英国虽是帝国主义的魁首，却还没有来办《顺天时报》给我们看，只有日本肯这样屈尊赐教，这不能不说同文之赐了。"逢蒙学射于羿，尽羿之道，思天下唯羿为愈己，于是杀羿。孟子曰，是亦羿有罪焉。"呜呼，是亦汉文有罪焉欤！

这段文字真有鲁迅的气概和风范。《关于三月十八日的死者》第四节写道：

> 二十五日女师大开追悼会，我胡乱做了一副挽联送去，文曰：
> 死了倒也罢了，若不想到二位有老母倚闾，亲朋盼信。
> 活着又怎么着，无非多经几番的枪声惊耳，弹雨淋头。
> 殉难者全体追悼会是在二十三日，我在傍晚才知道，也做了
> 一联：
> 赤化赤化，有些学界名流和新闻记者还在那里诬陷。
> 白死白死，所谓革命政府与帝国主义原是一样东西。
> 惭愧我总是"文字之国"的国民，只会以文字来纪念死者。
>
> 民国十五年三月十八日之后五日

这里的"出离愤怒"更与鲁迅有惊人的相似。在鲁迅的对比下，人们总觉得周作人是一个浑然的"闲适"。其实真正的闲适，没有战斗做基础，也是做不到的。不曾战斗过的人，哪里懂得闲适的意义和可贵。此时的周作人首先是一名披坚执锐的勇士，然后才做了一位解甲归田的员外。

林语堂在《语丝》上发表了《论士气与思想界之关系》、《悼刘和珍杨德群女士》、《讨狗檄文》、《打狗释疑》、《论骂人之难》等文章，揭露军阀政府的倒行逆施，抨击学者名流的丑恶行径，摇旗呐喊，可称一员闯将。但有时含蓄不够，近于骂人。30年代，林语堂创办《论语》、《人间世》、《宇宙风》三大杂志，走上提倡幽默之途。郁达夫在《中国新文学大系·散文二集》导言中说：

> 《剪拂集》时代的真诚勇猛是书生本色，至于近来的耽溺风雅，提倡性灵，亦是时势使然，或可视为消极的反抗，有意的孤行。周作人常善引外国人所说的隐士和叛逆者混处在一道的话，来作解嘲，这话在周作人身上原用得着，在林语堂身上，尤其是用得着。

战士渐渐变成隐士，很难断其优劣。但至少这种比较普遍的现象是颇耐思忖的。

刘半农、钱玄同也是骁勇善战之属。刘半农的《骂瞎了眼的文学史家》、《悼"快绝一世の徐树铮将军"》，钱玄同的《告遗老》等，皆庄谐杂陈，挥洒自如。但他们后来也都趋向"隐士"之途，曾激烈主张"人过四十就该枪毙"的钱玄同，过了40岁后变得稳健平和多了，因此鲁迅的《教授杂咏》中写道："作法不自毙，悠然过四十"，很幽了此公一默。

其他如孙伏园、川岛等，也在"五卅"、女师大风潮、"三一八"、"四一二"等事件上表现出战斗的精神。以上这些战斗的文章所共同形成的文体风格，就被人们称为"语丝体。"

关于"语丝体"，《语丝》第54期的周作人《答伏园论"语丝的文体"》

中论道："我们的目的是在让我们可以随便说话。""大家要说什么都是随意,唯一的条件是大胆与诚意。"鲁迅则做了一个几乎成为定论的概括:"在不意中显了一种特色,是：任意而谈,无所顾忌,要催促新的产生,对于有害于新的旧物,则竭力加以排击。"

当然,《语丝》上并不全是杂文,也不全是散文,还有淦女士、章衣萍、废名等人的小说。即便杂文,也不全是"语丝体"。但刊物的名称能够成为一种文体的名字,可见其影响力之大。

就在战斗的"语丝体"所向无敌的同时,另外一种从 1921 年开始的不战斗的文体也莺飞草长,遍地生香。

1921 年 6 月 8 日,《晨报》副刊上发表了一篇周作人的文章,叫做《美文》。文中说:

> 外国文学里有一种所谓论文,其中大约可以分作两类。一批评的,是学术性的。二记述的,是艺术性的,又称作美文,这里边又可以分出叙事与抒情,但也很多两者夹杂的。这种美文似乎在英语国民里最为发达,如中国所熟知的爱迭生,阑姆,欧文,霍桑诸人都做有很好的美文,近时高尔斯威西,吉欣,契斯透顿也是美文的好手。读好的论文,如读散文诗,因为他实在是诗与散文中间的桥。中国古文里的序,记与说等,也可以说是美文的一类。但在现代的国语文学里,还不曾见有这类文章,治新文学的人为什么不去试试呢?……给新文学开辟出一块新的土地来,岂不好么?

周作人这里所说的就是英文里的 Essay,可译做随笔、小品文、絮语散文、家常散文、随笔散文等。鲁迅在《小品文的危机》里说:

> 到五四运动的时候,才又来了一个展开,散文小品的成功,几乎在小说戏曲和诗歌上。这之中,自然含着挣扎和战斗,但因为常常取法于英国的随笔 (Essay),所以也带一点幽默和雍容,写

法也有漂亮和缜密的，这是为了对于旧文学的示威，在表示旧文学之自以为特长者，白话文学也并非做不到。

幽默、雍容、漂亮、缜密，便是"美文"的主要特点。周作人首开风气，并乐此不疲。如果说鲁迅是战斗性杂文的元帅，那么周作人便是美文的状元。他推崇小品文说："小品文是文学发达的极致，它的兴盛必须在王纲解纽的时代。……它集合叙事说理抒情的分子，都浸在自己的性情里，用了适宜的手法调理起来，所以是近代文学的一个潮头。"周作人自己则写出了这种性情文字的一篇又一篇典范。

1921年8月，周作人写了一篇《胜业》，文章的主要部分如下：

> 我既非天生的讽刺家，又非预言的道德家；既不能做十卷《论语》，给小孩们背诵，又不能编一部《笑林广记》，供雅俗共赏；那么高谈阔论，为的是什么呢？野和尚登高座妄谈般若，还不如在僧房里译述几章法句，更为有益。所以我的胜业，是在于停止制造（高谈阔论的话）而实做行贩。别人的思想，总比我的高明；别人的文章，总比我的美妙：我如弃暗投明，岂不是最胜的胜业吗？但这不过在我是胜。至于别人，原是各有其胜，或是征蒙，或是买妾，或是尊孔，或是吸鼻烟，都无不可，在相配的人都是他的胜业。

文中是含着冷嘲的，有一点战斗性，但已包含了雍容和平淡。同月他还写了一篇著名的《天足》，全文如下：

> 我最喜见女人的天足。——这句话我知道是有点语病，要挨性急的人的骂。评头品足，本是中国恶少的恶习，只有帮闲文人像李笠翁那样的人，才将买女人时怎样看脚的法门，写到《闲情偶寄》里去。但这实在是我说颠倒了。我的意思是说，我最嫌恶

128

缠足！

近来虽然有学者说，西妇的"以身殉美观"的束腰，其害甚于缠足，但我总是固执己见，以为以身殉丑观的缠足终是野蛮。我时常兴高采烈的出门去，自命为文明古国的新青年，忽然的当头来了一个一跛一拐的女人，于是乎我的自己以为文明人的想头，不知飞到那里去了。倘若她是老年，这表明我的叔伯辈是喜欢这样丑观的野蛮；倘若年青，便表明我的兄弟辈是野蛮；总之我的不能免为野蛮，是确定的了。这时候仿佛无形中她将一面藤牌，一枝长矛，恭恭敬敬的递过来，我虽然不愿意受，但也没有话说，只能也恭恭敬敬的接收，正式的受封为什么社的生番。我每次出门，总要受到几副牌矛，这实在是一件不大愉快的事。唯有那天足的姊妹们，能够饶恕我这种荣誉，所以我说上面的一句话，表示喜悦与感激。

文章似破空而起，但又收束平稳。主题是对缠足恶习的严肃批判，却写得幽默而谦恭，仿佛在自责和检讨，让人在感叹其智慧的同时接受了文章的思想。

1921 年，周作人还写有一篇《初恋》，回忆"引起我没有明瞭的性之概念的，对于异性的恋慕的第一个人"，结尾写听到那个姑娘"患霍乱死了"后的反应尤其精彩：

我那时也很觉得不快，想象她悲惨的死相，但同时却又似乎很是安静，仿佛心里有一块大石头已经放下了。

语气非常平淡，但仔细体会，却于平淡中涌动着某种催人流泪的东西。这说明周作人倡导的"平淡"不是淡而无味，不是 90 年代这些阿猫阿狗的"扯淡"散文。周作人的"淡"是蕴含着无穷的"浓"的。就如同一幅立体画，不经意看去，平平无奇，可凝神向深处一看，才发现里面竟有那般奇妙的大千世界。

从1921年开始的美文建设，几年后便蔚为大观，周作人把这种文体发展到任心闲话、着手成春的境地。如名篇《谈酒》，开头说："这个年头儿，喝酒倒是很有意思的。"然后叙说家乡做酒、饮酒的习俗，娓娓道来，如对面闲谈。接着谈到自己的酒量、酒趣，不知不觉把话题引到"喝酒的趣味在什么地方"。"照我说来，酒的趣味只是在饮的时候，我想悦乐大抵在做的这一刹那，倘若说是陶然那也当是杯在口的一刻罢。"最后却又归到"或者在中国什么运动都未必彻底成功……仍旧能够让我们喝一口非耽溺的酒也未可知。倘若如此，那时喝酒又一定另外觉得很有意思了罢？"文章以"意思"始，以"意思"终，寓意深远却又让人浑然不觉，确有大巧若拙之概。

周作人这种风格的散文带动了一个"闲话风"气候的形成。"如在江村小屋里，靠玻璃窗，烘着白炭火钵，喝清茶，同友人谈闲话，那是颇愉快的事。"[①]这种境界使许多散文作者欣然向往，它虽不是剑拔弩张的战斗，但这种"随意"、"任心"，也正是"五四"精神之一种，这其实也是对文以载道的封建传统的"和平瓦解"。周作人在《喝茶》中云："喝茶当于瓦屋纸窗之下，清泉绿茶，用素雅的陶瓷茶具，同二三人共饮，得半日之闲，可抵十年的尘梦。"这里有悠然出世之感。周作人似乎做什么事都有自己的一套"别趣"："你坐在船上，应该是游山的态度，看看四周物色，随处可见的山，岸旁的乌桕，河边的红蓼和白蘋，渔舍，各式各样的桥，困倦的时候睡在舱中拿出随笔来看，或者冲一碗清茶喝喝。"[②]但这些别趣中，不难品出若干苦味、涩味，这不能说是与"战斗"无关的。人们多注意周氏兄弟中鲁迅的"痛苦"，但是标榜"闲适"的周作人真的"闲适"吗？读他的文章，似乎他很会饮酒，很会品茶，很会欣赏万事万物，很会"艺术地生活"，但他在实际生活中远没有那么

---

① 《雨天的书·自序一》。

② 《乌篷船》。

风雅讲究。他所标榜的东西，或许都在表达一种向往和摆脱也未可知。即以兄弟失和事件而论，恐怕周作人心底的苦痛不比鲁迅为少吧。周作人是多么渴求"闲话"、"闲适"，他的战斗是为了闲适，他的闲适却抹平不了战斗。从周作人的闲适文中仿佛能听出一个声音："我不干了还不行吗？"但另一个声音说："不行，让你干就得干，不干不行！"周作人前半生的散文似乎预兆了他后半生的命运，又苦又涩但却装得满不在乎，从流飘荡，任意东西……破了戒的虚竹仍然可以做高僧，知堂老人也始终相信自己是好和尚，"前世出家今在家，不将袍子换袈裟。"只是不难看破，这里有太多的无奈和苦笑，或许这便是人生真相的闪现吧。

周作人的"瓦屋纸窗"之下，东倒西歪地聚集了几个"茶友"：俞平伯、钟敬文、废名等。

周作人曾说："平伯所写的文章，自具有一种独特的风致。这风致是属于中国文学的，是那样的旧而又这样的新。"①又说："现代的散文好像是一条湮没在沙土下的河水，多少年后又在下流被掘了出来；这是一条古河，却又是新的。我读平伯的文章，常想起这些话来。"②的确，俞平伯的散文经常示人以一种名士风度，使人于微暖轻醺中有不知身在何世之感。且看名篇《陶然亭的雪》中的一段：

> 我只记得青汪汪的一炉火，温煦最先散在人的双颊上。那户外的尖风呜呜的独自去响。倚着北窗，恰好鸟瞰那南郊的旷莽积雪。玻璃上偶沾了几片鹅毛碎雪，更显得它的莹明不滓。雪固白得可爱，但它干净得尤好。酿雪的云，融雪的泥，各有各的意思；但总不如一半留着的雪痕，一半飘着的雪花，上上下下，迷眩难分的尤为美满。脚步声听不到，门帘也不动，屋内没有第三个人，我们手都插在衣袋里，悄对着那排向北的窗。窗外有几方妙绝的

① 《〈杂拌儿〉跋》。
② 同上。

131

素雪装成的册页，垒垒的坟，弯弯的路，枝枝杈杈的树，高高低低屋顶都秃着白头，耸着白肩膀，危立在卷雪的北风之中。上边不见一只鸟儿展着翅，下边不见一条虫儿蠢然的动，（或者要归功于我的近视眼）。不用路上的行人，更不用提马足车尘了。唯有背后热的瓶笙咬咬的响，是为静之独一异品；然依昔人所谓"蝉噪林逾静"的静这种诠释，它虽努力思与岑寂绝缘，终久是失败的哟。死样的寂每每促生胎动的潜能，惟万寂之中留下一分两分的喧哗，使就烬的赤灰不致以内炎而重生烟焰，故未全枯寂的外缘正能孕育着止水一泓似的心境。这也无须高谈妙谛，只当咱们清眠不熟的时光便可以稍稍体验这番恳谈了。闲闲的意想，乍生乍灭，如行云流水一般的不关痛痒，比强制吾心，一念不着的滋味如何？这想必有人能辨别的。

这里写的是北国的雪，如果与稍后鲁迅所写的《雪》相比，则不啻有云壤之别。后者是升腾闪烁，蓬勃奋飞，而前者却是"死样的寂"。作者自称是"逢人说梦"之辈，他所编织的梦与周作人所造的"瓦屋纸窗"之趣是异曲同工的。

1923 年 8 月，俞平伯和朱自清同游秦淮河后，各自写了一篇《桨声灯影里的秦淮河》。朱自清写得简朴舒缓，特别在写到他们拒绝了歌女的卖唱时的内心矛盾，坦诚老实，灵魂解剖意味颇浓。而俞平伯着意渲染一种"怪异样的朦胧景色"，并从中寻找禅理。对于歌女的卖唱，他承认"有欲的微炎"，但之所以拒绝，"佩弦说他的是一种暗昧的道德意味，我说是一种似较深沉的眷爱"。俞平伯尽力做出"无所用心"之态，想在人事之外沉入如下的世界：

虽同是灯船，虽同是秦淮，虽同是我们，却是灯影淡了，河水静了，我们倦了，——况且月儿将上了。灯影里的昏黄，和月下灯影里的昏黄原是不相似的，又何况入倦的眼中所见的昏黄呢。

灯光所以映她的秾姿，月华所以洗她的秀骨，以蓬腾的心焰跳舞她的盛年，以饧涩的眼波供养她的迟暮，必如此，才会有圆足的醉，圆足的恋，圆足的颓弛，成熟了我们的心田。

这真是有些令人神往的"闲适"。然而23岁的作者真的这般"圆足"吗？俞平伯自己也不敢承认：

凡上所叙，请读者们只看作我归来后，回忆中所偶然留下的千百分之一二，微薄的残影。若所谓"当时之感"，我决不敢奢望诸君能在此中窥得。即我自己虽正在这儿执笔构思，实在也无从重新体验出那时的情景。说老实话，我所有的只是忆。我告诸君的只是忆中的秦淮夜泛。至于说到那"当时之感"，这应当去请教当时的我。而他久飞升了，无所存在。

他聪明而清醒地回避了。于是，在作者着意酿制的"幽甜"之中不免掺入了几丝"苦涩"。苦涩便宣布着并非真的闲适，这与周作人是一样的。其实，俞平伯也自有他"战士"的一面，他日后竟有这样的文字：

革命党日少，侦缉队日多，后来所有的革命党都变为侦缉队了。可是革命党的文件呢，队中人语，"于我们大有用处。"

还有"站起来是做人的时候，趴下去是做狗的时候，躺着是做诗的时候"。可见，倘要百分之百地真闲适，也就不会写这些闲言语了。老子若无为，何来五千言？周作人师徒们的闲适中，实在有一股"想做战士而不得"的悲哀。对于鲁迅那些"做稳了战士"的人，他们似乎不满或不屑，但在那刻意标榜的闲适中，真有几分介于在战斗的墙下做小角色和"他们竟不来叫我"之间的酸楚。

钟敬文早年的散文集《荔枝小品》依稀有一些周作人的影子，王任

133

叔在给他的信中说："你的散文是从周作人《自己的园地》里走出来的……不过周作人的散文冲淡而整齐，含义比较深，你的散文，冲淡而轻松，含义比较浅。这怕也是年龄的关系吧。"请看《荔枝》的第一段：

> 这实在使我时常想起来，有点懊恨。为什么不生在那周汉故都的秦豫之乡，又不生在那风物妩媚的江南之地，却偏偏生长在这文化落后蛮獠旧邦的岭南呢？虽说在这庾岭之阳，南海之滨，也尽有南越南汉未荒的霸迹，白云西湖挺秀的河山，足以供我们低徊游眺，少摅爱美好古之怀，但翘首北望，毕竟不免于爽然自失呵！

这里的感情基本上是外露的。文章是"写于饱啖荔枝之后"的风物闲谈。这里没有家国之痛，没有新旧之战，没有悲喜之思，讲的只是"吾粤"有荔枝这样的美味，可以补文化落后之憾。这似乎近于真的闲适了。但也正由于此，创作难以为继。郁达夫在《中国新文学大系·散文二集》导言中说，钟敬文"散文清朗绝俗，可以继周作人冰心的后武。可惜近来改变方针，去日本研究民族传说等专门学问去了，我希望他以后仍能够恢复旧业，多做些像《荔枝小品》,《西湖漫拾》里所曾露过头角的小品文"。其实创作就是"不闲适"，闲适便无须"创作"。相对于创作来说，还是做学问更接近于"闲适"。

周作人另一弟子废名（冯文炳，1901—1967），几乎每部集子都由周作人作序。他的《竹林的故事》等散文之作，实际也是小说。只不过越写越"走火入魔"，刻意追求枯涩古怪，用以表现洗尽烟火气的禅意。虽然周作人对他推崇备至，但这种走极端的做法实在罕人仿效，只可看做是一种辛苦的"文体实验"而已。

散文里追求宗教意味的另两位名家是丰子恺和许地山。丰子恺（1898—1975）的散文到了30年代才大放异彩，"感情真率自然，语言朴素洒脱，形式灵活多样，信笔所至，妙趣横生，于平易琐细中见深意，在淡泊飘逸中见真情。"①许地山(1893—1941)生前编定的唯一散文集是写于1922年的《空山灵雨》。弁言中说："生本不乐,能够使人觉得稍微安适的,只有躺在床上那几小时,但要在那短促的时间中希冀极乐,也是不可能的事。"这便是贯穿许地山散文的主旨。但"生本不乐"并没有使许地山趋向赞美死亡或享乐,而是在使他看穿了生死,在二者的"半路里撑住了"②。许地山的散文多是带一点故事情节的,有点像古代散文,又像是童话、寓言。尽人皆知的《落花生》用对话体讲述了一个深入浅出的道理:"人要做有用的人,不要做伟大、体面的人。"《债》讲一个充满悲悯之心的读书人,"看见许多贫乏人、愁苦人,就如该了他们无量数的债一般。"岳母见他闷闷不乐,开导他说:"好孩子,这样的债,自来就没有人能还得清,你何必自寻苦恼?我想,你还是做一个小小的债主罢。说到具足生活,也是没有涯岸的:我们今日所谓具足,焉知不是明日底缺陷?你多念一点书就知道生命即是缺陷底苗圃,是烦恼底秧田;若要补修缺陷,拔除烦恼,除弃绝生命外,没有别条道路。然而,我们哪能办得到?个个人都那么怕死!你不要作这种非非想,还是顺着境遇做人去罢。"许地山的这种人生态度,是战斗还是闲适呢?显然是另辟一径,有所超越。《花香雾气中底梦》讲爱与梦的关系:"你所爱底,不在体质,乃在体质所表底情。你怎样爱月呢?是爱那悬在空中已经老死底暗球么?你怎样爱雪呢?是爱他那种砭人肌骨底凛冽么?"《荼蘼》讲一个男子随便送给一个女子一枝花,那女子因痴情而生病,把花吞了,男子却早已忘了。作者说:

　　蚌蛤何尝立志要生珠子呢?也不过是外间的沙粒偶然渗入他底壳里,他就不得不用尽工夫分泌些粘液把那小沙裹起来罢了。你虽无心,可是你底花一到她手里,管保她不因花而爱起你来吗?

---

① 《中国大百科全书·中国文学》。
② 茅盾:《落华生论》。

135

你敢保她不把那花当做你所赐给爱底标识，就纳入她底怀中，用心里无限的情思把他围绕得非常严密吗？也许她本无心，但因你那美意底沙无意中掉在她爱底贝壳里，使她不得不如此。不用踌躇了，且去看看罢。

每一篇都差不多讲述着一个哲理，但又不讲尽，仿佛是在探讨——固执地探讨。在这探讨中，作者坚定了其人生姿态。沈从文在《论落华生》中论道：

在中国，以异教特殊民族生活，作为创作基本，以佛经中邃智明辨笔墨，显示散文的美与光，色香中不缺少诗，落华生为最本质的使散文发展到一个和谐的境界的作者之一（另外是周作人、徐志摩、冯文炳诸人当另论）。这调和，所指的是把基督教的爱欲，佛教的明慧，近代文明与古旧情绪，糅合在一起，毫不牵强地融成一片。作者的风格是由此显示特异而存在的。

确实，许地山的宗教没有刻意雕凿的"废名气"。他无怨无悔，乘着宇宙的轮回而前进，恰如《暾将出兮东方》一篇所昭示的：

黑暗是不足诅咒，光明是毋须赞美底。光明不能增益你什么，黑暗不能妨害你什么，你以何因缘而生出差别心来？若说要赞美底话：在早晨就该赞美早晨；在日中就该赞美日中；在黄昏就该赞美黄昏；在长夜就该赞美长夜；在过去、现在、将来一切时间，就该赞美过去、现在、将来一切时间。说到诅咒，亦复如是。

虽无宗教气，但与许地山一样给人以脚踏实地之感的是叶圣陶。他的散文也有"讲道理"的地方，如《没有秋虫的地方》中这一段：

大概我们所蕲求的不在于某种味道，只要时时有点儿味道尝尝，就自诩为生活不空虚了。假若这味道是甜美的，我们固然含着笑意来体味它；若是酸苦的，我们也要皱着眉头来辨尝它：这总比淡漠无味胜过百倍。我们以为最难堪而丞欲逃避的，唯有这一个淡漠无味！

叶圣陶的文章经常被选入中学课本，因为郁达夫在《中国新文学大系·散文二集》导言中讲："我以为一般的高中学生，要取作散文的模范，当以叶绍钧氏的作品最为适当。"不过，叶圣陶的创作是以质量稳定取胜，他没有水平线下的劣品，但亦缺少精美绝伦之作。司马长风的《中国新文学史》说："他的文笔好处是平稳，缺点是平庸。一般说来抒情写景的文字都平稳流畅，但一谈问题便捉襟见肘。"其实，叶圣陶也有不"平稳"的时候，《五月卅一日急雨中》就充满了愤怒的吼叫：

微笑的魔影，漂亮的魔影，惶恐的魔影！我诅咒你们：你们灭绝！你们销亡！你们是拦路的荆棘！你们是伙伴的牵累！你们灭绝，你们销亡，永远不存一丝痕迹，永远不存一丝儿痕迹于这块土！

看来，要完全避免"战斗"似乎是很难的。因为那是个战斗的年代。但另一面，尽管是个战斗的年代，20年代初、中期的散文，仍然以百花齐放之姿，绽出远近高低各不同的神采。

同是带有战斗性的杂文，陈西滢（1896—1970）的《西滢闲话》中的文章在20年代显得颇为与众不同。陈西滢是"现代评论派"的锋线人物，《现代评论》"闲话"专栏的作者。他的闲话有剧评、影评、书评、随感、杂谈、笔记、人物评、创作评等，擅长说理议论，但态度有些复杂，有时批判政府，有时批判民众，有时批判洋人，有时又批判国人。有人说，鲁迅不也是这样么？其实不然。鲁迅的批判是外冷内热，出发点是明确的启蒙爱国立场。而陈西滢则给人高高在上之感，仿佛谁都不如他理智、公允，他的"闲话"是站在事情之外的冷眼旁观，并不连自己烧在其内，这是一种地地道道的"闲"。即如五卅运动期间，陈西滢发表了《五卅惨案》、《干着急》、《多数与少数》等文章，表面上也是在批评帝国主义的暴行，但却很少有批判的言辞，多是讲些细碎小事表示自己的冷静。如《五卅惨案》中先是忧心新闻不畅，使外国友人不知真相，又谈到如何能使募捐公平，接着却又批评起中国群众的心理。掂量全文，反帝的框架已被具体的"怠工"抽空得所剩无几。陈西滢之所以反帝，是因为五卅惨案激起全民仇忾，在鲜血面前再唱反调，将成为千夫所指。于是他东指西责，聊作敷衍。其实，倘是好汉，就应不怕"独战多数"，就应勇于在惊涛骇浪中明示自己的立场，高呼几声"我就是热爱帝国主义，我就是恶心讨厌中国人！"正是陈西滢表里不一的态度、首鼠两端的文笔，令鲁迅等人格外鄙视，也使得《西滢闲话》既无"美文"风致，又无"杂文"的爽快。出于对这么一本书的文学史特色的尊重，人们勉强找出它的一些优点，如有学识、有幽默感、有批判精神等；但这些已经并不重要了。说得刻薄一点，陈西滢实在是托了鲁迅的福才留下些许文名。《西滢闲话》的初版广告云：

> 鲁迅先生（语丝派首领）所仗的大义，他的战略，读过《华盖集》的人想必已经认识了。但是现代派的义旗，和它的主将——西滢先生的战略，我们还没有明了。现在我们特地和西滢先生商量，把《闲话》选集起来，印成专书，留心文艺界掌故的人，想必都以先睹为快。

鲁迅便写了《辞"大义"》、《革"首领"》、《"公理"之所在》、《意表之外》等文痛斥这种行径。但借攻击名人以成名这条路实在富有吸引力，翻翻《鲁迅全集》的注释，看看今日那些专以骂人起家的"青年批评家"，可证此言不谬。

其实，陈西滢有些无所顾忌地直抒自己胸臆，不装模作样，不四平八稳的文字，倒称得上是好文章。如《民气》最后一段：

> 其实那高声呼打的已经是好的了，其余的老百姓还在那里睡他们的觉。中国人实在没有什么够得上叫民气，现在有的不过是些学生气。学生固然也是民，可是他们只不过是一千分，一万分里的一分。他们尽管闹他们的，老百姓依然不理会他们的。所以外国的民气好像是雨后山涧，愈流愈激，愈流愈宽，因为它的来源多。中国的民气好像在山顶上泼了一盆水，起初倒也"像煞有介事"，流不到几尺，便离了目标四散的分驰，一会儿都枯涸在荆棘乱石中间了。

这段文字历来被批判为崇拜洋人，是对中国人民的污蔑。但且不谈政治观点，这段文字平心而论是十分精彩的，大抵也是合于事实的，逻辑分析和比喻都很精当。但陈西滢不能老这么写，这么写下去便成了鲁迅。为了"战斗"，陈西滢必须成为东一锒头西一棒的"闲话家"。这样他才能够逃出鲁迅的阴影而自成一家，但这样也就害了自己和真理。

究竟把散文磨成匕首和投枪，还是酿成苦茶和美酒，这里有时代的影响，也有个人的偏好。但在某一极端久了，又易物极则反。迷醉于为艺术而艺术者，往往最坚决地抛弃艺术，拥抱功利；投身于社会变革疾风暴雨中的战士，则很多后来又成为渊博温和的学者。以创造社而论，他们的散文应该是极具战斗性的，但正如郭沫若有《女神》也有《星空》，创造社也有一批很精致的"美文"。郭沫若的《小品六章》，一方面表现出创造社共有的直抒胸臆的自叙传风格，另一方面又有他个人独特的对于感伤美和悲剧美的追求。如《路畔的蔷薇》写作者拣拾了一束弃于路旁的蔷薇，"这是可怜的少女受了薄幸的男子的欺绐？还是不幸的青年受了轻狂的妇人的玩弄呢？"作者将蔷薇盛入土瓶，"蔷薇哟，我虽然不能供养你以春酒，但我要供养你以清洁的流泉，清洁的素心。你在这破土瓶中虽然不免要凄凄寂寂地飘零，但比遗弃在路旁被人践踏了的好罢？"再如《墓》，写作者为自己戏筑一墓，次日遍寻不见，"啊。死了的我昨日的尸骸哟，哭墓的是你自己的灵魂，我的坟墓究竟往哪儿去了呢？"《白发》一章写因理发而想起远方的姑娘，"啊，你年青的，年青的，远隔河山的姑娘哟，漂泊者自从那回离开你后又漂泊了三年，但是你的慧心替我把青春留住了。"这些文字凄清、空灵，仿佛比那些闲适大师们还要远离人世，但是不久作者就成为北伐军的文化将军，写出那篇不亚于《讨武曌檄》的《请看今日之蒋介石》。是不是可以这样认为，只要是梦醒了，便已无路可走，唯有战斗。闲适、空灵、感伤，都不过是战前的犹豫、战后的忏悔，甚至就是战斗的一部分或一种形式？既然如此，现代散文便以使命的不自由获得了形式的大自由。在20年代前期的短短几年中，现代散文在杂文、闲适文、美文等诸多方面都迅速地达到了最高峰，成为至今风采不衰的文章典范。

如果说鲁迅的散文艺术是博大精深，无体不专，尤以深刻老辣的杂文雄踞文坛，周作人的散文艺术是气韵醇厚，炉火纯青，尤以平和冲淡的"闲话风"令人折服，那么若论到文章之美，称得起散文大师级的，则无疑要推朱自清和冰心二人。

朱自清（1898—1948）的散文是公认的现代散文和现代汉语的楷模。叶圣陶这位语文学界的权威在《朱佩弦先生》一文中讲过："论到文体的完美，文字的全写口语，朱先生该是首先被提及的。"白话文究竟能不能达到乃至胜过唐宋八大家之作，朱自清的创作实践是最好的回答。现在受过中学教育的青年，不一定能背出为考试而背的《赤壁赋》、《小石潭记》、《游褒禅山记》、《项脊轩志》，但你一说"我第二次到仙岩的时候"，他就会说："我惊诧于梅雨潭的绿了。"你一说"曲曲折折的荷塘上面"，他就会说"弥望的是田田的叶子"。朱自清把古典与现代、文言与口语、情意与哲理、义理与辞章，结合到了一个完美得令人陶醉的境地。尽管有"着意为文"、过于精细之嫌，但那精美绝伦的风致，既洗尽铅华又雍容华贵的气度，实在可称是散文中的梅兰芳。写于1922

年 3 月的《匆匆》，简直可以说是"一字不易"，它的第一段：

> 燕子去了，有再来的时候；杨柳枯了，有再青的时候；桃花
> 谢了，有再开的时候。但是，聪明的，你告诉我，我们的日子为
> 什么一去不复返呢？——是有人偷了他们罢：那是谁？又藏在何
> 处呢？是他们自己逃走了罢：现在又到了那里呢？

这是散文，但也是诗。是抒情，也是究理。文字充满了视觉美和
听觉美，可以一遍一遍地诵读，愈读愈觉清新中有醇厚。少年可以读，
老来还可以读。一个具有普遍意义的时间问题，被干净清爽地剪辑在
鸟、树、花的意象中，唤起人充满青春气息的忧伤，真可以说，这是
"五四"时代的《春江花月夜》。

在朱自清的散文中，汉语的修辞功能被发挥得淋漓尽致而又不觉得
炫耀冗赘。他可以集赋、比、兴之大成，起承转合，手挥目送，如流畅
悠扬的奏鸣曲，曲尽其意而犹觉意尚未尽。如《绿》中铺写梅雨潭之"绿"
的一大段：

> 这平铺着，厚积着的绿，着实可爱。她松松的皱缬着，像少
> 妇拖着的裙幅；她轻轻的摆弄着，像跳动的初恋的处女的心；她
> 滑滑的明亮着，像涂了"明油"一般，有鸡蛋清那样软，那样嫩，
> 令人想着所曾触过的最嫩的皮肤；她不杂些儿尘滓，宛然一块温
> 润的碧玉，只清清的一色——但你却看不透她！我曾见过北京什
> 刹海拂地的绿杨，脱不了鹅黄的底子，似乎太淡了。我又曾见过
> 杭州虎跑寺近旁高峻而深密的"绿壁"，丛迭着无穷的碧草与绿叶
> 的，那又似乎太浓了。其余呢，西湖的波太明了，秦淮河的又太暗了。
> 可爱的，我将什么来比拟你呢？我怎么比拟得出呢？大约潭是很
> 深的，故能蕴蓄着这样奇异的绿；仿佛蔚蓝的天融了一块在里面
> 似的，这才这般的鲜润呀。——那醉人的绿呀！我若能裁你以为带，

我将赠给那轻盈的舞女，她必能临风飘举了。我若能挹你以为眼，
我将赠给那善歌的盲妹，她必明眸善睐了。我舍不得你，我怎舍
得你呢？我用手拍着你，抚摩着你，如同一个十二三岁的小姑娘。
我又掬你入口，便是吻着她了。我送你一个名字，我从此叫你"女
儿绿"，好么？

　　文中先用 3 个"像"，1 个"宛然"，来比喻那"绿"的姿态、神韵，
比喻中配合着通感和拟人，使比喻既准确贴切又活泼跳跃。然后是 4 个
对比，以"太淡"、"太浓"、"太明"、"太暗"来反衬出梅雨潭之绿的恰
到好处，不可比拟。这 4 个比喻和 4 个对比，写出了被描写对象的"不
可描写"性，"一说即不是"，"不说又欲说"，直抵语言的本质。接着只
能以天为喻，只能径直抒情——"那醉人的绿呀！"加上"醉中"的联想，
两个"若能"，把这"绿"画龙点睛，破壁升空，最后无以名之，姑以名之：
女儿绿。这真是古今中外色彩描写的绝唱，每一字都有节有律，每一句
都可赏可叹，动词的传神，形容词的精确，铸词的简练，造句的神奇，
处处无懈可击，再不做第二人想！这一段"梅雨潭之绿"，恰好可以用
来形容朱自清散文的美学风格：追求不可企及的精美绝伦和恰到好处，
清新、明快、典丽、悠扬。朱自清的文风正如他自己所取的名字：女儿绿。
　　许多人认为，朱自清后期散文更加自然洗练，似乎又上层楼。其实
他后期的散文只能说是老成圆熟一些，俞平伯、徐蔚南、叶圣陶等人也
能写。真正代表朱自清散文艺术、可以成为 20 世纪文章典范而永垂不
朽的，无可置疑地要数他 20 年代的早年之作。
　　但是另一面，朱自清这样的"散文美术师"，也写过《白种人——
上帝的骄子！》、《执政府大屠杀记》那样的战斗性篇章。如果把学问做
深一些，就会发现，如果不是这个国度里发生着血淋淋的战斗，朱自清
也就写不出《绿》，写不出《荷塘月色》，写不出《匆匆》，写不出《背影》。
对优雅和谐、含蓄节制的美的极致的追求，一方面是中国传统文化精神
的延续，另一方面也正是对中国现实社会景象的否定。

朱自清这种优雅和谐、含蓄节制之美，在另一位作家那里被概括成"满蕴着温柔，微带着忧愁，欲语又停留"，那人便是冰心。

冰心以问题小说和小诗成名，但经过"世事沧桑心事定"的时间汰洗后，她的散文似乎成就更高一些。阿英在《现代十六家小品·谢冰心小品序》中说：

> 特别是《往事》(二篇)《山中杂记》(寄小读者) 以及《寄小读者》全书，在青年的读者之中，是曾经有过极大的魔力。一直到现在，从许多青年的作品中，我们还可以看到这种"冰心体"的文章。

冰心自己承认："我知道我的笔力，宜散文而不宜诗。"(《冰心全集》自序) 但冰心散文之所以有魅力，却在于文中有诗。她不仅在文中引用、化用古典诗词，她自己的语言也追求诗情画意，富丽精工，《往事(二)》第六篇写中秋之夜的乡愁：

> 乡愁麻痹到全身，我撩着头发，发上掠到了乡愁；我捏着指尖，指上捏着了乡愁。是实实在在的躯壳上感着的苦痛，不是灵魂上浮泛流动的悲哀！

冰心最擅长调动各种句式：对偶、排比、错综、反复、层递、顶真、跳脱、倒装……她像一个耽于"组织"积木的乐趣的孩童，在现代散文的乐谱中反复进行着对位和声实验。骈散结合本来是古代散文的一大特点，冰心让这古谱在现代散文中奏出了新声。请看"冰心体"的代表作之一《往事》的第三篇的前半部分：

> 今夜林中月下的青山，无可比拟！仿佛万一，只能说是似娟娟的静女，虽是照人的明艳，却不飞扬妖冶；是低眉垂袖，璎珞矜严。

143

流动的光辉之中，一切都失了正色：松林是一片浓黑的，天空是莹白的，无边的雪地，竟是浅蓝色的了。这三色衬成的宇宙，充满了凝静，超逸与庄严，中间流溢着满空幽哀的神意，一切言词文字都丧失了，几乎不容凝视，不容把握！

今夜的林中，决不宜于将军夜猎——那从骑杂沓，传叫风生，会踏毁了这平整匀纤的雪地；朵朵的火燎，和生寒的铁甲，会缭乱了静冷的月光。

今夜的林中，也不宜于燃枝野餐——火光中的喧哗欢笑，杯盘狼藉，会惊起树上隐栖的禽鸟；踏月归去，数里相和的歌声，会叫破了这如怨如慕的诗的世界。

今夜的林中，也不宜于爱友话别，叮咛细语，——凄意已足，语音已微；而抑郁缠绵，作茧自缚的情绪，总是太"人间的"了，对不上这晶莹的雪月，空阔的山林。

今夜的林中，也不宜于高士徘徊，美人掩映——纵使林中月下，有佳句可寻，有佳音可赏，而一片光雾凄迷之中，只容意念回旋，不容人物点缀。

我倚枕百般回肠凝想，忽然一念回转，黯然神伤……

今夜的青山只宜于这些女孩子，这些病中倚枕看月的女孩子！

这是现代散文，但有几分宛若古文。用词典雅，如"璎珞"、"火燎"、"踏月"、"倚枕"，都是积淀着深厚文化底蕴的意象。注重色彩搭配，浓黑，莹白，浅蓝，和谐而素净，令人浑浊销尽。连续四段"今夜的林中，不宜于……"段落齐整而段内自由，正是和谐含蓄的标志。虽是诸多"不宜"，但那"不宜"的描写已经画出了四幅优美的丹青。这丹青出自一个"黯然神伤"的倚枕病女，这里道出了冰心体的一个"象征"，冰心的文章之魂是一个"病中倚枕看月的女孩子"。"倚枕看月"是其美，而"病中"则是其弱之所在。瑰丽、清新、生动、凝练，在朱自清那里是浸润在整个文脉里，而在冰心处更多表现为语言的技巧。周作人说冰心"在白话的基本上加入古文、方言、欧化种种成分，使引车卖浆之徒的话进而成一种富有表现力的文章,这就是单从文体变迁上讲也是很大的贡献了"①。周作人还说冰心和徐志摩可以"归在一派,仿佛是鸭儿梨的样子,流丽轻脆"。这话其实是周作人作为一个南方人的外行之言。徐志摩的所谓"流丽轻脆"在较大程度上是故意模仿和造作的,如他的《汉姆雷德与留学生》一文中说:

> 我们是去过大英国,莎士比亚是英国人,他写英文的,我们懂英文的,在学堂里研究过他的戏……英国留学生难得高兴时讲他的莎士比亚,多体面多够根儿的事情,你们没到过外国看不完全原文的当然不配插嘴,你们就配扁着耳朵悉心的听。……没有我们是不成的,信不信?

不但文章显露出十足的浅薄忘形,就连用词也是刻意模仿北方俗语而没有融化,"多体面多够根儿"的误用尤其令人恶心,仿佛看见一名恶少在炫耀他的赃物。而冰心则把各种语言成分"化"到了一处。她的宗旨是:"文体方面我主张'白话文言化','中文西文化',这'化'字大有奥妙,不能道出的,只看作者如何运用罢了!"②冰心的努力实际是再造现代中国的书面语,她和朱自清等人一道,用卓绝的成就为20世纪中国散文的规范化树立了明亮的灯塔。实际上,1921年前后,正是现代汉语的再造期。文学从来是民族语言发展的火车头,一个民族的成员不可能都写出鲁迅和周作人那般举重若轻和举轻若重的天人之文,但今天的青年学生普遍能写出比较标准规范的作文,全社会拥有一个大致稳定的文章优劣法度和有效的感情信息交流文体,这在很大程度上是要归功于以"冰心体"为代表的早期现代散文的。

---

① 《志摩纪念》。
② 《遗书》。

从随感录、语丝体，到美文、闲话、冰心体，1921年前后，现代中国人会"说话"了。莫里哀的喜剧《贵人迷》中的主人公得知自己说了四十多年的话原来就是"散文"时，非常高兴。一个民族散文的丰富多彩，就意味着这个民族话语方式的丰富多彩。1921年前后中国散文所体现出来的"话语大合唱"，确实令人鼓舞。当然，各个声部并不势均力敌。周作人晚年致鲍耀明的手札中说："我的散文并不怎么了不起，但我的用意总是不错的，我想把中国的散文走上两条路，一条是匕首似的杂文（我自己却不会做），又一条是英法两国似的随笔，性质较为多样。"周作人还在《地方与文艺》中对这"两条路"做过解说："第一种如名士清谈，庄谐杂出，或清丽，或幽玄，或奔放，不必定含妙理而自觉可喜。第二种如老吏断狱，下笔辛辣，其特色不在词华，在其着眼的洞彻与措词的犀利。"可以说，这两种散文以及它们的支流在1921年及以后数年都得到了良好的发展，清丽、幽玄、奔放……司空图《诗品》中的24种风格都不难在那些散文中进行指认。如果说战斗是黑色，闲适是白色，二者之间的过渡组成了色彩斑斓的七色光，那么这张光谱在20年代的中国是非常清晰和非常完整的。它充分说明那时的中国，已经进入了"梦醒时分"。

七 礼拜六的欢歌：
调整期的通俗文学

有一篇回忆文章开头写道："民十之际，小说杂志，有中兴之象，诸作家有集团之举，杯酒联欢，切磋文艺，法至善也……"

民十，即民国十年，也就是公元1921年。这段话好像说的是1921年《小说月报》全面革新，新文学蓬勃兴旺，文学研究会、创造社等"作家集团"纷纷成立，中国文学开始纳入"至善"轨道……其实大谬不然！文章接下去写道："集团之负盛誉者，在苏有星社，在沪则有青社。青社社友，为天笑，瘦鹃，海鸣，廑文……"

敢情说的是鸳鸯蝴蝶派！

这篇文章是"补白大王"郑逸梅的《记过去之青社》。原来在新文学"组织起来"，走向"计划"的1921年之际，中国的旧文学并没有死去。不但没有死去，而且与新文学一样，蝉蜕更生，日新月异，甚至比新文学还要龙马精神，欢腾雀跃。

就在《小说月报》全面革新前夜，文学研究会喷薄欲出的1920年12月，一份《游戏新报》问世了。发刊词曰："……今世何世，乃有吾曹闲人，偶尔弄翰，亦游戏事耳。乃可以却暑，岁月如流，凉飙且至，孰能知我辈消夏之乐？盍谋所以永之？余曰：无已，装一书册，颜以游戏，月有所刊，署曰新报，不亦可乎？众曰：善。……堂皇厥旨，是为游戏，诚亦雅言，不与政事……"（原文无标点）

游戏，消遣，堂而皇之，矜矜自喜。这在受五四新文化运动之精神哺育成长起来的人们看来，是难以理解甚或难以容忍的。自从文学研究会宣布"将文艺当做高兴时的游戏或失意时的消遣的时候，现在已经过去了"，中国文学就越来越成为一种"工作"，越来越有计划有组织，它应当具有崇高的目的，用来教育人民，打击敌人……但是，人们应该想一想，文学真的不可以用来游戏、消遣吗？

窗纸一捅就破。文学本来就是从游戏、消遣中产生的。不论关于艺术起源的模仿说、劳动说、游戏说，都不能否认文学艺术与生俱来的使人娱乐、放松、怡情养性、消除疲劳，从而增进精力再生产的功能。随着文明的发展，文学除了娱乐之外，也可以启蒙，可以宣传，可以教育，可以战斗——当然也可以造谣撒谎教唆恫吓。但是，文学的最基本功能仍在娱乐，完全排除了娱乐的宣传、教育、战斗，那就已经不再是文学。当文学过分沉迷于娱乐，有玩物丧志之虞时，有志之士大声疾呼，力挽颓势，强化文学的战斗功能、启蒙功能，这是历史的必然。然而文学的娱乐功能不管遭受多大的压抑，都不会从此消灭，就像湖里放上一万个皮球，不论如何刀劈枪刺，棍扫棒打，它们沉下去只是一时，浮上来却是永远，而且遭受越大的打击，浮上来时就要带起越大的浪花。

中国的传统文学并不是单纯的娱乐消遣文学，一部古代文学史自可证明。尤其到了变法图强的晚清，战斗性陡然增强。但是辛亥革命之后，文学忽然失去了政治所指。中央集权的帝制崩溃了，传统文化的金字塔开始被合法地拆毁，强大的学院知识分子文化集团尚未形成，出现了主流文化相对的"意义真空"。于是文学一夜之间放下了启蒙的重担，开始返回自己的最原始功能。1912年徐枕亚《玉梨魂》和吴双热《孽冤镜》的问世，揭开了民国通俗小说繁荣期的大幕。1912至1916年，成了中国文学史上仅有的通俗小说独踞文坛中心的五年。这五年中大放光彩的鸳鸯蝴蝶派，尽管后来一再遭到人们的批判和鄙视，但它所进行的一系列文学突破和探索，实际上成为20世纪中国文学变革的嚆矢，在文体形式上，它们已经为"五四"小说的诞生做好了一切准备。有人总结民初五年的通俗小说具有如下几个主要特点：

一、类型齐全。现代通俗小说的主要品种俱备：言情、社会、黑幕、历史、武侠、侦探，而以哀情小说最有特色。

二、思想观念上已从晚清脱离出来，淡化文学的功利性，相对更注重文学本身。

三、广泛实验和采用西方技巧，为下一阶段的通俗小说和五四新文学小说都做好了技术上的准备。

四、充分商业化。与现代新闻、出版、印刷业完全结合起来，更加注重读者反应，由此而导致批量复制与模仿，进一步促进了类型化的发展。

学术界大多批评鸳蝶派言情小说"并不是企图揭露当时封建婚姻问题上的社会根源和解决办法"，"脱离时代精神，极力宣扬低级庸俗的感情"。这种批评无异于指责祥林嫂为什么不去投奔红色娘子军，有点驴唇不对马嘴。实事求是地讲，鸳蝶派的言情小说，已经深深触动了封建婚姻问题，没有这些小说中的"殉情"、"惨死"，也就不会有后来"五四"小说中的"出走"、"私奔"。鸳蝶派作家不但强烈地控诉了封建婚姻，而且他们已经把爱情上升到人生意义的最高点。在他们的心目中，纯洁、坚贞的爱情，价值高于一切，可以为之牺牲生命和一切现世的幸福，如恩格斯所言，"仅仅为了彼此结合"，"甘冒很大的危险，直至拿生命孤注一掷"①，这难道是低级庸俗的感情或封建伦理思想吗？不，这恰恰是现代的爱情观。鸳蝴派小说正是中国小说现代化的第一步。

1917年新文化运动开始后，通俗小说的一统天下被打破。新文学阵营对通俗文学大张挞伐，在猛烈的理论炮火之下，通俗小说形象大损，虽勉力招架还手一番，但意识形态辩论究非所长，重创之余，只能保持沉默，一方面以创作实绩表明自己的生命力和价值观，另一方面则试图寻找新途径，调整自己的艺术风貌。在1916年、1917年之际，鸳蝴－礼拜六派的代表性刊物《礼拜六》于1916年9月29日百期停刊，另外停刊的还有《中华小说界》、《民权素》、《眉语》、《小说时报》、《妇女时报》、《余兴》、《小说海》、《春声》等著名期刊。这可以看成是在新文学长驱直入的全面攻势下，通俗文学的全线收缩。

但是，通俗文学首先是消费文学，它的存亡消长归根结底是由消费市场所决定。由近、现代工商业和信息媒介所奠定的文学消费市场需要通俗文学，社会需要，民众需要。一万名读者的需要比十所大学教授的批判和呼吁要有力得多。新文学的批判火力不可谓不猛。主张不可谓不正确，但文学决战最后在市场，倘若新文学还不能充分占领精神消费市场，那通俗文学就依然"人在阵地在"。一时的收缩和退却不过是卷土重来之前的调整和集结。这卷土重来的总攻时刻，便是1921年。

1921年3月19日，停刊将近5年的《礼拜六》一声炮响，复刊了。周瘦鹃在《礼拜六旧话》中回忆说：

> 一百期终止以后，大家风流云散，各忙其所忙。隔了几年，钝根忽然高兴起来，又使礼拜六复活，他要和我合作。于是将体例略为变动，每期卷首选刊名人诗词一首，由慕琴就诗意词意作画，很觉新颖。每期小说杂作十余篇，相间刊登。除我自己按期精心撰择外，征得文友名作不少，钝根自己也曾做过几篇很精警的短

_____
① 《家庭、私有制和国家的起源》。

篇小说。《礼拜六》前后二百期，我以为以这一初度复活时期，为最有精彩。……《礼拜六》一路顺风，好好儿的刊下去，口碑甚是不差……《礼拜六》两度在杂志界中出现，两度引起上海小说杂志中兴的潮流，也不可不说是杂志界的先导者……所以《礼拜六》虽死，《礼拜六》的精神不死……

是的，只要生活中还有周末，还有休息娱乐，那么《礼拜六》的精神不死是一定的。《礼拜六》的复刊，确实代表了通俗文学期刊的"中兴"。除了1920年12月有《游戏新报》创刊外，1921年创刊的著名报刊有《新声杂志》、《消闲月刊》、《游戏世界》、《东方朔》、《半月》、《礼拜花》、《小说新潮》、《滑稽新报》、《新世界日报》、《春声日报》等，1922年有《快活》、《家庭杂志》、《星期》、《良晨》、《新华》、《紫兰花片》、《星》、《红》、《心声》、《红霞》、《天韵》、《星光》（《星华》）、《长青》、《最小报》、《小说日报》等，1923年有《心潮》、《小说世界》、《星光》、《侦探世界》、《笑画》、《盍簪》、《千秋》、《东方小说》、《社会之花》、《波光》、《世界小报》、《上海繁华报》、《小说旬报》、《钟声》、《小阳秋》、《金钢钻报》、《集思》等，1924年有《红雨》、《小说夺标会》、《月亮》、《梨花杂志》、《蔷薇花》、《红玫瑰》、《显微镜报》、《海报》、《光报》、《上海夜报》……生生不息，滚滚向前。新文学虽然占据了文坛的制高点，被目为正宗，但在它周围汪洋恣肆的却仍是通俗文学的大海。

通俗文学的这一次卷土重来，心态颇为平衡、自信。它知道新文学消灭不了自己，自己也不想消灭新文学。它将自己与新文学的关系不过视为市场上的竞争对手的关系，所以冷嘲热讽有之，声讨杀伐则无。1921年8月1日的《晶报》上有胡寄尘的一篇小说《一个被强盗捉去的新文化运动者底成绩》，写新文化运动者要求强盗放他，"再不将我解放，我要宣布你的罪状了"。强盗问怎样宣布，答曰："第一是打电报，第二是发传单。"强盗说："哼，电报么，我们这里电线杆还没有竖好，传单么，我们这里印刷所还没有开张。"新文化运动者叹道："咳，黑暗，咳，黑暗，咳，科学真不发达，咳，物质文明真不进步。"接着宣布要奋斗、改造，"便是运动罢课，再无效，便运动罢市"，直到反对非法政府、反对官、反对兵、反对警察。强盗听了说："你既然和我们的宗旨相同，我便不难为你了，放你回去罢。"新文化运动者回来夸口说："我被强盗捉去了，几乎牺牲性命，亏我演说的本领大，一席话把他说得觉悟转来。好了，现在他觉悟了，现在他改造了。"

在鸳蝴派看来，新文学家的"奋斗"、"改造"只能是纸上谈兵，痴人说梦，根本不能改革社会，也根本谈不到与民众沟通。鲁迅《故事新编》中有一篇《起死》，写庄周的哲学不为凡人所理解，恰与这篇小说形成一个有趣的对比。在这篇小说发表的前两天，《晶报》上还发表了一篇《辟创作》，作者是袁世凯的公子袁寒云，自称"陈思王再世"的鸳蝴名士。其文如下：

　　小说这种著作，必定要事实新奇、文理爽达、趣味浓厚、才能使看的人、越看越想看、要说到新字、必定有新思想、新学理、或是科学的、或是理想的、总要有实在的学问、有益于人、用极通顺流利的文法做出来、才够得上、说是新的小说、若是像现在那一般妄徒、拿外国的文法、做中国的小说、还要加上外国的圈点、用外国的款式、什么的呀、底呀、地呀、她呀、闹得乌烟瘴气、一句通顺的句子也没有、人家一句话、他总要络络索索、弄成一大篇、说他是中国文呢、他那种疙里疙瘩、实在不像、说他是外国文呢、他又分明写的中国字、至于内容、更说不到科学同理想啦、他还要自居为新、未免有点不知羞罢、海上某大书店出的一种小说杂志、从前很有点价值、今年忽然也新起来了、内容著重的、就是新的创作、所谓创作呢、文法、学外国的样、圈点、学外国的样、款式、学外国的样、甚至连纪年、也用的是西历一千九百二十一年、他还要老著脸皮、说是创作、难道学了外国、就算创作吗、这种杂志、既然变了非驴非马、稍微有点小说智识的、

152

是决不去看他、就是想去翻他、看他到底是怎么回事、顶多看上三五句、也就要头昏脑涨、废然掩卷了……

这是明明白白地批评全面革新的《小说月报》。一年之后，袁寒云又写了一篇《小说迷的一封书》，讽刺《小说月报》"越看越弄不明白……不但弄不明白、连字句都看不断"，想卖给旧书店，旧书店不要，送给酱鸭店作包装纸，老板说："纸倒是上好的纸，可惜印的字，太臭了些。"

袁寒云一介贵胄公子，未免有些盛气凌人。其他的鸳蝴名士，大多尚能执平和讲理的态度。胡寄尘在《最小报》上有一篇《消遣？》，讲得颇有几分道理：

> 有人说。小说不当供人消遣。这句话固然不错。但是我尚有怀疑。
>
> 我以为专供他人消遣。除消遣之外。毫无意存其间。甚且导人为恶。固然不可。然所谓消遣。是不是作"安慰"解。以此去安慰他人的苦恼。是不是应该。且有趣味的文学之中。寓着很好的意思。是不是应该。这样，便近于消遣了。倘然完全不要消遣。那末，只做很呆板的文学便是了。何必做含有兴趣的小说。

实事求是地评价，鸳蝴派的创作大体上符合胡寄尘所说的"有趣味的文学之中寓着很好的意思"这一标准。只是时代对文学的要求不再是"趣味"，所以有时难免"欲加之罪，何患无辞"。历史的前进往往要以"冤枉"为代价，事后的"平反"并无多大的意义，平反之后，并不能否定历史的必然。我们只能说，那"冤枉"是必然的，是黑格尔意义上的"合理"的。这就是历史，同时也是"正义"。

胡寄尘在给郑振铎的一封信中说：

> 譬如前清初行邮政的时候。并不曾将旧有的信局（即民间寄

信机关）一例封闭然后再开设邮政局。只将邮政局办好了。老式的信局自然而然的减少了。久之终必要消灭。又如上海初行电车。并不曾禁止人力车马车驶行。然后行电车。只将电车的成绩办好了。人力车马车自然要减少了。久之终必也要消灭。改革文学。何尝不是如此呢。

主张自由平等地竞争，鸳鸯蝴蝶派的精神其实正是"现代"精神。把鸳蝴派看做封建余孽，实在是天大的误解。对鸳蝴派的实事求是的客观研究，目前还在初始阶段，多听听鸳蝴派自己的发言，是十分必要和有益的。

胡寄尘还有一段很有理论价值的话：

> 我再要问。提倡改革文学的人。是为着文学前途呢。还是为着自己的前途。倘是为着文学前途。那么只要作品有进步。无论这作品是何人做的。都应该提倡。不必把新旧的界限放在心里。不必把人我的界限放在心里。现在攻击他人的先生们是不是如此。我很希望他们能够如此。不过我对于旧式的小说家。也要进一句忠告的话。就是他要自己努力做好的作品。不可只要躲避了他人的攻击。便算平安无事了。因为作品不好。便无人攻击。也是立不住脚的。前数年小说的消灭。便是一个殷鉴了。

立论稳妥而全面。可惜历史的前进大多是不依这些"稳妥而全面"之论的。历史是左一脚深、右一脚浅，蹒跚摇晃着向前的，但最后的结局却恰恰是稳妥的。

每一个战斗的时代，都有一些自以为聪明理智的讲公平话者。《最小报》上有一篇楼一叶的《一句公平话》：

> 所谓欧化派小说家。他们所看见而称为礼拜六派的小说。仅

154

仅是一些粗恶的作品。所谓礼拜六派的小说家。他们所看见的欧化小说。也仅仅是一种粗恶的东西。所以双方攻讦起来。其实，如果大家平心静气。破除了成见。细细搜求一些对方高深优美的作品来看看。便自然知道都误解了。他们所不同的。只是一点形式。那原质是一样。也有好也有坏呀。

所谓新文学和所谓通俗文学，实质只是文类之别，并无高下之分，双方的创作也的确都优劣并存。但问题就出在"文类"上，新文学是"组织"型文类，通俗文学是"解构"型文类。前者旨在组织民众，组织现代国家；后者则应是民众与现代国家被组织起来之后的消费时代的产物。因此，它命里注定要成为历史的牺牲品。

不过，在1921年之际，通俗文学正不知愁苦地进入它热闹的调整期。

调整期的创作与民初五年的繁荣期相比，第一个明显的变化是，哀情小说在"淫啼浪哭"的批判声中，开始"节哀"，言情小说不再以哀情为主旋律，欢情、艳情乃至色情的比重有所上升。

随着白话文学的彻底胜利，文言小说失去了最后的市场，故而以鸳蝴派三鼎足——徐枕亚、吴双热、李定夷为代表的骈四骊六体小说也就寿终正寝了。

以哀情大师周瘦鹃为例，他在1914至1916年的《礼拜六》前100期上发表的作品，主要是凄凄惨惨的爱情悲剧，如《此恨绵绵无绝期》、《恨不相逢未嫁时》，写的都是相爱之人凄然长别，令人悲抑无限的伤情故事。而到了1921至1923年的《礼拜六》后100期，周瘦鹃的作品中不但社会、家庭问题的内容增多，言情小说本身也不再一味哭哭啼啼，催人下泪。如《十年守寡》，写王夫人从20岁守寡到30岁，"到底战不过情天欲海，只索向情天欲海竖了降幡"，与一个男子同居生子。作者最后说："王夫人的失节，可是王夫人的罪吗？我说不是王夫人的罪，是旧社会喜欢管闲事的罪，是旧格言'一女不事二夫'的罪。王夫人给那钢罗铁网缚着，偶然被情线牵惹，就把她牵出来了。"另一篇《留声机片》，写的也是一个爱情悲剧，但却设计出太平洋上的一个小岛，专门聚集了世界各国的情场失意之人娱乐遣怀，主人公临死之前还能把遗言录在留声机片上，寄给他的心上人。《旧恨》写的是老尼慧圆50年前因未婚夫判罪、父亲退婚而出家绝世，50年后有一高僧来拜谒，四目相对，正是往日情侣。慧圆虽顿时圆寂，但临死前却是"微微一笑"，念了声"阿弥陀佛"。这里的"哀情"已是稍为平淡的了。还有1921年6月发表在《礼拜六》115期上的《真》，写少年诗人汤小鹤挚爱才貌双全的邹如兰，但邹如兰早已许配人家，二人只好劳燕分飞。十几年后如兰因车祸伤足损容，被丈夫休了，汤小鹤将她接到一处别墅中安住，自己每天到别墅的门房中去问候。小说写道：

> ……但他怕人家说话，从不踏进别墅内部去，在门房中勾留至多五分钟，得了如兰一声回话，就一掉头走了。如兰感激得落泪，往往对着那老姑母哭说："我没有什么能酬报小鹤的厚爱，只索把这一颗真的心和真的眼泪酬报他了。"小鹤对于如兰仍是一往情深，像十多年前一样，如兰虽是疤痕界面，又跛了脚，再也不像往年的如花如玉，然而小鹤心目中，仍瞧她是个天仙化人，一壁还暗暗得意，想她丈夫不要她了，旁人也瞧不上她了，从此十年二十年，可就完全是我精神上的爱人，从此不用忌妒，不用怨恨，不用怕人家抢我灵台上这一枝捧持的花去，想到这里，便得意忘形的笑将起来。然而他仍不想和如兰接近讲一句话，每来探望时，只立在园子里，对那小楼帘影凝想了一会，就很满意的去了。这时便又做了一首长诗叫《真仙子归真篇》，平时掩掩抑抑的哀调中参入了愉快的神味，社会中不知道他事情的，都诧异着说，汤小鹤已将哀怨的心魂换去了，往后可不能再称他眼泪诗人。小鹤的朋友们都很佩服他，用情能实做一个真字，一壁又笑他太痴，二十年颠倒着一个邹如兰，空抛了好多眼泪，好多心血，究竟得了什么来。小鹤听了这些话，也只付之一笑，说我自管用我真的情，

可不问得失呢！

哀情小说中出现了"笑"。后来如兰死了，小鹤也在忌日死在如兰坟上。结局虽然是死，但却死在一起，是合而不是分，人物的心灵得到了归宿，应该说这是幸福的结局。

严独鹤的名篇《月夜箫声》写得别具匠心。教员秦晋卿在水途中月夜听到幽雅的箫声，吹箫人是个"丰神秀逸，意态娴雅"的绝色美女，跟随父亲去任县丞之职，"从此以后，晋卿的脑筋里面，便深印着这回眸一笑的美人倩影，再也磨灭不了。"几年后已是民国，秦晋卿给一位旅长当秘书，在旅长生日晚宴上，旅长强命生病的姨太太在屏风后吹箫助兴，那箫声"却带着些凄咽"，晋卿认出代替姨太太敬酒的丫环就是几年前那位小姐的丫环。"晋卿这一腔心事，无论如何，总撇不下。"又隔了几年，晋卿在上海学堂当教习，暑假之夜与友人踏月游湖，在一座庵里吃茶时，"忽然微风过处，隐隐听得有吹箫之声，非常幽细"，从老尼口中知道，"听说她的出身，也是人家一个千金小姐，她老子不知在什么地方做官，光复的时候，弃官回家，中途遇着一股假充民军的土匪，将他一家人杀了，把这位小姐抢去，那土匪的头目，又不知怎样，忽然会做了旅长，这位小姐，就硬逼做了他的姨太太了，但是那旅长虽然做了几年官，始终还是通匪，要想谋变，被人暗地告发给上头知道了，出其不意，捉去枪毙……听说这暗地告发的人，便是这位姨太太，要是别人，也拿不着旅长的真凭实据，她这一告发，总算是报了仇了！但是她自己这一生，也就完了。"小说结尾写道："晋卿听了半天，一语不发，那眼泪却和断线珍珠般续续的流将下来，一件长衫，胸前湿透了一大片。"这显然是模仿白居易的《琵琶行》，"座中泣下谁最多，江州司马青衫湿"。作者把秦晋卿对吹箫女的恋慕之情写得极为含蓄，通过三次吹箫，写出了辛亥革命前后的社会变迁。除了社会寓意之外，小说还包含着颇深的人生感悟，结构、意境都精巧可思。这样的作品，在新文学阵营中也自是中品以上。

通俗文学家们之所以不服新文学，并不是仅仅依靠市场、依靠订数和畅销量，更重要的是他们不佩服新文学的"技艺"。新文学初期的作品，从平均水准来看，的确"活糙"一些，结构不讲究，情节不重视，语言也欠锤炼。相比之下，由市场的海洋里摸爬滚打成长起来的通俗文学家一般都基本功扎实，语言好，技巧多。一般人以为通俗文学一定是跟在所谓"纯文学"后面不断模仿。事实远不尽然，模仿和学习是双向的。在新文学草创之际，大量的结构模式、情节技巧都是从鸳蝴派搬过来的。通俗文学本身的商品性决定了它必须时刻注意市场动态，不断花样翻新以获得读者。特别是在情节设计上，可以说，通俗小说是要优于新文学小说的。

通俗小说家们专门有一种擂台赛式的"情节训练"，即集锦小说。这种小说由多人接力写成，每个段落的执笔者在结束处嵌入另一作者的笔名，算是"点将"，最后合成一篇完整的小说。据郑逸梅在《南社丛谈》中回忆，民国初年，于右任主持《民立报》时，"他和陆秋心、邵力子、徐血儿、杨千里、李浩然、叶楚伧、谈善吾等，发起合作《斗锦楼小说》，为点将小说的创始。点人的把被点者的名嵌于后面，周而复始，结束的，在数百字中，把作者的名，重行提嵌一过，并嵌第二篇开始的名儿。这样一来，各报认为别开生面，纷纷效法，成为一时风尚。"毋庸讳言，这种小说"文字游戏"的成分很大。但正是这种极端的"为形式而形式"，迫使作者对章法、技巧、语言等各种小说要素进行"强化训练"。各位作者争奇斗巧，既要为别人制造困难，又要把自己的难题破解得自然合理、令人叫好。不承认这种小说的审美兴趣和艺术价值，肯定是不公平的。

这里介绍1922年由十人接力写成的一篇集锦小说《红鸳语》。第一段由李涵秋执笔，写孀居女侠萧鸳娘寓某宦家，教其女鸾璈武术，一夕自述身世，云其父当年穷困，与一马伎名二莲者谋劫富商，富商车中有一娇女，"乃即为吾生身阿母也。其时才不过十九龄耳。白驹驰隙，岁月水流，回首前程，都如梦寐……"鸾璈听得入迷，说："噫！奈何奈何！不谓此女郎即姊之阿母。虎狼在前，豺豹在后，四周劲敌中，姊之阿母不大可危耶！"这最后一句中嵌入了朱大可的名字，第二段便由朱大可续写，富商老叟与其娇女原来身怀绝技，女郎击败二莲，唤出群盗中的书生萧佳士——鸳娘之父。老富商闻其名说："此我年家子，奈何至此？速唤之来，我将携之入都，督其攻苦也。"萧佳士见老叟"神志和澹，安然无怒容，始趑趄而前"。这最后一句嵌了陆澹安的名字，陆澹安续写老叟赶跑二莲，自叙与萧家乃是世交，曾受萧父资助，其女倩云曾与佳士论婚，后北上以贾致富。老叟携"余父"北上，并以倩云嫁之。"叟殁后，产悉归余父。时余母已生余，伉俪甚笃，家庭之乐，固怡怡如也。"但一日父归不乐，母严诘之，父曰："此事汝纵知之，亦复不济，群盗欲陷我，且毁我家……"下面由施济群续写，原来二莲挟一头陀逼"余父"从之，"余母"战退头陀，二莲又设计陷"余父"下狱，然后劫走。"余母"将孩儿托付给师兄王亚猛，"以余顾枕亚猛之臂"，说"容我杀却贱婢，再返谢盛德耳！"下面徐枕亚续写，倩云日久不归，王亚猛携女孩南去，稍长后延师课读，不意老师恰是女孩生父萧佳士，自叙"二莲劫狱挟余俱去，从之奔齐鲁。二莲幽余于崂山农舍……"下面由天台山农（刘青）续写，"余父"在一次群盗被袭时逃脱，辗转来此。父女团聚，共住亚猛处。鸳娘从父学文，从亚猛学武，有同学严华是亚猛之甥，彼此切磋。亚猛年必数出，"惟余父独居无事，常忽忽不乐，每念身寄尘世，如同赘疣，不胜慨叹"。下面由胡寄尘续写，一日亚猛偕倩云归，原来近年倩云数与二莲及头陀角斗。此次适逢亚猛经过，打死头陀，二莲负伤遁去。骨肉团聚，决定共返故庐，惟鸳娘与严华恋恋不舍，亚猛乃指严对萧佳士说愿做一对璧人的冰人。下面由许指严续写，两家同意，萧家回乡。年余父病，遂令严华来就婚，婚后父母相继谢世。某年亚猛函告二莲恫吓，与萧、王两姓为世仇，令备万金赎罪。严华笑曰："此类匪徒，不畏法律，西剽东掠"，正好为民除害。下面由陆律西续写，二莲买通县官，陷严华世为大盗，捕入死牢，五日即斩。鸳娘夜入县廨，杀县令及妾。三年后又杀了削发为尼的二莲。夫仇已报，"此后虽视息人间，不过一赘疣而已"。鸳璈听后，问其匕首所在，原来，鸳璈与伍

159

企文相恋，花前月下，"瘦蝶临风，固一对可怜虫也。"最后第十段由许瘦蝶写，伍企文家道中落，鸾璈父母拒其求亲，欲将女儿嫁与县令之子。鸾璈执拗不从，县令子乃陷伍企文入狱，鸾璈谋于鸳娘，鸳娘乃潜割县令辫发，留纸斥戒，县令恐惧，"即命提企文出，厚赠而遣之"，鸾璈父亦允其婚事，"患难夫妻，伉俪愈笃，念非鸳娘，力不及此，迎归奉养终其身，敬礼弗衰云。

小说情节曲折离奇却又前后照应、流畅自然。大多数执笔者都给续写人留下了不易拆解的难题，而后来者则充分利用了前文留下的想象空间，峰回路转，柳暗花明。回看全文，结构完整，既有一个主干故事，又有一个外层故事，叙述分层既相关又相衬。人物性格、情节伏揭都没有破绽，出人意料又合乎情理，语言风格也前后一致。如果说这是文字游戏，那么应该说这是一种高级游戏，它需要调动作者的全部文学才华，它是一种综合文学修养的体现。因此，《红鸳语》这篇小说读来与出自一人之手无异。

通俗小说界还有一种"文字游戏"，即在一个刊物创刊号上，登载一篇以刊名为题的小说，以示庆贺之意。这种"命题作文"一般很难精彩，因为它属于"戴着脚镣跳舞"。但是险韵有时也能出奇句，严独鹤的《红》便是这类小说中的佼佼者。

1922年8月，《红》杂志创刊，严独鹤在发刊词中说："红者心血，灿烂有光，斯红杂志盖文人心血之结晶体耳。以文人心血之结晶，贡诸社会，文字有灵，当不为识者所弃也。"严独鹤为《红》的创刊所撰的同名小说，确实不愧是"心血之结晶"。小说写一向生意清淡的鸣凤戏园，忽来一位艺名"客串红"的名角，"本是大家闺秀，又曾游学西洋，平素精研戏曲，深通音乐，不要说是文武昆乱一脚踢，便是欧西歌曲跳舞也都十分娴熟，真能将中西新旧的戏剧精华冶为一炉，出神入化。至于她最擅长的是花衫戏，一旦现身红氍毹上，必能颠倒群众……"客串红登台第一天，便满堂爆彩，花雨缤纷，尤其迷住了一少一老。少年史韵山是报馆主笔，特在报上辟了"红闺起居注"专栏，"专记客串红的种种状况，吃什么东西咧，穿什么衣服咧，会什么客咧，条分缕析记得十分清楚，差不多连上马桶换里衣都要绘影绘声，细细的描写出来"。老者张寿石是个家财百万的遗老，曾娶过许多女伶做姨太太，但目前只剩了一个，所以对客串红更是倾力捧场，在做寿堂会后亲赠客串红昂贵的金指爪和大钻戒，后来又费尽心机请人做媒。客串红起初不允，后来提了两个条件："第一件，我既然嫁过去，就惟我独尊，眼睛里再容不得第二人。须先将他目前那位姨太太，立刻赶去，以后不许私自往来，我才可以进门。第二件，他既是个财主，我也就要借重他的金钱，我的父母全靠我唱戏赡养，我若嫁了他，当然不能再唱戏了，须先送十万块钱过来作为我养家之费，少一个也不行。"张寿石"一概都依，绝无翻悔"，把厮守了十年多的姨太太李氏逐到一个庵里，"连首饰都不许带一件；再三哀求，才算给了几件随身衣服，和一百块钱，作为以后生活之费"。李氏满腔怨愤之际，忽收到一个布包，包内是一对金指甲、一枚钻戒和厚厚的一封信，还有一张美男子的半身照片。李氏一看，登时晕倒。这时各报大登客串红下嫁张寿石的新闻，少年主笔史韵山无限伤心，"他暗想我以如此才华，如此风度，竟不能当美人青睐，转让那行将就木的老头儿，独占艳福，足见天下只有金钱有灵，其余都是假的了。"忽然有个少年约他一晤，自道是自幼同学的秦默君。原来客串红便是这秦默君男扮女装的化身，他"所以弄此狡狯，并非是游戏性质，简直是复仇主义"。原来李氏本是他的未婚妻李红雯，父母双亡，寄养在舅家，秦默君家资助她上中学，两人相爱，准备毕业结婚，不料那时在省里做大员的张寿石看中红雯，红雯为金钱所诱，变心而去。秦默君立意报复，蓄志十年，学扮花衫，投张寿石之弱点而来，取名客串红，也是暗射红雯，终于出了这口气。他还寄给李氏 3000 块钱，让她离开此地，别图生活。自己一走了之，但那十万块钱决定由史韵山出名，"在此地办一个女学校，须要注重道德，造就些高尚纯洁的女子出来。使将来社会上不要再有红雯第二，那就了却我的心愿了"。

小说情节扑朔迷离，具有强烈的戏剧性和传奇性。阅读过程如层层

161

剥笋，直到最后真相大白，既自然言情，又具有较深的社会批判意义。"客串红"既是一个客串的演员，又是女扮男装，并且他客串的是一场更大的戏。他使鸣凤戏园生意红火，他自己的复仇计划也顺利完成。这篇小说把一个"红"字点染得何等精彩，何等丰沛。拥有这等才情的艺术家，其面对新文学的孤高自负，实在是不难理解的。这篇小说被笑舞台编为新戏《女客串》，"连演多晚，天天满座"。

新文化运动开始之际，正是黑幕小说甚嚣尘上之时。新文学的批判锋芒迅即指向了黑幕小说，故而黑幕小说首撄其锋、损伤最剧，刚刚兴盛了一阵便难以为继。但 1921 年通俗文学期刊"中兴"之后，反过来指责新文学中的"黑幕"。《最小报》14 号上刊有一篇张舍我的《谁做黑幕小说？》，其文如下：

> 一部分新式圈点的小说家。常说"礼拜六派"的小说。是卑鄙龌龊的非人道的黑幕小说。我们原不大去理他们的。因为我们的小说。是否卑鄙龌龊。是否非人道的。是否黑幕小说。或者是否有文艺的价值。只要有群众的观览和批评。他们的骂。原是极少有价值的。不料那些以提高小说艺术价值的新文化小说家。(?)竟会专门提倡性欲主义。专门描写男女间的情事。甚么提倡兽性主义。描写男和男的同性恋爱。简直说一句。描写"鸡奸"。读者不信。请看《创造》杂志第一二两册内郁某的小说。和郁某的专集《沉沦》一书。——新式圈点的小说。他们不是说小说在文学上占据很高上的地位吗。然而到底谁是做黑幕小说的。

在新文学界看来，这当然是污蔑。而问题的实质在于，两派文学家对"黑幕"的理解不同。新文学家认为黑幕的本质在于"趣味"，在于功利主义的文学观，而通俗小说家更多从道德角度来考虑黑幕，认为文学不应该描写有违传统伦理的内容。鸳蝴－礼拜六派的小说基本是"发乎情止乎礼义"，一般回避性描写。在他们看来，新文学作品中的性描写实在是触目惊心的，是诲淫诲盗的。而新文学家认为自己的性描写是反封建的，是艺术创作所必需的。但有一点不能否认，许多读者，特别是青年读者喜欢阅读新文学作品，是戴着有色眼镜的，是带着"黑幕心态"去阅读的。因此，在这个问题上，两派文学家很难达成共识。连博学多识的学衡派大师吴宓，都把黑幕小说与俄国的写实小说相提并论，以致遭到沈雁冰的愤然批驳。"黑幕"问题一直尚未得到比较细致客观的研究。这一概念本身无疑是个贬义词，但黑幕小说事实上至今仍然是销量很大的一个品类。而且，对黑幕小说是否应该全盘否定还须考虑。专门窥探欣赏别人隐私当然不好，但文学本身的诸多功能之一就是满足人们的"窥视欲"。自我标榜的"黑幕小说"虽已消失，但那种"揭秘发微"的精神却在社会小说和武侠小说等品类中得到了继承。

调整期通俗小说的最大成就在于社会小说。作为大众传播媒介的报刊业发展迅猛，既为长篇社会小说提供了创作资金和发表阵地，也助长了读者对于长篇社会小说的需求。据统计，在 1917 至 1926 年十年间，创刊的鸳蝴派期刊有 60 种左右，平均每年 6 种，与民初五年保持了大致相等的速度。而小报在这十年间创刊了约 40 种，大大超出民初五年的速度①。这意味着，在新文化运动的排击之下，通俗文学的市场非但没有萎缩，反而不断稳步扩大。原因在于，现代社会的读者需要的不仅是"五四"式的批判文学和启蒙文学，更需要既不标榜"为人生"也不标榜"为艺术"的以精神消费为指向的文学。不理解这一点，就会造成对"现代性"的片面认识。

1921 年以后的通俗社会小说，如包天笑《上海春秋》，毕倚虹《人间地狱》，平襟亚《人海潮》，海上说梦人《歇浦潮》、《新歇浦潮》，江红蕉《交易所现形记》等，均表现出"大规模描写中国社会"的气魄，这是中国古代、近代的社会小说所没有的"现代性"极强的一种气魄。这种气魄对于当时尚处于幼年期的新文学无疑会产生强烈的压迫和刺

---

① 参见孔庆东：《论抗战时期的通俗小说》。

163

激，到 30 年代，新文学才创作出《子夜》等一批"大规模描写中国社会"之作。

毕倚虹的代表作《人间地狱》从 1922 年 1 月 5 日至 1924 年 5 月 10 日，连载于周瘦鹃所编的《申报》副刊"自由谈"上，共 53 万字，60 回。小说开笔写道：

> 话说天堂地狱这两个名词，原是佛教中劝惩人类的一句话。究竟天堂是怎样快乐，地狱是怎样的痛苦……也没有游历回来的人做个报告书。……有一种绝顶聪明的人下了一个解释……天堂地狱的滋味也不必人到死后方能领略……凡世人所受用的苦恼即是地狱，快乐就是天堂。地狱天堂不过是苦乐的一种代名词。……但是其中也略略有个分别，有的明明是瞧着他快乐，仿佛如在天堂，不知他所感受的痛苦，比堕落在地狱中还要难受……即如最热闹的功名富贵，也不知包含了多少铜柱油锅；最旖旎的酒阵歌场，也不知埋伏了多少刀山剑树；交际场中，也不知混杂了多少牛头马面；绮罗队里，也不知安排了多少猛兽毒蛇。……因此在下发下一个愿心，将这些人间地狱中牛鬼蛇神、痴男怨女、狞狰狡猾的情形、憔悴悲哀的状态，一一详细的写他出来，做一幅实地写真。

从这段开场白看来，这是一部场面很大的社会小说。但该书实际上"以海上娼家为背景，以三五名士为线索"，写的是士妓之情。与一般人心目中的"狭邪小说"不同的是，毕倚虹写"情"不写"欲"，《人间地狱》以浓墨重彩渲染的是柯莲荪、姚啸秋等名士与青楼妓女的精神恋爱。这些名士大多是有原型的，如柯莲荪（谐音可怜生）即毕倚虹自己，姚啸秋即包天笑，玄曼上人即苏曼殊。小说写柯莲荪与妓女秋波之间的恋爱十分感人，当秋波身患传染病，人人唯恐避之不及时，柯莲荪对她越发关怀体贴，一腔痴情溢于言表，书中有一段柯莲荪与姚啸秋的议论：

柯莲荪叹一口气道:"万一秋波一病不起,竟是玉殒香消。我想托惋春老四和他的亲生娘商量……"说到这里莲荪又顿住了不说。姚啸秋道:"商量什么?"柯莲荪道:"我想将她的遗蜕归我,不知道她肯不肯?"姚啸秋道:"你真是呆话了。在你呢,看得秋波的香骨甚重,在她的娘和惋春老四看来,摇钱树一倒下,枯木朽木,还觉得讨厌之不暇。你肯收了回去,她们省了许多事,真是求之不得。"柯莲荪道:"我也不能白白的收她的遗骨,她的娘要钱,我也肯给她的。便是多一点,只要我力量上办得到,我也愿意的。我觉得在青楼中买人远不如在青楼中买骨。买人的结果,平添了许多烦恼、痛苦、纠缠,年深日久一厌倦了,格外的讨厌生憎。我有许多朋友,当其在青楼中和倌人要好的时候,商量到宝扇迎归,不知道有多么高兴、多么美满、多么快活。等到置之金屋以后,随时随地俱成苦境,几乎有挥之不去之感。像我这买骨的痴想,我觉得一抔黄土,郁郁埋香,春秋佳日,冢次低徊,怀想其人,永远不能磨灭,脑筋里有些永久的悲哀,便存了些此恨绵绵之想,岂不甚好?那种意境远在金屋春深,锦衾梦浓之上。"姚啸秋道:"你这番议论见识真是超妙绝伦。可是很有愿意秋波一病不起的嫌疑了。"柯莲荪叹道:"我岂是盼望她死的人?能不死是最好。可是我彻根彻底的仔细思量,觉得为她计也是死的好,为我计也是死的好,为我和她两人计她也是死的好。"姚啸秋叹道:"你这话更是玄妙而沉痛了。"莲荪道:"我现在很明白了,我们在这少年时代浪荡平康,容易拈花惹草。男女之间一有情感以后,上焉者是死,那末不死的人脑中永远留一个已死的人影子;中焉是好事不成,中经磨折,鸳鸯分飞,那末两个人心中永远留一点缺憾,梦回灯烬,偶一思量也有终身咀嚼不尽的价值;下焉者便是平常人认作美满姻缘,一双两好,并枕同衾,那便烦恼的时候日多。因此一来,我现在倒很愿意秋波在这时候死了干净。"

165

这真是深入骨髓、刻骨铭心之爱。通俗小说家最推崇的便是这种理想境界的情感，相比之下，倒是新文学作家大写"欲"、大写"肉"。当然，写欲写肉未必就不应该，写纯情也未必就一定是佳作，但起码可以启发我们，以往对通俗小说的许多认识都是误解的、片面的，或者是低层次的。

江红蕉的《交易所现形记》，是写上海滩金融界内幕的，颇带一些"黑幕"小说的气息。第一回中介绍道：

> 说到交易所，中国商业里本来没有这一业，却在三百六十行之外的营业。他的性质与旧式的茶会买空生意，倒差不多。不过交易所有种种规则，种种设备，组织得很周密。各国都有交易所，但是都有绝大的风潮。中国人本来不懂交易所是什么东西，从前上海只有一家外国股票公会，开在黄浦滩，也与中国的各业公会相差不多。前几年日本人在上海开设了一家取引所，起初大家也不懂什么叫做取引。里面做交易的人，也完全是日本人。所做的股票物件，也完全是日本货。后来请了一位中国康白度进去，就招了许多中国人进去做仲买人。仲买人的性质好似掮客一般。他只代客买卖，赚一笔佣金，取引所就在他所赚的佣金里，扣些头去，就是他的营业收入。那时取引所营业很发达，但是中国人赚钱的很少。日本人生性精刮能做生意，中国人那里是他的对手。每年东洋纱里，总有几个替死鬼的中国人套进在里面。就像近年的罗炳生投海，就是在取引所做投机，在棉纱上失败的一份子，害得多情的妓女蒋老五，也吞烟殉情，传为佳话。

后来，一些中国的投机商开始创办交易所。他们造谣、设计、倾轧、出卖、偷情报、敲竹杠，发财的发财，丧命的丧命，几经风潮，又风流云散。小说最后写道：

> 这时市面一百余家交易所同归于尽，只剩三四家罢了，也是

风雨飘摇。劳志刚、白新可自从向支那交易所辞职出来，自己办交易所，捞摸了一些，也完全丢掉，总算白辛苦一场。那些办事的所员，有的弃了小学教员，弃了店伙，都来投身，没有半年，那失事而返，却变得奢华惯了，闹了一批亏空，再要谋旧事，早已有人在那里，不容回任，真是坐吃山空，噬脐莫及。独有一辈房主、木器店、水木作、漆匠、印刷店，以及律师和他的翻译，却捞了一大批，但是也并不积了起来，大都用到窑子里去。不过像金枝花、绮缘、红葵馆一辈红倌人，问问她们也说没有多一件首饰，也没积了些私房。可是上海的市面，被交易所这样一扰乱，已是凋敝得不少，大非昔比了。正是：

一场浩劫化昙烟，无人不说交易所。

十年以后，茅盾的《子夜》轰动一时，书中空头多头之战是"吴赵斗法"的核心，但若论描写之详实深入，实在尚不敌《交易所现形记》。《子夜》的意义当然不限于金融黑幕之揭露，但若从了解旧上海金融交易发展史的资料价值来看，《交易所现形记》无疑是更足珍贵的，《子夜》有些地方受到此书影响，但主要成就是在别的方面。

在通俗小说家所写的这类讲求写实、着笔细致，但对主题和结构不够重视并不时夹有"黑幕"气息的社会长篇小说与30年代崛起的新文学社会长篇小说之间，存在一些过渡性的作品，最典型的要数张恨水《春明外史》和《金粉世家》，其中《春明外史》完全是20年代之作。

《春明外史》连载于北京《世界晚报》1924年4月16日至1929年1月24日，张恨水给这部小说的定位颇高，"用作《红楼梦》的办法，来作《儒林外史》"[①]。这部百万言巨著，以新闻记者杨杏园为中心，描绘出一幅20年代的北京"清明上河图"，广泛揭示了新闻界、教育界、商业界、烟花界等方面的生活真相，在连载过程中备受欢迎。书中主人公

---

① 张恨水：《我的小说过程》。

杨杏园先后与妓女梨云和才女李冬青相爱，都以悲剧结局。当梨云不幸夭亡，杨杏园泪如雨下，倒在梨云的枕上，哽咽不住：

> 原来这枕头是梨云常枕的，她头发上的生发油沾在上面，香还没有退呢。杨杏园抱着枕头起来，走到梨云灵床边喊道："老七！你不睡这个枕头了，送给我罢，呀，你怎么不说话呢？"说着，把枕头往床上一抛，又倒在床上，放声大哭。偏偏当日折给梨云的一小枝梅花，却未抖掉，依旧还放在枕头的地方，不觉哈哈大笑，拿着一枝梅花，走到梨云遗骸面前，笑着问道："老七，我给你戴上，好不好？戴了梅花，就有人给我们做媒了……"无锡老三道："杨先生，你怎么了？"杨杏园看见无锡老三，心里明白过来，哇的一声，吐了一口血，一阵昏迷，头重脚轻，站立不住，便倒在地下。

张恨水一方面追求词章笔法的典雅，尤其在回目及穿插诗词上用尽心思，另一方面十分注意刻画人物性格，描绘人物心理，模仿西方小说用景物描写烘托意境的手法。更重要的是，他不是像新文学作家所攻击的那样去记"流水账"，而是注意把主题集中于揭露社会和写出人物的悲剧命运，这就超越了一般的黑幕小说、狭邪小说和才子佳人小说的境界，从新、旧两个方面提高了章回小说。

1921年以后的通俗社会长篇小说在调整中取得了不菲的成就，相比之下，新文学界的长篇小说，此时一方面找不到合适的感觉和姿态，在短篇的拉长中摸索，另一方面不免亦吸吮通俗小说的乳汁，其代表作家是张资平。"五四"新文学在叙述格局上的重要风格之一是出现了大量第一人称的叙述者"我"，这在短篇小说中表现得尤为明显。而在张资平的长篇小说中，却大多相反。他这一时期的长篇小说《冲积期化石》、《飞絮》、《苔莉》、《上帝的儿女们》等，不但叙述手法与旧小说不分轩轾，——比如大量的"叙述干预"，——而且艺术格调也向通俗小说看齐。郑伯奇说"资平的写作态度是相当客观的"，而张资平所推崇的"写实"

之作乃是《留东外史》。这一时期新文学界推出的长篇小说仅有十部左右，除了张资平的作品外，老舍的《老张的哲学》和《赵子曰》，与通俗文学阵营里"滑稽大师"程瞻庐的作品格调手法都差不多，王统照的《一叶》、《黄昏》以及杨振声《玉君》，张闻天的《旅途》，都不能称得起严格意义上的长篇，与动辄百万言，充满大全景的通俗长篇相比，它们显得十分幼稚。比如《玉君》，当做一个中篇看还不错。陈西滢说它"文字虽然流丽，总脱不了旧词章旧小说的气味"，而鲁迅认为它只不过创造一个傀儡，其降生也就是死亡。此话比较偏激，不尽符合作品实际，但它的有力影响充分说明新文学阵营对自己的长篇创作评分大大低于短篇。所以长篇小说领域，通俗小说尽管总的姿态仍然偏旧，但却充满信心，稳步地调整着自己的方向。

通俗小说的调整策略是在两个方向上展开的。除了《春明外史》、《金粉世家》这类面向新文学"改革开放"的一路外，另一路则坚持"独立自主"，发展自己的特长，开拓新文学永远夺不走的"自己的园地"，这便是武侠和侦探。

自从晚清的侠义公案小说渐渐走入死胡同后，武侠小说一直在低谷徘徊达 30 年之久，民初五年，仅叶小凤《古戍寒笳记》稍有成就，但它并非纯粹武侠小说。至调整期，在哀情小说全面衰退和社会小说大多依旧的局面下，武侠创作渐有起色。1919 年有白下淡叟《雍正剑侠奇案》、朱霞天《青剑碧血录》、李定夷《尘海英雄传》，1920 年有姜侠魂《江湖三十六侠》，1921 年有李涵秋《绿林怪杰》。这股势头发展到 1923 年，兀然掀起大波，几部名垂武侠小说史的大作一齐问世，它们是平江不肖生（向恺然）的《江湖奇侠传》、《近代侠义英雄传》、《江湖怪异传》，赵焕亭的《奇侠精忠传》，姚民哀的《山东响马传》。大波过后，继浪滚滚，一时之间，通俗小说阵营内几乎无人不写、无报不登武侠小说，新闻界、影剧界群起助威，使武侠小说成为与新文学小说抗衡的主力类型，并初步奠定了一个崭新的武侠小说时代的艺术风貌。

这一时期武侠小说的主要成就有三。一是恢复"侠"的本来面目，摆脱鲁迅所云"终必为一大僚隶卒"的不伦不类地位；二是发掘"武"的内涵，细致入微地描写中国武术的各种"功夫"，开始建立一整套"武学"术语和理论，大大促进了武侠小说的类型化，并导致职业武侠作家的出现；三是采用新式叙述技巧，如第一人称叙事和倒叙结构等，为武侠小说进一步现代化奠定技术上的基础。

平江不肖生（向恺然，1890—1957）留过日，倒过袁，懂拳术，1916年以《留东外史》——黑幕小说的奠基作成名。后来，世界书局老板沈子方经包天笑介绍，请平江不肖生写一部"剑仙侠士之类的一流传奇小说"，于是，1923年1月，不肖生在《红》杂志双期上开始发表《江湖奇侠传》。该书"以湖南省平江、浏阳交界地居民争夺赵家坪之归属问题为主线，以昆仑、崆峒两派剑侠分头参与助拳为纬，带出无数紧张热闹生动有趣的故事情节"。书中除了飞剑道术外，大部分故事有其真实本事。第86回说："这部《奇侠传》却是以奇侠为范围，凡是在下认为奇怪的都得为他写传。"这部书轰动到几乎不可想象的地步。后来根据其部分情节改编的18集电影《火烧红莲寺》，风靡全社会。沈雁冰在《封建的小市民文艺》中说：

> 《火烧红莲寺》对于小市民层的魔力之大，只要你一到那开映这影片的影戏院内就可以看到。叫好，拍掌，在那些影戏院里是不禁的；从头到尾，你是在狂热的包围中，而每逢影片中剑侠放飞剑互相斗争的时候，看客们的狂呼就同作战一般，他们对红姑的飞降而喝彩，并不是因为那红姑是女明星胡蝶所扮演，而是因为那红姑是一个女剑侠，是《火烧红莲寺》的中心人物；他们对于影片的批评从来不会是某某明星扮演某某角色的表情那样好那样坏，他们是批评昆仑派如何、崆峒派如何的！在他们，影戏不复是"戏"，而是真实！如果说国产影片而有对于广大的群众感情起作用的，那就得首推《火烧红莲寺》了。

当《江湖奇侠传》连载不久的 1923 年 6 月，平江不肖生又在《侦探世界》上连载了《近代侠义英雄传》。这部小说不如《江湖奇侠传》名气大，但艺术水平却高于前者。小说的主要人物是大刀王五和霍元甲，特别是霍元甲被塑造成一位"为国为民"的大侠形象。霍元甲三打外国大力士，为的不是个人，而是民族的尊严，"否则无端找他们这种受人豢养，供人驱使的大力士比武，实不值得！"为国雪耻的同时，霍元甲也感叹道："我一个人强，有什么用处！"他并不是盲目排外的民族自大狂，也不同于鲁迅《以脚报国》所批评的杨缦华女士，霍元甲所报的"国"不是朝廷，而是中华民族。他说："至于大清的江山，也用不着我们当小百姓的帮扶！"而当义和团要对千余名中国教民大开杀戒时，霍元甲为救无辜百姓，怒杀了义和团魁首韩起龙。这里表现出平江不肖生所推崇的"侠义"实际上包含着一种"人民性"，并不是当今某些武打影视作品所理解的那种狭隘民族心理。这种出乎天地正气、为国为民的大侠精神，许多年后在新派武侠小说家梁羽生、金庸那里得到了继承和光大。1984 年岳麓书社重印此书时，将涉及义和团的五章删去，这样做严重损害和歪曲了霍元甲的大侠形象。

平江不肖生是少有的熟谙武术的武侠小说作家。他笔下的"武"也写得精彩纷呈。《江湖奇侠传》中的许多武功实际是神魔剑仙，如降龙伏虎，役鬼驱神，呼风唤雨，倒海移山，奇门遁甲，诸般变化，飞剑杀人，吐气殛敌，驾云御风，烧鼎炼丹，养性修心，脱胎换骨……平江不肖生不断以叙述者身份跳出来为这些"无稽之谈"辩解，告诉读者"拿极幼稚的科学头脑，去臆断他心思耳目所不及的事为荒谬，那才是真荒谬"。不过，《江湖奇侠传》就是依凭它的"奇"，产生了巨大的魅力。据郑逸梅在《武侠小说的通病》一文中讲："据友人熟知图书馆情形的说，那个付诸劫灰的东方图书馆中，备有不肖生的《江湖奇侠传》，阅的人多，不久便书页破烂，字迹模糊，不能再阅了，由馆中再备一部，但是不久又破烂模糊了，所以直到一·二八之役，这部书已购到十有四次，武侠小说的吸引力，多么可惊咧。"

《近代侠义英雄传》中的武功，则接近实际生活。平江不肖生细分"内家"、"外家"功法，指出霍元甲的毛病就在于"手上成功太快，内部相差太远……手上打出去有一千多斤，敌人固受不起，自己内部也受了伤。"这种武学理论对后来的武侠小说作者产生了不可抵御的影响。

以《奇侠精忠传》成名的赵焕亭与平江不肖生并称"南向北赵"。《奇侠精忠传》自序云：

> 取有清乾、嘉间苗乱、回乱、教匪乱各事迹，以两杨侯、刘方伯等为之干，而附当时草泽之奇人、剑客。事非无稽，言皆有物；更出以纡徐卓挚之笔，使书中人之须眉跃然，而于劝惩之旨，尤三致意焉。至其间奇节伟行、艳闻轶事以至椎埋之滑迹、邪教之鸱张、里巷奸人之姿恶变幻，无不如温犀烛怪、禹鼎象物。读者神游其间，亦可以论古昔、察世变矣。若谓著者有龙门传游侠愤然之意，则吾岂敢！

由这篇自序可见赵焕亭的趣味多近于"写实"。他将所有技击腾挪修炼之术统称为"武功"，制造了一个武侠小说的核心概念。他还大讲"罡气"、"内力"，对武功内外分家的看法与平江不肖生如出一辙。

1923 年 5 月 5 日夜，山东抱犊崮土匪孙美瑶部袭击津浦路列车，绑架中外旅客百余，史称"临城劫车案"。由于被绑旅客中有罗斯福的侄女和洛克菲勒的妹妹，一时震惊中外，舆论大哗。三个月后，一个融传奇性与纪实性为一体的武侠小说——《山东响马传》开始连载于《侦探世界》，作者是姚民哀。姚民哀武侠小说的独到之处在于，他将武林集团当做一个"组织"加以条分缕析地细致描写，揭示出这些"组织"的来龙去脉，种种内幕、规矩，从而形成"党会小说"。这为武侠小说开辟了一条宽阔的发展道路，直到今天，武侠作品都逃不出种种帮派门户的构思套路。姚民哀后来又写有《四海群龙记》等作品，一时与"南向北赵"鼎足而三。

台湾武侠小说评论家叶洪生先生在《叶洪生论剑》一书中说：如以民国十年(1921年)为分水岭，则其前后作品大约有以下之明显差异：

民国十年以前发表或出版的武侠小说，文言多于白话，短篇多于长篇，基本上则以"泛唐人传奇"为主流；而清代侠义、公案小说虽已渐趋式微，却仍在民间流行不衰——这是民初白话武侠创作未能兴旺的重要原因。

民国十年以后发表或出版的武侠小说，语体文已成大势所趋（受"新文学运动"影响），文言只作点缀之用。这一时期的作品，上接宋人话本通俗正脉、而以长篇章回体居多。

此外还有"三大特色蔚为时尚"：职业武侠作家出现，绣像武侠小说盛行，题辞、作序、评点成风。从此，中国武侠小说走上现代化的征程，为以后的万紫千红打下了基础。

侦探小说在中国是舶来品，它是从翻译发展到创作的。第一部《福尔摩斯探案》登在晚清《新小说》杂志的第一期。1916年4月，出版了严独鹤、程小青等人用文言翻译的《福尔摩斯侦探案全集》。1925年，出版了用白话翻译的《福尔摩斯新探案全集》和《亚森罗平案全集》。在译作的直接影响下，中国自己的侦探小说在这一时期开始风行。1923年6月，第一份侦探文学期刊《侦探世界》创刊，由严独鹤、陆澹安、程小青、施济群任编辑。许多作家在上面发表了自己的创作，形成了自己的"名牌系列"，如程小青的霍桑，陆澹安的李飞，张碧梧的宋悟奇，赵苕狂的胡闲，朱䴖的杨藏芳，孙了红的东方亚森罗平等。侦探小说在中国可说是一问世便火爆，尤其在通俗小说处境不利的调整期内，与武侠小说一道，大助通俗文坛声威。而且，由于侦探小说来自西方，披着科学的外衣，故而新文学界对其攻击相对较少，多是采取视而不见的冷漠态度而已。

《侦探世界》开辟了介绍侦破知识和辅导侦探创作的专栏，发表了程小青《科学的侦探术》、《侦探小说作法之管见》，胡寄尘《我之侦探小说谈》，何朴斋《侦探小说的作法》，吴羽白《侦探常识一般》等文章。刊物还组织过有奖征文，收到 200 份来稿。但可惜办满一年 24 期后，《侦探世界》就停刊了。最后一期的编者赵苕狂在《别矣诸君》中说："就把这半月中，全国侦探小说作家所产出来的作品，一齐都收了拢来，有时还恐不敷一期之用。"所以，侦探小说若与武侠、言情、社会小说相比，实在并不甚盛。原因之一是侦探小说的类别排他性极强，技术化要求很高；二是缺乏现实生活"土壤"，中国的现实社会科学与法制都不够昌明，缺乏一个侦探活动的"公共空间"。一直坚守侦探小说这个码头的实则只有程小青、孙了红这一对"青红帮"。不过在 20 年代初、中期，还是出现了一批丰富多彩的侦探小说佳作。

陆澹安的《李飞探案集》中有一篇《夜半钟声》，写穷教员冯逸庵忽得杨德泉资助，开办大中华函授学校，将所收学费存入银行立簿，一夜忽然丢失。李飞前来破案，从一件盗窃案，推出一件欺诈案、一件谋命案和一件纵火图赔案。小说一板一眼，缓缓道来，铺垫周密，收束扎实，很有生活气息。陆澹安笔下的李飞，是个年青的大学毕业生，做侦探是他的业余爱好。这个风度翩翩的青年英雄深得读者欢迎，《李飞探案集》在十多年间几乎每年再版一次，可惜陆澹安 1924 年以后就停辍了侦探小说之笔。

1921 年 12 月 20 日，张碧梧在《半月》上发表长篇侦探小说《双雄斗智记》，序言写道：

> 英国柯南达利勋爵所著之福尔摩斯侦探案说部，不下数十种，案情之离奇，结构之缜密，观者莫不拍案叫绝，叹为仅有。吾友程小青素工译述，近年来更著东方福尔摩斯侦探案，已成若干部，其离奇缜密处，较之柯氏殊不多让，东西媲美，相得乃益彰焉。顾西方尚有所谓侠盗亚森罗频者，尝与福氏一再为仇，各出奇能互不相下，诡谲胆慢矣。周子瘦鹃译有福尔摩斯别传犹而登，即

记此事者，今者东方之福尔摩斯既久已产生，奚可无一东方亚森罗频应时而出，以与之敌，而互显好身手哉？仆也不才，承周子之嘱，敢成此双雄斗智记。为顾全吾书之意旨起见，不得不誉扬东方亚氏之能，而稍抑东方之福氏，程子得弗怒吾冒渎耶。吾书中之亚乐与福氏虽相视如仇，吾与程子固仍为良友，程子幸勿介介於怀，亦以仇敌视吾也，一笑。

　　小说的主要人物是霍桑及其对手——三星党党魁罗平，二人你来我往，多次斗法，基本上不分胜负，最后霍桑侥幸得胜，算是给"良友"程子留个面子。但是这种斗法模式过于脱离现实，不能实现张碧梧要把侦探小说中国化的设想。于是，张碧梧又创作了《家庭侦探宋梧奇新探案》系列，专写家庭案件，而且侦探只用一个人，去掉"华生"式的配角，显得很有特色。1922年发表于《快活》的《箱中女尸》，从现场检验来看，既非谋财害命，又非因奸妒杀，宋梧奇通过深入探访，查出凶手，原来是凶手错杀了人。发表在《红》杂志上的《跛足画师》则是运用了侦探小说的布局，而结果却并无探案，写的是一个孤僻的跛足画师所画的美女千篇一律，而且都没有眸子，以致引起警探的怀疑。当他死后，人们才知道，原来他的女友得知他跌断腿后便与他绝交，往事挥之不去，所以他始终画其人不画其眸。临终前他才第一次"画女点睛"，果然万分"娇媚动人"，众人唏嘘不已。

　　俞天愤是第一代中国侦探小说作家，他曾自诩："中国侦探小说，本是在下创始的。"（《白巾祸》）他的侦探小说一般比较细致精巧。《红玫瑰》上有一篇《玫瑰女郎》，写一群"积案如山的窃盗"，为首的山东人钱油饼，派一个秃头化装成卖花女，迷惑警官，趁机作案绑票。破案的侦探则是第一人称"我"，这在侦探小说中是颇具特色的。此篇小说还有一个特色是，俞天愤请人扮演小说中的人物，并搭置布景，拍成一套相片，随文一起刊登。这可以看做是"摄影小说"的鼻祖。可惜俞天愤的这种创举因花销太大，得不偿失，不能持续下去。他的创作也到

175

1927 年就终止了。早期的侦探小说界的确荟萃了一批才华卓具的作家。

孙了红的创作成熟期在 40 年代，但 20 年代他已显露出不凡的才能。1925 年他写了一篇《燕尾须》，小说分三节，第一节"疑云叠叠"，写珠宝商杨小枫在昏沉状态中入一菜馆，发现浑身装束已被换过，并且自己的燕尾须不翼而飞，面容年轻了十岁。旁边有一青年反复提醒"有人要和你过不去！"又见一凶汉虎视眈眈，杨小枫担心被绑票，结账而出，却摸到袋中有一手枪。这时几人扑过来，杨小枫发枪不中，失去知觉。第二节"太滑稽了"，写杨小枫苏醒，发觉被铐在室内，有两人在谈抓获他的经过。杨小枫得知这里是警署，便申明身份，不料反被认为是冒充和做戏，断定他是某巨犯，百口莫辩，尤其是没有燕尾须作证，一筹莫展。第三节"最新绑票法"，写次日晨杨家乱成一团，忽来一青年自称绑匪，以燕尾须为凭，索五万元而去。杨小枫的五个同行得到匿名信，前去保出杨小枫。大家猜出是鲁平所为。鲁平致信杨小枫，说明因杨宣布要联合警界捕捉鲁平，特此报复，教训杨"以后勿大言，勿管鲁平的事"。故事结束。

这篇小说构思精巧，要捉人者反被人捉。对珠宝商可笑的窘态、警察的洋洋自得、鲁平的机智与幽默都刻画得栩栩如生。中国侦探小说的弱点之一是人物性格不够鲜明丰满。孙了红的作品则在这方面取得了较为满意的成绩。

其他类别的通俗小说相对于武侠、侦探、社会小说，则成就大多一般。如历史、传奇类的蔡东藩的《历朝通俗演义》、《西太后演义》，许啸天的《清宫十三朝演义》等，大体均拘于史实而乏于文采，带有时代记录和受新闻体裁影响的性质。不过其宏大的气魄以及对封建帝王正统观念的突破，则表现出新文化运动以及新史学所带来的影响。此中饶有特色的一部是包天笑 1922 年出版的《留芳记》，小说界元老林琴南为其作弁言曰：

前此十余年，包天笑译《迦茵小传》，甫得其下半部，读而奇之，

176

寻从哈葛得丛书中，觅得全文，补译成书。寓书天笑，彼此遂定
交焉，然实未晤其人。前三年，天笑入都，始尽杯酒之欢，盖我
辈中人也。国变后，余曾著《京华碧血录》，述戊戌庚子事，自以
为不详。今年天笑北来，出所著《留芳记》见示，则详载光绪末叶，
群小肇乱取亡之迹，咸有根据。中间以梅氏祖孙为发凡，盖有取
于太史公之传大宛，孔云亭之成《桃花扇》也。大宛传贯以张骞，
骞中道死，补贯以汗血马，史公之意，不在大宛，在汉政之无纪，
罪武帝之开边也。云亭即访其例，叙烈皇殉国，江左偏安，竟误
于马阮，乃贯以雪苑香君，读者以为叙述名士美人，乃不知云亭
蕴几许伤心之泪，藉此以泄其悲。今天笑之书，正本此旨。去年，
康南海至天津，与余相见康楼，再三嘱余取辛亥以后事，编为说部，
余以笃老谢，今得天笑之书，余与南海之诺责卸矣！读者即以云
亭视天笑可也。

林琴南未免把此书捧得过高，但借梅兰芳这样一位名伶来贯穿民国
初年风云，烛光斧影中加入舞袖弦歌，的确很有几分吸引力。包天笑将
传闻、野史、正史熔为一炉，虚虚实实，得失参半。如在楔子中写梅兰
芳本是四川举子傅芳为报恩而投胎到梅家，梅兰芳祖父梦见傅芳授他一
朵兰花，故取名梅兰芳。书中说："自从梅兰芳出世以来，我们中国的
遗闻轶事也出得不少。我想拉拉杂杂把他叙述一番，读我这部书的人可
以当他是一部民国野史读，这便是我这部《留芳记》开场的一个楔子了。"
第一回中写吴子佩（即吴佩孚）发迹以前在北京算卦为生，有一天梅兰
芳的伯父去为这孩子的前程占卜，拈了一个"始"字，吴子佩便凭此算
定了梅兰芳的命运：

　　你瞧，这个始字虽然是个女字边旁，却一向不把它杂在女人
队里。可见虽与女子有些关系，并不是女人，那边是一个台字，
这台字与那个臺字相通。你刚才说学戏最好，那个臺字不就是舞台、

戏台的台字吗？一个女字边旁，加上一个台字，我的意思，要是你令郎学戏，最好倾向在阴性一方面。你试瞧瞧这个始字，远望又有些像姑娘的姑字，其实却并不是姑字。我再把那个台字拆给你瞧，上面是个三角形，下面是个方口形，方口形就是有唱的意思，那三角是象形，但是近来出名的戏剧家也称之为名角，或呼之为角儿；再看那个台字，要是把那一点拉长起来，撇到这一边，岂不是成了一个"名"字吗？虽然现在还不能成名，却是为了起始的缘故，往后必可成名。

这种名人聚合法在金庸的历史武侠小说中被发挥到出神入化的地步，而在包天笑这里已经显出几分妙趣了。这个小小的占卜细节，实际上写出了吴子佩随机应变的韬略。只是情节越全面展开，梅兰芳这个贯串角色越难以安插，好端端一位伶界大王，不幸成了多余的龙套。这为历史小说的写作从反面提供了启示。

通俗小说给人的印象似乎总是大部头的长篇，但这一时期短篇小说也取得了较大进展，而且出现类型化、风格化的趋向。如何海鸣以写娼界闻名，被称为"娼门小说家"。张舍我的小说广泛涉及婚恋、家庭、教育、就业、信仰、伦理等各方面问题，被称为"问题小说家"。赵苕狂说："君之作小说也，尝自言目之神怪，思想务求新颖，着笔不落恒蹊。故读其小说者，莫不有深刻之感想而叹为奇观，且君效美国施笃唐氏而创问题小说，实为小说界放一异彩，以前未尝有此体裁也。"发表于《礼拜六》110 期的《五十封信》，写李庭卿依靠妻子筹来的钱，运动到一个审判厅长的职位，此后坐汽车住洋房，又讨了姨太太，把妻子忘在脑后。妻子黄芝丽赶来责问，他却把妻子赶走。后来他因贪污入狱，四个姨太太都不理他。他只好给黄芝丽写信，三年中写了五十封，未得到一字回音。出狱后他当了个月薪 20 元的小文书，某日在杂志上看到：

　　女教育界的明星！……新任广东省立第三女子中学校长黄芝

丽女士……本来是少年失学的，因后来为家庭问题，便奋志向学，入广东师范学校读书。毕业后即任番禺女子高等小学校校长。该校校务，顿见发达，学生从五十名增加至三百余名。女士并且开办女子职业学校，以便那些来学的妇女，毕业了能谋自立，不要专事依赖男子……女士常说："要男女平等必先女子要有学问，有职业，能够独立，这样可以使男子知道女子也是人，不是他们的玩物……"

这是一篇既提出问题又试图解决问题的小说，而且解决的途径可以说还是比较实际的。

另有一篇发表于《礼拜六》134 期的《黄金美色》写老富翁刘尚卿娶了第六个姨太太，还要到妓院去追欢逐乐，为了一个被称为"花国总统"的名妓，挥金数万仍不得手，一气之下，买动一个乞丐装成阔少，打动芳心，最后在"花国总统"下嫁前夜亲自戳穿，"花国总统"羞愤自尽，而老头的六姨太却也偕人卷逃。小说涉及的不仅是家庭的妻妾问题，还有更深的男女心理学问题。

徐卓呆的短篇小说以滑稽著称。《红玫瑰》第一期上有一篇《开幕广告》，初看仿佛是侦探小说，演员张月痕因演出失败而自卑不振，朋友介绍他到一剧场当台柱，并为他设计了一个绝妙的开幕广告。张月痕住进一家旅馆，又扮成自己夫人来寻，使旅馆怀疑发生命案，警方来查，观者甚众，然后揭开真相，小说最后说："这不是犯罪，乃是张月痕的拿手好戏，请明晚到微光剧场看他的第二本罢。"徐卓呆的滑稽才能到后来还有更大发展。

平江不肖生虽以长篇成名，但他的短篇更富艺术魅力。实际上他的长篇也可拆成许多短篇。武侠小说在 20 年代还不甚讲究"结构"艺术，所以一段一段当成短篇来看也是很有趣味的。

野火春风，遍地开花的通俗文学家在各种文体上游戏着、探索着，游戏地探索，探索地游戏。但是新文化运动的暴风雨经年不绝，尤其是

1921 年后新文学社团笋生蜂起，集团进攻颇难抵挡。在这一背景之下，通俗小说家们同气相求，成立了两个与文学研究会、创造社隐隐抗衡、完全异趣的"组织"——星社和青社。

1922 年的七夕，范君博、范烟桥、范菊高叔侄三人，加上顾明道、赵眠云、郑逸梅、姚苏凤、屠守拙、孙纪于几人，在苏州的留园雅聚。大家一时兴起，就结了一个社，摄影留念，范烟桥题名为"星社雅集"，取七夕双星渡河之义。此后陆续有人加入，最多时达 105 人，"星斗满天，蔚成东南一个文艺的集团"。

同年七月，上海还成立了一个青社，成员与星社大同小异，彼此交插游动。发行过《长青》周刊五期，后来成员"大半隶属于星社旗帜之下"①，无形之中星散，不像星社一直坚持到抗战爆发。

星社结集的前七天，赵眠云、范烟桥已在苏州刊行《星》周刊，发行了 35 期，到 1926 年又复刊为三日刊，此外还编印过小说汇刊《星光》，杂作汇刊《星宿海》、《罗星集》等。这些刊物均是兴会之举，并非正式机关刊物。通俗文学社团没有宣言、没有章程，"有几次星社雅集，有人提议定社约及入社书，交社费印社友录等，终于不愿意成为合法的团体而否决"。还有一件事很能说明其性质。曾有几个星社成员去济南为张宗昌办新鲁日报，一些社友"认为代军阀司喉舌，大有道不同不相为谋之慨"，于是登报脱离星社，俨然义愤堂堂。但后来"鲁行诸子，倦游而归，我们仍旧言归于好，毫无芥蒂，小小的裂痕，也就吻合无间，月仍照例举行雅集一次，杯酒联欢，兴殊不浅哩！"②可见这才是不问政治的"纯"文学社团。他们的所谓雅集，不过是"群居终日，言不及义"，喝茶、闲聊、吃点心、猜谜语。有一年举行"趣味展览会"，把各人收藏的宝物陈列观赏。任乐天拿来一瓶毒瓦斯，"以质量少，可以嗅领，触鼻微有杏仁气，非常时期之物也"。徐卓呆拿来一破炮弹壳，配以红

---

① 郑逸梅：《记过去之青社》。

② 郑逸梅：《星社文献》。

180

木座，标签上写："类别：大花瓶。价值：有倾家荡产之价值。"这实在比今天的种种伪现代派、后现代派的表演要深刻得多、智慧得多。

通俗文学界这种默默无言、顺其自然的结社方式，既是对六朝遗风、明清士人的追慕，也是对新文学界汹汹声讨的一种回答。在平和无言中，通俗作家们勤勉地耕耘着自己的苗圃，度过调整期，迎接现代通俗文学的中兴时代。

不过，闲情雅致的力量万不是"组织"的敌手。"礼拜六"毕竟是周末，欢歌过后，一个新的星期即将开始。在新的星期里，周末的娱乐也将被纳入"计划"。可贵的是1921年前后的礼拜六文学家们，并不相信历史那么轻易地就判定了"谁主沉浮"。

八　潜龙勿用：
襁褓中的革命文艺

　　一个现在的中国人，如果他对于那遥远的 1921 年只记得一件事，那便是中国共产党成立。

　　1921 年成立共产党的，不只有中国。

　　1 月，意大利共产党成立。

　　3 月，蒙古人民革命党成立。

　　5 月，罗马尼亚共产党成立。

　　7 月，捷克共产党成立。

　　7 月 23 日，在上海法租界望志路 108 号（今兴业路 78 号），一群南腔北调之人开始举行一个秘密而热烈的会议。其中 13 名中国人：毛泽东、董必武、陈潭秋、何叔衡、王尽美、邓恩铭、李达、李汉俊、张国焘、刘仁静、陈公博、周佛海、包惠僧。他们代表了全国各地一共 50 多名志同道合的人。50 几个人，在四万万人海中，实在是"极少数极少数"。但真理和历史，却从来就掌握在"极少数极少数"的手中。

出席这次会议的还有共产国际代表马林和赤色职工国际代表尼柯尔斯基。他们的出场意味着那"极少数极少数"的13个人，拥有一个多数派的国际背景。那个"多数派"一词，在另一种语言中，叫做"布尔什维克"。

早在1920年春天，共产国际远东部的负责人吴廷康就到北京会晤了李大钊，又到上海会晤了陈独秀。8月，陈独秀、李达、李汉俊等在上海建立了中国第一个共产主义小组。同年，李大钊、张国焘、邓中夏等建立了北京共产主义小组，毛泽东、何叔衡等建立了湖南共产主义小组，董必武、陈潭秋等建立了湖北共产主义小组，王尽美、邓恩铭等建立了山东共产主义小组，陈公博、谭平山等建立了广东共产主义小组。接着，天津、杭州、南京等地以及周佛海等在东京留学生中，周恩来等在法国留学生中，先后建立了共产主义小组。兵马相望，大旗待树，1921年7月的"共商大计"，已经是水到渠成之事了。

会议的最后一天，因为受到租界巡捕的搜查而中断，后转移到浙江嘉兴南湖的一只游舫上进行。那只游舫在几十年后的中国，成为比诺亚方舟还要尊贵的圣物。

这次史称"一大"的会议，通过了中国共产党的第一个纲领和第一个决议，决定以列宁的布尔什维克党为榜样，领导工人、农民、士兵进行社会革命，废除资本和生产手段私有制，夺取政权，建立无产阶级专政，直到消灭阶级，实现共产主义。大会的参加者之一毛泽东后来指出："自从有了中国共产党，中国革命的面目就焕然一新了。"[①]

中国共产党成立之初，一年召开一次代表大会，连续领导了香港海员罢工、安源路矿工人罢工、开滦煤矿罢工、京汉铁路罢工和一系列抗税抗捐斗争，直到帮助孙中山把国民党改组成一个强大的革命组织。天

---

① 见《毛泽东选集》合订本，1249页。

下大乱之时，也正是新的生命节节长高之时。在遍地革命火种的明灭闪烁下，革命的文艺也开始牙牙学语了。

曾担任过中国共产党最高负责人的瞿秋白在《"Apoliticism"——非政治主义》中说：

> 每一个文学家其实都是政治家。艺术——不论是那一个时代，不论是那一个阶级，不论是那一个派别的——都是意识形态的得力的武器，它反映着现实，同时影响着现实。客观上，某一个阶级的艺术必定是在组织着自己的情绪，自己的意志，而表现一定的宇宙观和社会观；这个阶级，经过艺术去影响它所领导的阶级（或者，它所要想领导的阶级），并且去捣乱它所反对的阶级。问题只在于艺术和政治之间的联系的方式：有些阶级利于把这种联系隐蔽起来，有些阶级却是相反的。

艺术与政治、艺术与革命，说到底，是绝对不可分的。许多人觉得政治不干净、革命有血腥，于是便竭力回避这种看法，竭力把艺术装扮成偎依在怀里的长毛狮子狗。但忘记和回避艺术与政治关系的时代和人，都逃脱不了忘记和回避的代价。既不承认艺术的娱乐性，也不承认艺术的革命性，那么，所谓"艺术性"何在？有时候，说某些学者最愚昧，实在并不是愤激的玩笑。那些惺惺作态唯恐别人不知他是高雅的文化人的人，实在俗得不值与之一论。

艺术与革命最根本的相通之处在于，它们都是对现实世界的否定和反抗，他们的本质都是理想和超越，都是颠覆、毁坏和创造、重建。当它的程度较轻时，人们往往忘记这是革命而认它作"纯艺术"；当它的程度较重时，人们又往往忘记它是艺术而认它作"大革命"。其实，艺术就是革命，而革命也就是"行动艺术"。艺术家与革命家，在精神气质上是相通的。所谓"文艺家与政治家的歧途"，他们之间的争论、镇压，不过是在如何改造世界的方法论上的分歧。所以，艺术家可以随时变为革命家,革命家的"行动艺术"遭受挫折时,也会变为在纸上行动的"艺术家"。没有革命,艺术就不会发展进步;没有艺术,革命也不会成功兴旺。在这个星球上最懂得二者的血肉关联,把艺术与革命糅合得最完美的,就是中国共产党。一部中国共产党的历史,就是一部绚丽多彩的艺术史。仅从这个意义上讲,这个党也不愧为一个伟大的党。

但是,专门为了革命而创作的文艺却不一定是好文艺,原因正是它不懂得艺术本身就是革命,革命就在艺术中,所以跑到艺术之外去单独制造一种"革命文艺",结果是费力不讨好。这是人们往往不那么喜欢"革命文艺"的原因之一。不过,欣赏革命文艺恐怕需要端正一下心态,需要对创作和表演"设身处地"、"感同身受",以"革命读者"的心态去欣赏才能得其妙处。反之,抱定了一副"反革命心肠"去挑剔艺术,那就好比贾政读《红楼梦》,简直一无是处了。

革命文学的正式兴起,是 1927 年以后的事。但在 1921 年,端倪已现。郑振铎在《文学与革命》中就提出为了完成文学革命必得有革命文学的出现。中国共产党成立后,把宣传工作放在首要地位。1922 年 2 月,中共领导的社会主义青年团机关刊物《先驱》增辟了"革命文艺"专栏,发表了一些具有革命鼓动内容的诗歌。在广州召开的社会主义青年团第一次全国大会上,曾作出决议:"对于各种学术研究会,须有同志加入,组成小团体活动及吸收新同志;使有技术有学问的人才不为资产阶级服务而为无产阶级服务;并使学术文艺成为无产阶级化。"1923 年 6 月,中共理论刊物《新青年》季刊创刊宣言指出:"现时中国文学思想——资产阶级的'诗思',往往有颓废派的倾向",认为中国革命与文学运动,"非劳动阶级为之指导,不能成就"。早期共产党人邓中夏、瞿秋白、肖楚女、恽代英、李求实、沈泽民、蒋光赤等,在许多文章中,介绍和宣传马克思主义的文学主张。沈泽民在《我们需要怎样的文艺?》一文中说:"所谓革命的文学,并非是充满手枪和炮弹这一类名辞,并非如像《小说月报》所揭为标语的血与泪","革命,在文艺中是一个作者底气概的问题和作者底立脚点的问题。"恽代英则指出:"要先有革命的感情,才

185

会有革命文学。""倘若你希望做一个革命文学家，你第一件事是要投身于革命事业，培养你的革命的感情。""若并没有要求革命的真实情感，再作一百篇文要求革命文学的产生，亦不过如祷祝（公）鸡生蛋，未免太苦人所难。"沈泽民的《文学与革命的文学》一文更详细地分析了革命行动与革命艺术的关系：

> 诗人若不是一个革命家，他决不能凭空创造出革命的文学来。诗人若单是一个有革命思想的人，他亦不能创造革命的文学。因为无论我们怎样夸称天才的创造力，文学始终只是生活的反映。革命的文学家若不曾亲身参加过工人罢工的运动，若不曾亲自尝过牢狱的滋味，亲身受过官厅的追逐，不曾和满身泥污的工人或普通农人同睡过一间小屋子，同做过吃力的工作，同受过雇主和工头的鞭打责骂，他决不能了解无产阶级的每一种潜在的情绪，决不配创造革命的文学。

革命文学的鼓吹到了1926年开始进入高潮。郭沫若在《文艺家的觉悟》中很精炼地分析了文艺与革命的关系：

> 本来从事于文艺的人，在气质上说来，多是属于神经质的。他的感受性比较一般的人要较为锐敏。所以当着一个社会快要临着变革的时候，就是一个时代的压迫阶级凌虐得快要铤而走险，素来是一种潜伏着的阶级斗争快要成为具体的表现的时候，在一般人虽尚未感受得十分迫切，而在神经质的文艺家却已预先感受着，先把民众的痛苦叫喊了出来，先把革命的必要叫喊了出来。所以文艺每每成为革命的前驱，而每个革命时代的革命思潮多半是由于文艺家或者于文艺有素养的人滥觞出来的。

这一段话非常适合于解释1921年中国共产党成立为什么偏偏在新

186

文化运动兴起之后、文学革命达到高潮之时。这个民族太缺乏"神经质"了，神经太麻木了，需要叫喊，需要放血！就像1923年《新青年》上的一首《颈上血》："颈可折，肢可裂，奋斗的精神不可灭。"还有上海工人武装起义时的一首歌："天不怕，地不怕，哪管在铁链子下面淌血花，拼着一个死，敢把皇帝拉下马。"

不过，1926年以后的革命文学，未免是故意为革命而文学，所以成绩并不甚高。尽管有些作品销量不错，其实那多数读者并非是革命者，而是有"窥革命癖"的人。倒是1926年之前那几年的"革命文学"，气定神闲，既革命又文学，没有强人所难的霸气。像郭沫若讲的"这儿没有中道留存着的，不是左，就是右，不是进攻，便是退守，你要不进不退，那你只好是一个无生命的无感觉的石头！"那反而吓跑了许多人。革命文学最重要者不在讲述革命的故事，而是展示革命的心灵。

最能代表襁褓期革命文艺水平的是中共的两位理论宣传家瞿秋白和蒋光慈的作品。下面以评介他们的几部重要作品为线索，展示一下文艺与革命的互动交融。

陈独秀1923年致胡适信中有一段话：

　　……秋白兄的书颇有价值，想必兄已看过。国人对于新俄，誉之者以为天堂，毁之者视为地狱，此皆不知社会进化为何物者的观察。秋白此书出，必能去掉世人多少误解，望早日介绍于商务，并催其早日出版为要。……

陈独秀这里指的是瞿秋白的《赤都心史》。

瞿秋白（1899—1935），江苏常州人，曾参加过五四运动，后为李大钊领导的"马克思学说研究会"成员。1920年底以北京《晨报》特约记者身份赴苏维埃考察。1922年加入中国共产党，1923年回国。旅苏期间，写下了《饿乡纪程》和《赤都心史》两部通讯散文集，广泛涉及了苏维埃当时的政治、经济、文化、社会生活等各个方面，同时深入描绘和解剖了自己的心灵感受。真实而坦荡，艺术家的诚挚和革命家的激情都鲜明夺目。如果读过瞿秋白1935就义之前所写的《多余的话》，那么很容易发现瞿秋白这位书生革命家创作生涯的一首一尾之间存在着多么惊人的对应与相似。文学史研究者多数认为这两部散文集的意义在于为中国开创了报告文学体裁。其实报告文学这种体裁早在盲左腐迁时代就开创好了。鲁迅说《史记》是"史家之绝唱，无韵之离骚"，也就是报告文学精品的意思。而瞿秋白的《饿乡纪程》和《赤都心史》，其创作动机和传播效果，都与报告文学风马牛不相及，还是看看作者在《饿乡纪程》跋中的自述罢：

> 这篇《游记》着手于一九二〇年，其时著者还在哈尔滨。这篇中所写，原为著者思想之经过，具体而论，是记"自中国至俄国"之路程，抽象而论，是记著者"自非饿乡至饿乡"之心程。因工作条件的困难，所以到一九二一年十月方才脱稿。此中凡路程中的见闻经过，具体事实，以及心程中的变迁起伏，思想理论，都总叙总束于此（以体裁而论为随感录）。至于到俄之后，这两部分，当即分开。第一部分：一切调查，考察，制度，政事，拟著一部《现代的俄罗斯》，用政治史，社会思想史的体裁。第二部分：著者的思想情感以及琐闻逸事，拟记一本《赤都心史》，用日记，笔记的体裁。只要物质生活有保证，则所集材料，已经有极当即日公诸国人的，当然要尽力着手编纂，在我精力范围之内，将所能贡献于中国文化的尽量发表。成否唯在于我个人精力能否支持，——可是我现在已病体支离了。

言之凿凿，所写的是"思想之经过"，是"心程"。报告事件的内容，另成一书，叫做《现代的俄罗斯》。后来作者写成的《俄罗斯革命论》，原稿毁于"一·二八"炮火，未能存留、出版，但那也不是报告文学，而是社会科学论文。

《饿乡纪程》，又名《新俄国游记》，1920 年底动笔于哈尔滨。值得注意的是，作者在绪言中把自己看做疯子，他是以"疯子"的心态前往"饿乡"的。

> 我知道：乌沉沉甘食美衣的所在——是黑甜乡；红艳艳光明鲜丽的所在——是你们罚疯子住的地方，这就当然是冰天雪窖饥寒交迫的去处（却还不十分酷虐），我且叫他"饿乡"。我没有法想了。"阴影"领我去，我不得不去。你们罚我这个疯子，我不得不受罚。我决不忘记你们，我总想为大家辟一条光明的路。我愿去，我不得不去。我现在挣扎起来了，我往饿乡去了！

这一段话多么酷似鲁迅的《野草》，这哪里是什么报告文学？不，这是散文诗！是借"报告"而作的诗。作者在这里表露出一种"罪感"，他甘愿作为"疯子"而受罚。"我愿去，我不得不去"，这不分明是鲁迅笔下的过客么？过客是有一个声音召唤他前去，这里是"阴影"领着疯子去。过客的前面是坟，而疯子的前面是"冰天雪地饥寒交迫的去处"——饿乡。这里令人想起许多鲁迅的文章：《狂人日记》，《我们现在怎样做父亲》，《影的告别》，《死火》，《过客》……这不仅仅意味着鲁迅和瞿秋白精神世界的相通，不仅仅可以解释为什么鲁迅给瞿秋白写下"人生得一知己足矣，斯世当以同怀视之"的赠联。这里更令人感兴趣的问题是，作为一个未来的共产党头号领袖的心态。他明知前面的目标对于个人来说是酷虐的，但他挣扎起来，勇敢地前行了，"我总想为大家辟为一条光明的路"。在众人的不理解中，他完成了对自己的理解和确认。所谓"疯子"，实际却是"超人"。他把个体的生命交付给了"辟路"的行动，在行动中完成自我形象的塑造。自身命运的悲剧感使主体获得了无穷的力量。"不得不去"，成了一条先在的生命原则。这也就是瞿秋白为什么能在就义前从容不迫地唱起《国际歌》的根源。在革命者看来，这"不得不去"的征程，这受尽苦痛的献身，是最美的艺术，最大的快乐。真正的革命者，一定是审美的革命者。如果认为革命是痛苦的，欣赏不出革命中的艺术之美，那么迟早会退出革命或反对革命。革命是一种精神、一种气质、一种性格，是艺术的极致。为什么公认鲁迅既是伟大的革命家，又是伟大的文学家，道理便在于此。瞿秋白的这篇绪言，已经为自己的文学／革命生涯谱好了基调，便如一首七律的头两个字定好了平仄，那么最后两个字的平仄也就决定了。沉迷于艺术之美的"疯子"，最后必然要走向革命，就像李白最后走向水里的月亮——因为革命是最高级的艺术。列宁说"革命是人民盛大的节日"，瞿秋白的这两本书，的确写出了节日的盛大气氛。

瞿秋白第一次听《国际歌》，是 1920 年在哈尔滨工党联合会庆祝十月革命节的集会上。"看坛下挤满了的人，宣布开会时大家都高呼'万岁'，哄然起立唱《国际歌》（International），声调雄壮得很。"这一定给了瞿秋白极深极深的印象。当瞿秋白面对国民党行刑队的枪口，唱起《国际歌》时，他大半会想起 15 年前的这一场景。是这首歌让他看见了世上最美的艺术，从此他决定献身给那艺术之神，他做到了。

在《赤都心史》中，瞿秋白写到几次大会。如《莫斯科的赤潮》一节中写"杜洛次基洪亮的声音，震颤赤场对面的高云，回音响亮，如像声声都想传遍宇宙似的"。接下去写道：

> 昨天共产国际行第三次大会开会式。大剧院五千余座位都占得满满的，在台上四望，真是人海，万头攒动，欣喜的气象，革命的热度已到百分。祇诺维叶夫（Zinovieff）致开会词："我以第三国际执行委员会的名义宣布第三次的'为全世界所嫉视的'共产国际大会开会……"下面鼓掌声如巨雷，奏《国际歌》……

这场面如果对比一下今天流行歌星演唱会上追星族们泪流满面地请他们的青春偶像在 T 恤衫上签名，后者显得多么苍白而荒唐，二者究竟哪一个更称得上艺术呢？

在《列宁杜洛次基》一节中记叙列宁：

> 安德莱厅每逢列宁演说，台前拥挤不堪，椅上，桌上都站堆
> 着人山。电气照相灯开时，列宁伟大的头影投射在共产国际"各
> 地无产阶级联合起来"，俄罗斯社会主义联邦苏维埃共和国等标语
> 题词上，又衬着红绫奇画，——另成一新奇的感想，特异的象征。
> ……列宁的演说，篇末数字往往为霹雳的鼓掌声所吞没。……

可以明显感到，作者执笔时的激情和作者身在演说现场时的心跳。
这段文字就是一幅象征主义的绘画，在作者的心目中，所映现出的是奇
异的美。那"伟大的头影"具有不可思议的神奇魅力。作者所写的不是
演说，而是一场威武雄壮的历史剧。

《赤色十月》一节中亦写到列宁：

> 集会的人，看来人人都异常兴致勃发。无意之中，忽然见列
> 宁立登演坛。全会场都拥挤簇动。几分钟间，好像是奇愕不胜，
> 寂然一晌，后来突然"万岁"声，鼓掌声，震天动地。……

从"寂然一晌"，到"震天动地"，用的是《老残游记》中"明湖居听书"
的笔法。接下去写道："工人群众的眼光，万箭一心，都注射在列宁身上。
大家用心尽力听着演说，一字不肯放过。"这里表现出对革命领袖崇拜
气氛的渲染。崇拜是一种文明仪式，在崇拜中，崇拜者得到莫大的精神
快感。革命崇拜更能使人无尚忘我，达到古往今来一切艺术大师所最向
往的"销魂"境地。1921年的中国，七分八裂，缺少的就是一个可以
让人崇拜的中心。作者在字里行间流露出羡慕之情，中国多么需要有所
崇拜呀！崇拜本身并不是坏事。只要崇拜的对象值得崇拜，那就不应该
为了表示自己精神独立而故作傲态。何况人总是要有所崇拜，什么都不
崇拜的人其实崇拜的正是他自以为得意的这种自负态度。鲁迅说中国人

什么都不崇拜，但若细想，世上恐怕没有哪个民族像中国人这样崇拜金钱。为了一分钱可以杀人，甚至"留下买路钱"成了强盗的上场诗。打破个人崇拜固然是一件好事，但打破了之后就任人崇拜金钱。其实，崇拜一个有些缺点的革命领袖，或者崇拜一个荒唐可笑的灶王爷，都比拜金要好。过去个人崇拜的确给人民带来了苦痛，但那苦痛不是来自崇拜，而是来自——有的人崇拜，有的人却不崇拜。崇拜意味着道路的选择，从1921年开始，有一条通往"饿乡"的路，画在了中国人的选择题上。

1923年瞿秋白译过高尔基《意大利故事》的第五章，名为《那个城》。文前按语说："这是象征小说。那个城即是俄国大革命，大破坏后的光景，那个小孩即是指的是中国。"小说写道：

　　　　沿着大路走向一个城，——一个小孩子赶赶紧紧的跑着。
　　　　那个城躺在地上，好大的建筑都横七竖八的互相枕藉着，仿佛呻吟，又像是挣扎。远远的看来，似乎他刚刚被火，——那血色的火苗还没熄灭，一切亭台楼阁砖石瓦砾都煅得煊红。

小孩的前面是血火未熄的城，"那城呵——无限苦痛斗争，为幸福而斗争的地方——流着鲜红……鲜红的血"。而小孩的背后"就是无声的夜，披着黑氅"。"可是似乎那个城却等待着他，他是必须的，人人所渴望的，就是青焰赤苗的火也都等着他"。城里有火，有血，有尸体，有呻吟，但中国就是要向那个城走去。为什么？原来：

　　　　小孩子站住，掀掀眉，舒舒气，定定心心的，勇勇敢敢的向前看着；一会儿又走起来了，走得更快。
　　　　跟在他后面的夜，却低低的，像慈母似的向他说道：
　　　　——"是时候了，小孩子，走罢！他们——等着呢……"

一个需要革命的国度，在一群向往革命的艺术"疯子"带领下，终

192

于奔向了血与火的"仙境"。

"疯子"们并非飞蛾扑火，扑上去便完事。革命的一半是破坏，更重要的一半乃是建设。瞿秋白是带着两个疑问前往"饿乡"的。第一个疑问是落后的经济社会，"如西伯利亚，如哈尔滨，怎样实现科学社会主义的理想社会？"第二个疑问是殖民地的剥削政策下之经济，"依社会主义的原则，应当怎么样整顿"。疯子是取经者，也是盗火人。现在颇有些人怀疑当初走俄国十月革命的路是不是太轻率了，其实这不是个轻率与庄重的问题，而是这条路是历史的必然。条条大路都试过，最后绿灯一亮，写着"惟此路通"。1921 年 1 月 21 日，毛泽东在致蔡和森的回信中说，改造中国的唯一方法是"俄国现在实行的无产阶级专政"。专政便是高度组织化，才能使万分落后的国度迅速"赶超"。在赶超和专政阶段，该国度必然要付出放弃享乐的代价，但这代价不应算在赶超和专政的账上，而应该算在昏聩的前人过度享乐的账上。难道能把五六十年代的生活艰辛归罪于五六十年代既廉政又辛劳的政府吗？ 20 世纪中国的贫困屈辱难道不都是 18 世纪、19 世纪闭关自守、花天酒地所遗留给我们的财产吗？在享乐的沙发里对往日的革命撇嘴皱眉的人，实在需要回到饿乡去清醒一下脂肪过多的大脑。

《饿乡纪程》和《赤都心史》之所以是优秀的革命文学，还在于它们没用空洞的口号去宣传和鼓动革命，它们只是如实写出了所见所闻所思所感。革命没有脱离更没有压倒文学，文章到处散发着高贵的艺术气息，优美的文字、起伏的情感，结合得十分完美。请欣赏《饿乡纪程》的一段：

> "赤色"的火车头来带着我们的车进苏维埃的新俄了。七日一清早，朦胧睡梦初醒，猛看见窗外一色苍白，天地冻绝，已到贝加尔湖边。蜿蜒转折的长车沿着湖边经四十多个山洞，拂掠雪枝，映漾冰影，如飞似掠的震颤西伯利亚原人生活中之静止宇宙，显一显"文明"的威权。远望对岸依稀凄迷，不辨是山是云，只见

寒浸浸的云气一片凄清颜色，低徊起伏，又似屹然不动，冷然无尽。近湖边的冰浪，好似峥岩奇石突兀相向，——不知几时的怒风，引着"自由"的波涛勃然兴起，倏然一阵严肃冷酷的寒意，使他就此冻住，兴风作浪的恶技已穷，——却还保持他残狠刚愎倔强的丑态。离湖边稍远，剩着一片一片水晶的地毡，澈映天地，这已是平铺推展的浪纹，随着自然的波动，正要遂他的"远志"，求最后的安顿，不义不仁的天然束缚他的开展，强结成这静止的美意，偶然为他人放灿烂突现的光彩。

这是革命，还是文学？充满阳刚之力，又遍放华丽之彩。出色的描绘、深沉的情感、明晰的思考都结晶在一起，就像那冻住的冰浪。那冰浪是一种"静中之动"，是"束缚中的自由"，包含着反抗与克制、残忍与温柔。这个意象可与鲁迅笔下的"火的冰"、"死火"相媲美，它正是一种"革命的文艺"。在这种文艺的对比下，一切爱语、美文、闲适，都现出几分贫血的虚伪和矫饰。中国的文学传统里，从来不缺少美文、闲适，缺少的恰恰是"冰浪"文学。

1921年1月25日晚11时许，瞿秋白乘坐了四十多日的火车，到达了赤都——莫斯科。在《赤都心史》序中，瞿秋白说："我愿意读者得着较深切的感想，我愿意作者写出较实在的情事，不敢用枯燥的笔记游记的体裁。我愿意突出个性，印取自己的思潮，所以杂集随感录，且要试摹'社会的画稿'，所以凡能描写如意的，略仿散文诗。"个性、思潮、画稿、散文诗，这是一部心史的灵魂。有人以为革命文学便是歌颂文学，只写光明，不写阴暗，所以谈不到个性、思潮。那样的革命文学，应该说已经失去了革命的内涵。《赤都心史》里有一节《官僚问题》，写了一件"腐败"的案例：

一小学女教师值学校停课，所领口粮不够生活，因就一临时讲席，原来的口粮也没辞去。农工检察人民委员会，委派整理职员予以考核的时候，这位女教师不得不受审判，争辩的结果，反得知审判官中每人至少也得七份口粮呢。

郭质生和我说，有一营官兼营中政治文化委员会会员，不知怎么样作弊得五百万苏维埃卢布，营长及委员长两人最初假装着不知道。此后营官赂赠营长妻以地毡，却骗了委员长。营长及委员长两位长官的夫人彼此谈起来，委员长夫人吃起醋来了。于是这件事就此发作。营官的老母托质生去看他，他对着质生凄然的说道：

——听说判决死刑……枪毙，……枪毙……难道我的命只值五百万……五百万么？……

五百万苏维埃卢布，只合中国钱百十块。枪毙了。这便是革命。革命是用浓盐水洗伤口，杀菌不能怕肉疼。文中还说："无产阶级新文学中已有'新葛葛里'出现，共产党报纸上努力的攻击官僚主义呢。"

不能理解革命的人是来自各方面的。《"什么"》一节记述：

某乡有一地主，没收之后，他到处询问，向各机关去申诉："我没有犯罪，为什么没收财产？"——他始终不明白是革命。特地跑到彼得堡中央劳农政府，又撞了一个钉子。——精神病更厉害了。房屋已被没收，移住一小木屋中，有人可怜他，给他讲解这是"革命"，他已不是地主了。

革命使很多人害了精神病。大诗人叶赛宁的悲剧，马雅可夫斯基的悲剧，都是对革命水土不服。只有最天才的艺术家能在革命中找准自己的位置，能明白革命与艺术的一致相通之处。《赤都心史》里译了美国舞蹈大师、现代舞创始人邓肯（I.Durcan，1878—1927）访俄期间的几段文章：

每星期一次,大剧院当开放于人民群众,不收券费.政治,艺术,"美的新宗教"常在此奋发其呼声.每次先以政治的演说词,艺术论坛,然后继之以剧乐;当令革命意义的"谐奏乐"有所表见,——英雄气概,伟力与光明.

　　观者在这种集会里,不会仅仅觉着自己是"观者",和舞台分离不相关的.他能和自己的声音于音乐队里,他能与舞台上的演剧者,共同表显其革命的兴感于"群众的姿态"中.

　　邓肯的主张,是现代派艺术的精髓,也恰是革命艺术的精髓。20世纪文艺的根本特征,人们作出了许多种阐述,其实归根结底只有一条,即革命。没有哪一个世纪的艺术像20世纪这样充满了反抗与破坏,荒诞与扭曲,具有超乎寻常的群众性与政治性。撇开政治、革命这一维度,就无法准确理解20世纪的艺术,尤其是中国的现代艺术。一部百年中国文学史,实际就是一部百年中国革命史。革命使人产生最出格的想象、最出轨的举动和最出色的艺术。

　　瞿秋白1923年于"二七"惨案之后,写了一篇《浣漫的狱中日记》,构思很奇巧。考古学家在东亚大陆发现了许多古代文件,都是烂纸破簿,水痕浣漫,学者考察出一张破烂的文字。"这张纸还是一九二三年的,距今已有三千零六年,是一篇《狱中日记》的一页;单是这一个'狱'字就很费考据,至今还没有能详细知道此字的定义。"日记用影射的笔法揭露了曹锟、吴佩孚镇压罢工的罪行。值得注意的是这篇文章的叙述视角设置在"三千零六年"之后,那是一个未来的理想社会,从那个理想社会来回顾三千年前的"古代",愈发显现出这"古代"的野蛮黑暗。文中说"那地方本来'人'迹稀少,毒蛇猛兽横行;现在还是莽莽苍苍,一片凄凉荒芜的秽土,白骨如山的堆积着,满地是毒虫的旧冢,可惜也塞满了泥沙,——这是洪水之后的遗迹。"3006年前的那个时代被考古学家称为"猛兽时代"。这充分表现了作者对自身所处现实的否定。可以发现,作者的描绘和抒情,都具有突出的象征和表现性。是的,革命的艺术从本质上说就是象征的和表现的，革命艺术的极致就是表现主义艺术的极致，因为革命是要超越现实，造就精神上的"黄金世界"。《赤都心史》的《"自然"》一节中批判俄国和中国的旧文化写道：

> 俄国无个性，中国无社会；一是见有目的，可不十分清晰，行道乱投，屡易轨辙；一是未见目的，从容不迫，无所警策，行道蹒跚，懒于移步。万流交汇，虚涵无量，——未来的黄金世界，不在梦寐，而在觉悟，——觉悟融会现实的忿、怒、喜、乐、激发、坦荡以及一切种种性。

这里的批判，至今仍有意义，尤其"未来的黄金世界，不在梦寐，而在觉悟"，发人深省。不觉悟则万物似有实空，革命之所以使人感到无限充实，拥有一切，便在于人的觉悟。不觉悟的时代，人人家财万贯，也会虚无得冰凉彻骨。

在《赤都心史》里，也时而坦露出《野草》一般的"虚无"情怀。《"我"》一篇在灵魂自剖中描画出昂扬与低沉起伏交战的情形：

> "我"不是旧时代之孝子顺孙，而是"新时代"的活泼稚儿。
>
> 固然不错，我自然只能当一很小很小无足重轻的小卒，然而始终是积极的奋斗者。
>
> 我自是小卒，我却编入世界的文化运动先锋队里，他将开全人类文化的新道路，亦即此足以光复四千余年文物灿烂的中国文化。
>
> "我"的意义：我对社会为个性，民族对世界为个性。
>
> 无"我"无社会，无动的我更无社会。无民族性无世界，无动的民族性，更无世界。无社会与世界，无交融洽作的，集体而又完整的社会与世界，更无所谓"我"，无所谓民族，无所谓文化。

革命是"超我"的实现，是大生命的延展。"我"与社会、与民族、

197

与世界究竟是什么关系，这是五四以后困扰一代中国青年的问题。革命者把"我"投入到"非我"的社会和世界中，在增进人类文化的过程中实现自我，从而消除了作为一个单独个体的自我恐惧感和虚无感。具有了这种"觉悟"，便具有了一分"先锋队意识"。而所谓"先锋队"，实则就是"超人队"。一个民族拥有了一定数量的货真价实的"超人"，整个民族才能腾飞和更生。早期的中国共产党人，正是冰天雪地中北欧神话般的超人。

瞿秋白并没有把现实中的俄罗斯当做"黄金世界"的样本。他写了很多灾荒、饥饿、贫困、混乱、弊端，写了余粮征集制和新经济政策对社会产生的影响，写了新资产阶级的暴富，写了"苏维埃小姐"上午在机关办公，下午浓妆艳抹，"上咖啡馆当女役去"。作者对这些现象没有轻易下结论，但关于社会主义的社会体制、经济结构等问题，给后人留下了深深的思考。

《饿乡纪程》和《赤都心史》，完全可以当成一个中国知识分子的先觉者如何走向革命的金色光环里去的精神传记来读。它们的象征性和表现性使其带有很大的普遍意义，它不但可以使人从心灵深处了解那些钢铁一般的共产党人，而且更可以使人明了中国是如何走上后来的道路，以及在那条道路上所历经的欢乐与痛苦。正如《饿乡纪程》中的一段所描绘：

> 果不其然！在荒原万万里的尽端，炎炎南国的风云飚起，震雷闪电，山崩海立，全宇宙动摇，全太阳系濒于绝对破灭的危险恐怖，天神战栗，地鬼惊啸。此中却还包孕着勃然兴起，炎然奋焰，生动的机兆，突现出春意之内力的光苗，他吐亿兆万丈的赤舌，几乎横卷大空。我们的老树，冰雪的残余，支持力尽，远古以来积弱亏蚀，——况且赤舌的尖儿刚扫着他腐朽的老干，于是一旦崩裂，他所自信的春意之内力，趁此时机莽然超量的暴出，腐旧蚀败的根里，突然挺生新脆鲜绿的嫩芽，将代老树受未经尝试的苦痛。

这正是 1921 年中国革命形势的诗意写真。嫩芽与老树,赤舌与残雪,相持相斗,莫辨谁主沉浮。但襁褓中的新生命是在不断长大的,幼小时所遭受的创痛,长大后也许会喷发为毁灭性的雷霆。

革命是诗,革命文学的一切体裁都像诗。而革命的诗歌却常常令一些诗歌爱好者觉得不大像诗。或许是"诗上加诗"的缘故,或许是那些爱诗者对诗的理解过于窄了些。马雅可夫斯基说诗歌是旗帜是炸弹,也有人说诗是婴儿的微笑。但婴儿最动人的诗其实不是微笑,而是他刚刚入世之初的那一阵刺耳的啼哭。在婴儿派的诗歌爱好者看来,蒋光慈的诗歌大概就是有几分刺耳的。

蒋光慈 (1901—1931),曾用名宣恒、侠僧,又名蒋光赤。在家乡安徽上学时参加过学生运动,后在上海加入社会主义青年团,并学习俄语。1921 年赴俄留学,入莫斯科东方共产主义劳动大学中国班。1922 年转为中国共产党党员。1924 年回国后任教于上海大学社会系,曾在冯玉祥处作过顾问翻译。与沈泽民等组织革命文学团体"春雷社"。在文学上以诗集《新梦》、《哀中国》,小说《少年漂泊者》、《鸭绿江上》、《短裤党》等成名。1927 年后与钱杏邨等组织太阳社,提倡革命文学,发表长篇小说多部,成为作品最畅销的革命作家。有的出版商将其他作品署上蒋光慈的名字来促销,就如今日遍书摊的假金庸、假古龙一样。陶铸曾说,他是读了《少年漂泊者》才去上黄埔军校的。胡耀邦也说自己是受了《少年漂泊者》的影响而投身革命。可见革命文学在影响人的行动上力量之大。1931 年 8 月 31 日,蒋光慈病逝于上海。这里主要分析一下蒋光慈 1921 年以后的几年里所写的"革命诗歌"。

1925 年,蒋光慈出版了诗集《新梦》,集内是他 1921 至 1924 年所写的诗。到 1926 年就已出了三版。在三版改版自序中,蒋光慈说:

> 《新梦》出世后,作者接了许多不相识的革命青年的来信,对于作者甚加以鼓励和赞誉。固然他们对于作者的同情,不一定就能提高《新梦》在文学上的价值,但是因为对于作者表同情的

都是革命青年，作者真是满意，愉快，高兴极了！不过在满意，愉快，高兴之中，作者又发生了恐惧——恐惧作者不能在文学界负自己所应当负的使命。

作者的高兴和恐惧都产生于诗集的革命意义。高语罕在为《新梦》作的序中说：

> 《新梦》作者光赤，是我数年前一个共学的朋友。那时，他是一个无政府主义者。后来，他留学苏俄共和国，受了赤光的洗礼，竟变成红旗下一个热勃勃的马克思主义的信徒。

许多马克思主义者都曾经是无政府主义者。无政府主义诚然是一种理想的彻底革命，但为达到那一仙境，必须要经过专政的阶段，于是，无政府主义成了马克思主义在中国传播的先导。高语罕在序中愤然批判了泰戈尔的忍耐主义，赞扬蒋光慈的鼓动革命：

> 现在流行的新诗人，他们的脑子是资产阶级的出产品，又多是美国奸商的文学家的高兄弟子，他们的作品，十有八九都带着铜臭！绝没有替无产阶级"打抱不平"的。光赤同志的《新梦》，却处处代表无产阶级大胆的、赤裸裸的攻击资本主义的罪恶。

其实五四新文化运动从一开始就包含着两个声音：资产阶级的和无产阶级的。现今的文学研究越来越回避和忘却阶级观念，以致使人误以为讲阶级便是极左，便是机械论和庸俗社会学。但阶级和阶级斗争并不因人们的忘却就不存在。提倡阶级观念并不等同于阶级间的血肉厮杀，并不简单意味着某阶级为善、为进步，某阶级为恶、为反动。既然历史上明晃晃摆着阶级的对垒和分野，那就应该以直面历史的态度去研究和探讨。阶级斗争扩大化的谬误不应该导致连阶级斗争一同矢口否认。蒋光慈译的《劳工歌》写道：

> 谁个给大家的饭吃，给大家的酒醉？
>
> 谁个终日劳动着不息？
>
> 谁个拿着犁儿犁地？
>
> 谁个拿着锄儿挖煤？
>
> 谁个给一些老爷们的衣穿，
>
> 自己反露着脚儿，赤着身体？

不平等、不公正，是革命的根源。艺术之所以能引发革命，便在于它指出那不平等和不公正。

1921年前往赤都的途中，蒋光慈写下了《新梦》的第一首《红笑》，"一大些白祸的恐慌，／现在都变成红色的巧笑了！"红色，这种使人生理亢奋的颜色，就从那个时代起，被赋予了特殊的意识形态意义。诗中说："那不是莫斯科么？／多少年梦见的情人！／我快要同你怀抱哩！"郭沫若曾在《炉中煤》一诗里把祖国比喻为情人，蒋光慈把莫斯科看做梦里的情人，其间已经体现出观念上的差异。郭沫若在《匪徒颂》中将列宁与其他伟大的"匪徒"一并歌颂，而蒋光慈的《哭列宁》却爱憎分明：

> 死啊，那卖阶级的尔贝尔特！
>
> 死啊，那法西斯蒂穆松林！
>
> 死啊，那卑贱的刚伯尔斯！
>
> 死啊，那戴假面具的威尔逊！
>
> 死啊，那一切资产阶级的大将！
>
> 死啊，那一切劳动阶级的敌人！
>
> 但是他们总不即刻地死，
>
> 却死了我亲爱的——列宁！

列宁在这里不再是一般意义上的人群领袖，而是产生了一种可崇拜性：

> 喂！呼喇喇殒落了一颗伟大的红星！
> 喂！阴凄凄熄灭了一盏光亮的明灯！
> 哎哟！我要痛哭了！
> 我要悲惨地哀歌了！
> 我的列宁！
> 俄罗斯劳农的列宁！
> 全世界无产阶级革命的列宁！
> 全人类解放运动的列宁！

前两行是从《红楼梦》中化来的诗句，作者把列宁这一形象奉举到无上的高处。革命的旋涡会产生崇拜中心，没有崇拜中心的革命不会彻底成功。在《临列宁墓》中，诗人又吟道：

> 列宁啊！你生前有改造世界的天能，
> 你死后怎么竟如昙花泡影的永逝？
> 也或者你安稳稳地卧在克里母宫的城下，
> ——
> 远观世界革命的浪潮，近听赤城中的风雨。
>
> 列宁啊！你的光荣如经天的红日，
> 我要赞美你罢，我又何从赞美起？
> 你的墓是人类自由的摇篮，
> 愿你把人类摇到那自由乡里去！

对于列宁最辉煌的事业——十月革命，诗人不止一次写下诗篇。《十月革命纪念》写于 1921 年 10 月：

> 看啊！这座自由神降生的纪念碑
> 庄严地冲入云霄里！
> 红旗飘扬，
> 红光闪烁，
> 这是自由神放射的爱光——不是？
> 听啊！这鼓乐喧天，
> 万人声里：
> 劳工神圣，
> 资本家消灭，
> 自由神万岁！

在蒋光慈的心目中，革命是与自由联在一起的。他有没有想过，革命也可能带来不自由，革命很可能在一定程度上要排斥自由。如果从纯理论的意义上讲，军阀混战、政府软弱的乱世，正是很"自由"的时代。而要克服积贫积弱，走向富国强兵，就要"组织起来"，那么，无疑意味着要减少一部分"自由"。把革命等同于自由的人在革命中迟早要吃点苦头，许多可爱的知识分子便是如此。在革命的途中，他们人人都有一部"赤都心史"。蒋光慈这样的艺术家，告别了过去的"纯艺术"的旧梦，为自己的艺术找到了新的用武之地。他在《新梦》一诗中写道：

> 诗人的热泪，
> 是安慰被压迫人们的甘露，
> 也是刷洗恶暴人们的蜜水。
> 假使甘露如雨也似地下，
> 蜜水如长江也似地流，

那么，世界还有什么污秽的痕迹？

这是诗人崭新的艺术观，"除暴安良"的艺术观。除暴安良的思想，实则便是一种"超人"思想。革命者一个常有的困扰，便是如何突破"自我"。在《自题小照》中，诗人写道：

是我，
非我；
非我，
是我；
且把这一副
不像他，
不像你的形容，
当做真我。

不满现实，便是不满"此在"的我；要突破"我"，便要投入一个"他在"。一旦觉悟到这一点，革命者便会义无反顾：

前进罢！——红光遍地，
后顾啊！——绝壁重重。
革命的诗人，
人类的歌童，
我啊！
我啊！
抛去过去的骸骨，
爱恋将来的美容。

这一段诗句，简直成为后来一切革命知识青年思想转变的程式。从瞿秋白、蒋光慈，到何其芳，到丁玲，直到"文革"中的红卫兵，都有一条"未来主义"之路延伸在他们的人生旅途当中。自我灵魂的解剖是革命中不能免试的一门必修课。所谓"灵魂深处闹革命"、"狠斗私字一闪念",实际都是革命的最高超境界,但是若把它推广到没有经过革命炉火千锤百炼的一般人身上强行要求,则会走向庸俗化,演变成口头禅和狗皮膏药。"文化大革命"中的许多理论和口号本身并非不合逻辑,但是不符合现实条件,企图让精神文明程度极低的几亿人一夜之间都成为圣贤,就好比餐风饮露的气功大师强迫大家饮食革命,都不吃饭,结果只能是偷着吃、抢着吃,最后革命失败,没人再信气功,又恢复到胡吃海塞的阶段。革命文学家大多便经历过"灵魂深处闹革命"的煎熬。

苏俄之行,使瞿秋白、蒋光慈这样的革命家进修了专门的辅导课。他们决心要把自己的国度也变成那梦一般的仙境。在《莫斯科吟》中,蒋光慈吟道:

> 莫斯科的雪花白,
> 莫斯科的旗帜红;
> 旗帜如鲜艳浓醉的朝霞,
> 雪花把莫斯科装成为水晶宫。
> 我卧在朝霞中,
> 我漫游在水晶宫里,
> 我要歌就高歌,
> 我要梦就长梦。

在瞿秋白散文笔下那般寒冷、贫困的莫斯科,到了蒋光慈的诗笔下却是这般奇幻醉人,可以任意高歌长梦。诗人终于找到了可以投入自我的那个"他在",于是便把心灵奉上了祭坛:

> 十月革命,
> 如大炮一般,

轰冬一声，

吓倒了野狼恶虎，

惊慌了牛鬼蛇神。

十月革命，

又如通天火柱一般，

后面燃烧着过去的残物，

前面照耀着将来的新途径。

哎！十月革命，

我将我的心灵贡献给你罢，

人类因你出世而重生。

　　这是一个造世的神话。革命是对历史的重新编码和书写，在苏俄已经写罢了第一章，而在中国，时间还刚刚开始，人们刚刚学会用公元来记时，用进化论来看待过去、现在和将来。人之所以区别于一切动物，在于他离神最近，在于他拥有神话。旧的神话读厌了、读烂了，不能支撑精神和行动了，便需要新的神话。革命就是旧神话的回收站、新神话的加工厂。每一次革命，都伴随着神话的更新。对神话的亵渎，便是对某一些人精神支柱的亵渎，从这个意义上说，革命才是关乎生死存亡的。

　　《新梦》之后，蒋光慈又出版了诗集《哀中国》，在同名的一诗中写道：

满国中外邦的旗帜乱飞扬。

满国中外人的气焰好猖狂！

旅顺大连不是中国人的土地么？

可是久已做了外国人的军港；

法国花园不是中国人的土地么？

可是不准穿中服的人们游逛。

哎哟！中国人是奴隶啊！

为什么这般地自甘屈服？

为什么这般地萎靡颓唐？

现实的中国与仙境般的赤都相比，革命的必要性和可能性便都产生了。如果仅从物质生活表层看，北京并不比莫斯科穷，上海肯定比彼得堡富。但是苏俄是一个井然有序的"组织"，而中国是一盘散沙；苏俄是独立自主的战士，而中国是仰人鼻息的奴仆；苏俄在没有面包的日子也可以唱着《国际歌》坚持过去，而中国却是在血泪交流中吞咽着残羹剩饭。所以，俄国是榜样，俄国是道路，中国的知识阶级就这样为民族画好了行军图。在"五卅"流血周年纪念日，蒋光慈写了《血祭》一诗：

> 顶好敌人以机关枪打来，我们也以机关枪打去！
> 我们的自由，解放，正义，在与敌人斗争里。倘若我们还讲什么和平，守什么秩序，可怜的弱者呵，我们将永远地——永远地做奴隶！

曾有一种"启蒙／救亡"论来解释百年来的中国历史进程。中国人首要的是不做奴隶，因此革命的首要任务迅速指向了救亡，指向了国家独立。反对这一方向的政治军事集团不可避免地遭到了失败。但是将救亡与启蒙对立起来，似乎根据欠足。没有一定程度的启蒙，亡也是救不了的。救亡本身也是一种启蒙，而且为启蒙创造了更为方便有利的条件。看一看早期的革命文学,不都是在启蒙么？难道只有吟唱"天上的市街"、"雪花的快乐"、"自己的园地"，才是启蒙么？实事求是地评价，早期中国共产党人在启蒙方面做了最脚踏实地的工作。1921 年 1 月，北京共产主义小组派邓中夏创办长辛店劳动补习学校，上海共产主义小组在沙渡组织劳工半日学校，1921 年 8 月，毛泽东创办自修大学，这些都是启蒙活动。早期革命文学的提倡和实践本身，也是一种启蒙的宗旨在指导。人们一般觉得革命文学的"艺术性"有些简单粗糙，那正是启蒙机制所发挥作用的结果。蒋光慈在《鸭绿江上》自序诗中写道：

从今后这美妙的音乐让别人去细听，
这美妙的诗章让别人去写我可不问；
我只是一个粗暴的抱不平的歌者，
我但愿立在十字街头呼号以终生！

朋友们，请别再称我为诗人！
我是助你们为光明而奋斗的鼓号，
当你们得意凯旋的时候，
我的责任也就算尽了……

这可以叫做"革命的启蒙"。倘没有革命，德先生和赛先生在这个国度里的传播远没有后来的那般快，文盲扫除得远没有后来那样多，套用一位伟人的话说：革命是宣言书，革命是宣传队，革命是播种机。有了革命，才谈得上救亡、启蒙，才谈得上文学、艺术。现代中国的革命文学在几十年后蔚成大观，成为中国文学的主流，成为世界艺术的奇葩，成为一切现代派、后现代派大师望尘莫及的精品，原因在于革命从骨子里来说就是最"现代"的、最"复调"的、最"陌生化"的，它为世世代代的艺术家提供了从题材到形式的取之不尽的源泉。

瞿秋白、蒋光慈时代的革命文学，读者主要是知识青年，还没有付诸对广大民众的宣传实用，所以它还是比较纯真的婴儿。待它走出襁褓，长成一条飞舞的巨龙，那才是人类文明史上最为壮观的"行动艺术"。

九 万类霜天竞自由：
文化镜头剪辑

　　1921 年的中国文学，千岩竞秀，百舸争流。但文学不是岩石上直接生出的花，文学的欣欣向荣必有其所需的特定土壤和相关的生态环境。除了政治经济和一般社会生活这些大气候之外，作为小气候的"文化"，便是与文学互为表里的重要因素。

　　本章所讲的"文化"，指的是精神文明领域的现象和活动，大体包括思想、学术、科技、艺术、教育几方面。本书没有专门讲解民国初年文化史的义务，因此这里选择介绍若干 1921 年前后的文化"信息"，目的是在为同一时期的文学画面把背景勾勒得再清晰一些。

　　1921 年，一本叫做《民声》的刊物在广州复刊。这是创刊于 1912 年的中国第一个无政府主义刊物，创刊者是被尊为中国无政府主义"先觉"的师复（刘思复，1884—1915）所建立的中国第一个无政府主义团体"晦鸣学舍"。

《民声》社印行过《新世界丛书》、《无政府主义粹言》、《无政府主义名著丛刻》、《无政府浅说》、《总同盟罢工》、《军人之宝筏》、《工人宝鉴》等书。宣传反对一切剥削压迫、要求个人绝对自由的思想。师复曾在《无政府共产主义释名》中说："人民完全自由，不受一切统治，反对强权，实为无政府主义之根本思想。"又说：

> 强权有种种，而政府实为强权之巨蘖，亦为强权之渊薮。凡百强权靡不由政府发生而保护之，故名曰"无政府"则无强权之义亦自在其中。

无政府主义号召举行革命。其主要革命手段是总同盟罢工。他们反对社会主义，师复说："无政府党所攻击者：集产社会主义，国家社会主义也。"（《驳江亢虎》）在新文化运动开始后，无政府主义在相当长一段时期内深入人心，成为占统治地位的社会思潮。无政府主义社团达数十个，出版报刊七十多种，国共两党的许多重要人物都曾信奉过无政府主义或受过其影响。饱受苦难的人民迫切需要一场彻底解决一切的革命，因此理论浅显易懂的无政府主义主张得到广泛拥护是不难理解的。1920年，北京大学一些信仰无政府主义的学生成立了"奋斗社"，社员有易家钺、郭楚良、朱谦之等，他们宣布"极端反对马克思的集产社会主义"。认为十月革命的苏维埃政府"无所用其强权手段，束缚人民的自由"，是"杀人放火的强盗"。后来，在与共产主义者进行的论战中，无政府主义者内部渐渐产生分歧，许多人发生了思想转变。

共产主义者批判无政府主义的极端自由论，认为极端自由就无法革命，所以必须建立有约束力的限制成员自由的革命政党，革命的目的必须是建立无产阶级专政，反对一切阶级绝对平等。有些无政府主义者便觉得不妨先利用共产主义"建设一个完全无强权的新社会"，他们说：

现在这布尔什维克党的运动，看来已经很是有力了，那么我们何妨借他们的势力来破坏这些黑暗制度呢？这些黑暗制度破坏了以后，然后再把我们理想中的主义请出来实行，只要不落他们劳农政府的窠臼就是了。

1922年7月1日，中国存在时间最长的无政府主义刊物《民钟》创刊。该刊讨论了许多比较实际的问题，如革命中不同阶级的地位和作用，是否应当进行土地革命和武装斗争，如何对待国共两党以及关于恐怖主义等。

1922年双十节创刊的《学汇》也强调面向民众，注重实际，提倡搞农民运动。而1924年创刊的《自由人》则立场明确，反对国民党和三民主义。其主编信爱说："国民党恐怕很有变为升官发财党的可能。……如果曹吴被国民党打倒了，国民党专政了，恐怕国民党的饭碗将会普及全国呢。"这个预见还是相当准确的，专政的确会产生特权。中国人在心里痛恨特权，历代造反起义都举着平均主义的旗帜。但特权是任何社会都不可消除的，问题只在如何监督限制它而已。

无政府主义还在旅法华人中与共产主义进行了论战，阵地是1922年1月15日创办的《工余》，共产主义者在《少年》上进行了回击。

包括无政府主义在内的许多革命理论，当时都被泛称为社会主义。提倡"纯粹社会主义"的江亢虎（江绍铨，1883—1954）曾自称"倡导社会革命最早之一人"，晚清政府视其言论为洪水猛兽，他便自题文集为《洪水集》。江亢虎组织过"社会主义研究会"、中国社会党，提出许多迎合人民普遍幻想的理论，师复曾有《伏虎集》对他予以批驳。1921年3月至1922年8月，江亢虎去苏俄，出席共产国际三大等国际会议，会见过列宁、托洛茨基、布哈林等。在1923年出版的《新俄游记》中说："游俄、日来，颇觉失望，或疑余社会主义之信仰已动摇矣。不知余向来之主张与今日共产党之行事本有异同。此次目击俄国试验之经过与其成绩，盖自信所见之不谬，而吾道之可行也。"江亢虎的"吾道"也就是"赞

211

同共和"、"普及教育"、"主持人道"、"伸张公理"、"改良法律"、"奖励劳动"等等人人都不会反对，不触及现行秩序和制度的一堆口号。这样的社会主义显然是没有竞争力的，很快便遭到了失败。

1920年9月至1921年7月，罗素访华期间宣传过一种"基尔特社会主义"，主张以生产者的同业组合（基尔特，Guild）为社会经济组织的基础，各产业由其基尔特实行民主管理、经济负责。而国家只负责一般的公共事务，无权对基尔特内部进行干预。这种基尔特社会主义在中国的倡导者有张东荪、梁启超等，他们认为中国几乎不存在工人阶级，工业又极为落后，因此难以实行马克思主义的科学社会主义。

应该说，无政府主义也好，纯粹社会主义、基尔特社会主义以及此外的"极端社会主义"也好，都是为了实现中华民族的富强新生而产生的社会改革思潮，它们广泛探讨了中国社会的各方面问题，提出种种理论主张，启发了人们的思考，留下了许多正确的见解。三民主义、共产主义的理论与它们也是互有启发、互有吸收的。这形形色色的主义好比各路诸侯进军咸阳，在实际战斗中，三民主义、共产主义的理论显示出更为强大的力量。尤其是1921年中国共产党建立后，渐渐成了中国知识分子的凝聚核心。不过在巴金等人的创作中，还明显留有无政府主义的痕迹。一切为民族振兴而奔劳而牺牲的人，都是值得尊敬的。

各种理论思潮的影响范围，主要是知识分子。对平民来说，最有力的思潮则是宗教。

1921年，中国的天主教徒达到200余万，而10年前只有130万。教徒猛增的主要原因是天主教会大力推行天主教的"中国化"运动——即"通过中国人为基督对中国进行和平的和精神的征服"。教皇要求尽量起用中国籍神职人员，到1920年，中国神甫达到963人。天主教在发展教徒时，一般要求全家老幼一次性入教，在农村、灾区，则以钱财扩大影响，所以教徒中有许多下层贫农。到1926年，天主教在华办学9000余所，学生约50万人。

基督教也发展很快，1920年有教徒36万余人，1921年中华基督教教育会组织国际调查团到中国 36 个城市调查近 500 所教会学校，提出"更有效率、更基督化、更中国化"，以便"把中国变成一个基督教国家"。1922 年 4 月，第十一届世界基督教学生同盟大会选择北京为会址召开。这些引起了中国民众的警觉。中国社会主义青年团在青年学生中组织了"非基督教学生同盟"。提出"各国资本家在中国设立教会，无非要诱惑中国人民欢迎资本主义；在中国设立基督教青年会，无非要养成资本家的良善走狗"①。随后北京又成立了"非宗教大同盟"，在北京大学召开了 3000 人的大会。"非基运动"迫使教会进一步改变在中国的传教办法，力求与中国固有之文化融成一片。基督教对中国社会的各个层面都产生了较大的影响。国民党的许多重要人物都是基督徒。孙中山临终前一天说："我本基督教徒，与魔鬼奋斗四十余年，尔等亦要如是奋斗。"他逝世后，便举行了基督教的入殓仪式。蒋介石为了与宋美龄结婚，也皈依了基督教，并请中华基督教青年会总干事、全国基督教协进会会长余日章做证婚人。在文学方面，1921 年以后的许多作家作品都表现出基督教的影响，包括冰心、许地山、曹禺等。

中国固有的佛教在清末日趋衰落，民国初年重又复兴，新文化运动之后更趋蓬勃。1920 年唐继尧邀请中国佛教会发起人欧阳渐到云南讲经，赵恒惕邀请新佛教运动的头号领袖释太虚 (1890—1947) 到湖南讲经。1921 年，大总统徐世昌颁赠太虚"南屏正觉"匾额。1922 年浙江督办卢永祥因水灾请谛闲主持息灾法会，在西湖放生。1923 年，朱庆澜等在哈尔滨、长春、营口兴庙办学，复兴东北佛教。1924 年，成立了中华佛教联合会。1925 年，段祺瑞执政府请太虚在中央公园主持护国般若法会……佛教进入了一个"现代化"的新阶段，梁启超、熊十力、梁漱溟、汤用彤、杨度等对佛教思想和文化进行了具有时代特点的深入钻研，推动了佛学研究的发展。中国现代文学中的佛教色彩也是相当明显的，鲁迅对佛教有着相当深刻的研究，许地山、废名等

---

① 《先驱》1922 年 3 月 15 日。

人也是援佛入文的大师。

在艺术领域，从清末传入中国的西方艺术发展到 20 年代前期已经在中国扎根。1922 年，学校里的"乐歌"课正式改称"音乐"，中国人学会了许多西洋歌曲，并经常填入新词。1920 年，上海成立了以演奏民族器乐为主的"大同乐会"，北京女子高等师范学校和上海专科师范学校都开设了音乐专修科。1922 年，北京大学成立了音乐传习所。1922 年民国政府公布新学制，将舞蹈纳入体育课中。1921 年，黎锦晖写了第一部儿童歌舞剧《麻雀与小孩》，后来歌舞剧的影响逐渐扩大，1926 年黎锦晖创办了中华歌舞专校，对中国的音乐舞蹈事业尽力甚多。

20 年代，也是中国开始建设自己的电影事业的时代。1920 年，梅兰芳演出的《春香闹学》和《天女散花》被拍成电影，梅兰芳细腻的面部表情和优美的舞姿身段在影片中得到准确的再现，一时大受欢迎。

1921 年 7 月 1 日，上海夏令配克影戏园首映中国第一部长故事片——《阎瑞生》，讲述赌输的阎瑞生将身携财宝的妓女王莲英骗至郊外，夺财害命，后来被捕伏法的故事。这故事本是一件真实的新闻，影片风靡上海，轰动一时。

中国第二部长故事片《海誓》也于 1921 年开拍。热恋中的画家与少女海誓山盟：负心者蹈海而死。后来少女另嫁他人，又在婚礼上悔悟，但画家拒绝了她。少女走向大海，画家赶来救起，终成眷属。从这两部片子可见，中国故事片以侦探片和爱情片起步，一开始便具有较高水平。

1922 年，明星影片股份有限公司成立。次年推出郑正秋编剧、张石川导演的《孤儿救祖记》，讲述较为典型的中国家庭谋产陷害故事，进行民族化的初步尝试，大受欢迎。此后又拍出《苦儿弱女》、《好哥哥》、《玉梨魂》、《最后之良心》、《上海一妇人》等片，涉及了广泛的社会问题，摸索出一整套电影理论，培养出郑正秋、张石川这样的编导人才和阮玲玉、宣景琳等一批中国早期影星。被聘为编剧顾问的洪深为明星公司编导了《冯大少爷》、《早生贵子》、《爱情与黄金》、《卫女士的职业》等片，扩大了明星公司的影响。

1921 年，美国纽约的华侨青年梅雪俦、刘兆明等开设了"长城制造画片公司"。1924 年，他们携器材回到上海，开设了"长城画片公司"，以拍"问题剧"著名。1923 年，黎民伟在香港开设"民新创造影画片有限公司"，所拍《中国国民党第一次代表大会》、《孙中山先生北上》等成为极其珍贵的新闻记录片。1924 年创办的神州影片公司、1925 年创办的大中华百合影片公司和天一影片公司等，也名噪一时。众多的影片公司为中国民众带来了一种工业文明时代的崭新艺术。电影对社会的影响和推动力是其他艺术种类无法比拟的。电影首先以文学为基础，但当它成熟之后，文学从电影身上也受益匪浅。电影的最深刻本质在于可以"随意组装世界"，这实际是一种革命性的潜能。不论新旧文学家还是革命文学家，都不能否认电影的巨大作用。当然还是革命家最敏锐，当革命与电影一经结合，便产生出人类文明史上一批最瑰丽的艺术。

新文化运动和西洋艺术的冲击，使中国传统的戏曲艺术也焕发了青春。旧戏不但没有被《新青年》骂死，反而更加"野火春风"。剧社遍布大江南北，名家辈出，梅尚程荀四大名旦和余叔岩、高庆奎、姜妙香、龚云甫、马连良、侯喜瑞等都在这一时期进入艺术成熟期，尤其是所谓"海派"京剧，也在这一时期大放异彩。汪笑侬、潘月樵、周信芳、金少山、盖叫天（张英杰）、欧阳予倩等"海派"，实际就是改革派。改革的京剧吸收了话剧、电影的精华，重视剧本的文学性，采用分幕、分场，乐队中加进二胡等乐器，服饰行头更加精美讲究，使京剧在新的历史条件下增强了艺术竞争力。传统文化必须在变革中才能保存，一味仿古做旧，只能催其速亡。

1921 年秋，苏州和上海的一些昆曲家集资 1000 元，在苏州开办了昆剧传习所，培养了一批技艺比较全面的昆剧传人，保存了大量的传统剧目，这对濒于灭绝的昆曲艺术犹如注射了一针长效强心针。传统戏曲的保存和发展，只有呼吁和号召是无济于事的，因为万事万物都有其发生发展直至消亡的必然历史进程。若要延续其生存，一是必须跟上时代，二是必须"组织起来"。

"组织起来"不一定要成立政党，办学办社、人以类聚，都是组织。在美术界，1920年，南京美术专门学校、武昌艺术专科学校建立；1922年，苏州美术专科学校建立；1923年，白鹅绘画补习学校、浙江美术专门学校建立；1925年，立达学院美术科、中华艺术大学、西南美术专科学校建立；1926年，新华艺术专科学校、无锡美术专门学校建立……中国的美术也进入了一片崭新的天地。特别是通俗美术——时事画报、月份牌画、连环画、漫画、广告包装画的兴起，为现代大众文化平添了五光十色的韵调。

　　若要完成将整个民族"组织起来"的任务，教育是第一位的。西式教育就是培养"组织"的教育。中国从晚清开始逐步引进西方教育体制。到新文化运动时，80%的高等学校为外国人所办。张伯苓所办的南开学校1919年始设大学部，而陈嘉庚则于1921年开办了规模宏大的厦门大学。中国在20年代以后的迅猛进步，事实上与学校教育的进步密不可分。1920年暑假，北京大学首次招收9名女生，1921年后，各大学都实行男女同校，许多中学也开始男女同班。1920年，国民政府教育部明令从1922年起，废止文言教科书和讲义，一律改为语体文。1921年冬，成立了中华教育改进社，总社在北京，下设32个专门委员会，每年开会一次，调查教育状况，推动教育进步，学习欧美经验，推广"智力测验"和"教育测验"。1923年，中华平民教育促进会成立，编写平民课本，普及文化常识。这些组织和措施为现代中国教育做出了颇为可观的贡献。

　　1922年，中华民国大总统颁布了新学制，史称"壬戌学制"。该学制以七项标准作为改革教育的指导思想：1．适应社会进化之需要；2．发挥平民教育精神；3．谋个性之发展；4．注意国民经济力；5．注意生活教育；6．使教育易于普及；7．多留各地方伸缩余地。

　　壬戌学制规定小学6年，可分初小和高小，初中3年，高中3年，与中学平行的有师范学校和职业学校，大学4至6年。这一学制直到今天仍是普遍适用的。

　　壬戌学制还规定要因材施教，培养天才和照顾有缺陷的学生，这充分反映出个性解放和民主平等观念的影响。

1923 年，公布了《中小学课程标准纲要》。规定：小学设国语、算术、卫生、公民、历史、地理、自然、园艺、工用艺术、形象艺术、体育、音乐等科；中学采用学分制和选科制。这些规定大体奠定了此后几十年中国教育的格局，使中国新一代的受教育者由混沌一片的头脑变成条分缕析的头脑，由无序的头脑变成有"组织"观念、结构观念的头脑。20 年代以后的现代文学的读者群，主要便是由这些受教育者组成的。

除了这种欧美式的正规教育外，共产主义者还大力介绍过苏维埃俄国的教育方式。共产主义者和无政府主义者等革命团体还积极开展职工教育、农民教育、妇女教育等。1921 年 10 月，中共中央在上海创办了平民女学，培养了不少妇女干部人才。1924 年 5 月，黄埔军校开学，孙中山任总理，制订校训"精诚团结"，要求学员"一生一世，都不存升官发财的心理，只知道做救国救民的事业"。这是对几千年的"学而优则仕"的教育观念的彻底转变。1924 年 7 月，农民运动讲习所开办，彭湃、阮啸仙、毛泽东等先后任所长，开设了"中国农民问题"、"农村教育"、"军事运动与农民运动"等课程，培养学员千余人。这些教育的"组织"作用，并不比正式的高等学府要差。正是它们所培养出来的骨干精英，实现了把全中国组织起来的任务。

1921 年，真是中国人重新发现自己历史的年头。这一年夏天，奥地利古生物学家师丹斯基来到中国北京周口店，与其他人一起发现了一批意义重大的化石，这就是后来著名的"北京人"化石。也是 1921 年，师丹斯基和瑞典地质学家安特生等还考察发掘出著名的"仰韶文化"遗址。中国的地质学家、生物学家、考古学家也参与了这些考察发掘，现代中国辉煌的考古时期开始了。

此后的一系列考古发现，对现代中国的学术发展，产生了举足轻重的影响。

发现历史的同时，中国人也开始学会保存历史。1921 年前后，中国创办了多种类型的博物馆。特别是 1925 年，故宫博物院的成立，掀起极大的风波。

1924年冯玉祥发动"北京政变"后，将溥仪赶出故宫，成立汪精卫、蔡元培、陈垣、罗振玉等组成的"办理清室善后委员会"。1925年10月10日下午2时，故宫博物院在乾清门举行了开幕典礼，北京城万人空巷，纷纷前往，使各展室拥挤不堪。威仪赫赫的皇宫成为平民百姓可以参观的博物院，标志着平民社会的真正到来，历史不再是皇帝后妃的起居注，而要由苍头黑手来重新书写。

1921年，中国人发现自己的历史的上限还远不止于周口店的北京人。这一年，北京大学地质学系教授李四光在河北和山西地区的野外考察中，发现了古代冰川的遗址，于1922年发表了《华北晚近冰川作用的遗迹》，引起国内外科学界的重视和争论，为我国的地质研究揭开了新的一页。

1922年1月27日，中国地质学会在北京成立，26名成员后来都成为国内国际著名的地质学家。其中丁文江是中国把地质学知识应用于工程科学的第一人，翁文灏是对燕山地质运动进行研究的第一人。丁文江还是20年代"科学与玄学"论战中科学一方的主要代表人物。1923年2月，张君劢在清华大学作了题为《人生观》的讲演，认为人生观与科学是不相容的，为因果律所支配的科学只适用于自然现象，不适用于精神现象，"人生观问题之解决，决非科学所能为力，唯有赖诸人类自身而已"，而科学则导致人欲横流。梁启超也认为人类的情感领域是绝对的超科学的。丁文江发表《科学与玄学》一文，认为"凡是心理的内容，真的概念推论，无一不是科学的材料"，"决不能相信有超物质上的精神"，"人类今日最大的责任与需要，是把科学方法应用到人生问题上去"。吴稚晖和胡适也站在丁文江一方，分别提出"人欲横流的人生观"和"自然主义的人生观"。陈独秀、瞿秋白等共产党人则认为前面的双方都是反科学的，人生观是由客观因素决定的，人又能反过来利用因果律登上"自由之城"。这场论战的结果是使科学观念更加深入人心。七十多年后，汪晖先生对这一问题进行了深入而精辟的探讨，指出恰恰是"玄学"一方对"科学"概念的理解是准确的，更合乎"分析之学"的"分化"精神，而企图用

"科学"去解决一切问题，恰恰是传统的"性理之学"的思维方式。

在生物学界，1921年，东南大学、金陵大学、东吴大学先后设置了生物学系，从此开始集团培养中国自己的生物学人才。1922年，秉志和胡先骕创办了中国科学社生物研究所。1921年，中国第一个昆虫局——江苏昆虫局成立。以后浙、赣、湘等省也相继成立了昆虫局。1923年，中国第一部大学动物学教科书——《近世动物学》问世。中国的广阔地域和丰富资源为地质学、生物学的发展提供了便利的自然条件。

1921年，就读于日本东北帝国大学的陈建功发表了《无穷乘积的若干定理》，苏步青评价它是"一篇具有重要意义的创造性著作。无论在时间上或在质量上，都标志着中国现代数学的兴起"。1922年，邱宗岳等人在南开大学筹建包括数、理、化、生物在内的理学院，从此，中国的近代物理学进入了"垦荒与播种时期"。1922年，中国最早的化学团体——中华化学工业会在北京成立。同年，上海的中外化学家建立了上海化学会。1924年，中华化学会成立。至此，中国的数理化研究全面进入正轨。其他自然科学门类也在大致同一时期全线铺开，中国可以说从20年代开始才真正进入了"科学"时代。这对1921年前后的文学具有不可忽视的潜在影响。

1922年5月，胡适创办了《读书杂志》。1923年1月又创办了《国学季刊》，由此发起了一场"整理国故"运动，即从训诂、校勘、辨伪等方面去整理古籍。于是学术界疑古风气盛行，史学界发表了大量的古史辨伪的文章，后被顾颉刚汇编成《古史辨》。这场运动实际也是科学精神在学术领域的体现。胡适就认为他的那些考证都不过是"教人怎样思想"。新文学界以鲁迅为首，对"整理国故"运动进行了严厉的抨击和辛辣的讽刺。今日看来，这场运动固然有其迂腐幼稚、自鸣得意的一面，但那种"疑古"精神实际上与"五四"时期的新文学精神是一致的，它具有颠覆传统经典思想体系的巨大效应，促进了人文学术研究的科学化。

1921年，全中国共有报刊550种，到1926年增加到628种。1923年，中国有了最早的广播电台。1924年，北洋政府颁布了《装用广播无线电接收机暂行规则》，允许民间出售和安装收音机。到 1925 年，外国在中国开办广播电台 58 座，其中美国 18 座，日本 15 座，英国 15 座。1926 年，中国第一座官办广播电台在哈尔滨正式广播。随即，天津、北京、上海等地出现了许多官办、商办的广播电台。报刊和电台是大众传播媒介的主要载体，大众传媒的发达使得文学与民众的关系从本质上愈加密切。

　　1921 年，北京协和医学馆改建完成后，更名为北京协和医学院。管理它的美国洛克菲勒基金会每年都选派中国留学生赴美学习，回国后担任医学界要职。协和医院强调培养质量，树立模范样板，扩大了西医在中国的影响。如留美获哈佛大学医学博士的刘瑞恒回国后于 1925 年任协和医学校校长兼院长，1926 年又任中华医学会会长，曾支持废止中医，遭到了中医界的反对。现代史上不少著名人物是在国外学医的，文学界著名者就有鲁迅、郭沫若两大巨头。曾任协和医学院解剖学教研室主任的汤尔和 (1878—1943)，在 1922 年后曾担任过北洋政府的教育、内务和财政总长，他是中华民国医药学会创始人，对开创近代医学教育贡献不小。20 年代中国医药卫生界组织了许多团体，创办了一些刊物，西医的影响越来越大，这在现代文学中也得到了一些反映和呼应，如鲁迅便是极力拥护西医、批判中医的。

　　总之，1921 年前后的中国文化可以说是巨人初醒、百废乍兴。各个领域呈现出一片既旺盛又混乱，既自觉又幼稚，既有一定组织规模又缺乏实际组织功能的“乱世”局面。乱世是“中心”缺席的时代，文化上显示出令人向往的自由和巨大的创造潜力。但这自由和潜力是以乱世的民不聊生为代价的。就是在这“儒以文乱法，侠以武犯禁”的相对的“无政府”时期，中国现代文学迅速地安家立业，划土分疆，使自身的各个局部都初具规模，并为以后的进一步“组织化”列好了阵容。只是如何组织、谁来组织，此时尚未见分晓。欲知后事如何，请读百年文学史下一卷那离 1921 年并不十分旷远的新的一年。

年 表（1921—1925）

1921年

1月4日　文学研究会成立于北京中央公园。

1月　　全面革新后的《小说月报》第12卷第1号出版，发表王统照
　　　　《沉思》、许地山《命命鸟》、冰心《笑》、叶绍钧《恳亲
　　　　会》等作品。

　　　　施济群主编《新声杂志》月刊创刊于上海。

2月25日　上海《民铎》第2卷第5号发表郭沫若诗剧《女神之再生》。

3月19日　鸳鸯蝴蝶派刊物《礼拜六》复刊，进入后100期时期。

3月　　民众戏剧社成立于上海。

4月20日　北京《晨报》开始连载陈大悲《爱美的戏剧》。

4月21日　成仿吾《一个流浪人的新年》脱稿。

4月　　《小说月报》第12卷第4号发表冰心小说《超人》，许地山
　　　　小说《商人妇》。

　　　　上海《学艺》第2卷第10期发表郭沫若诗剧《湘景》。

221

张资平小说《她怅望着祖国的天野》脱稿于日本。

5月7日　　《晨报副刊》发表鲁迅杂文《名字》。

5月　　　　《新青年》第9卷第1号发表鲁迅小说《故乡》。

上海民众戏剧社创办《戏剧》月刊。

赵眠云、郑逸梅创办《清闲月刊》于苏州。

6月8日　　《晨报》副刊发表周作人《美文》。

6月　　　　《新青年》第9卷第2号发表陈独秀杂文《下品的无政府党》、
《青年底误会》、《反抗舆论的勇气》。

《小说月报》第12卷第6号发表王统照小说《春雨之夜》、
庐隐小说《一封信》。

周瘦鹃、赵苕狂创办《游戏世界》月刊于上海。

7月23日　　中国共产党一大在上海召开。

7月　　　　创造社在日本成立。

8月1日　　《晶报》发表胡寄尘小说《一个被强盗捉去的新文化运动者
底成绩》。

8月　　　　上海泰东图书局出版郭沫若诗集《女神》。

《小说月报》第12卷第8号发表郎损（沈雁冰）《评四五六
月的创作》。

《东方朔》月刊创刊。

9月　　　　周瘦鹃创办《半月》于上海。

10月7日　　郑伯奇小说《最初之课》脱稿于上海。

10月12日　《晨报》第7版独立印行，定名为《晨报副刊》。

12月　　　泰东图书局出版郁达夫小说集《沉沦》——新文学第一部小
说集。

《戏剧》第1卷第6期发表汪仲贤独幕剧《好儿子》。

11月　　　北京实验剧社成立。

法国作家安那托尔·法郎士（Anatole France）获本年度诺贝
尔文学奖。

12 月 4 日　《晨报副刊》开始连载鲁迅小说《阿 Q 正传》，至 1922 年 2 月 12
　　　　　日载完。
　　　　　冬季上海戏剧协社成立。

1922年

1月　　　叶圣陶等主持《诗》月刊创刊，自第1卷第5号起改为文学研
　　　　　究会刊物。

　　　　　吴宓等主持的《学衡》创刊。

　　　　　民众戏剧社活动中心由上海移至北京，扩建为新中华戏剧协
　　　　　社，继续办《戏剧》月刊。

　　　　　《戏剧》第2卷第1号发表陈大悲《爱国贼》。

　　　　　上海《时事新报·学灯》连载冰心小诗《繁星》。

　　　　　《小说月报》第 13 卷第 1 号开始连载谢六逸《西洋小说发达
　　　　　史》。

　　　　　李涵秋、张云石主编《快活》旬刊创刊。

　　　　　江红蕉创办《家庭杂志》月刊于上海。

2月　　　《小说月报》第 13 卷第 2 号发表许地山小说《缀网劳蛛》。

3 月 26 日　《晨报副刊》发表周作人的评论《"沉沦"》。

3月　　　商务印书馆出版叶圣陶小说集《隔膜》。

　　　　　亚东图书馆出版俞平伯诗集《冬夜》，康白情诗集《草
　　　　　儿》。

　　　　　包天笑主编《星期》周刊创刊。

4月　　　湖畔诗社出版诗集《湖畔》。

　　　　　《小说月报》第 13 卷第 4 号开始连载许地山《空山灵雨》，
　　　　　至第 8 号载完。

5月　　　《创造季刊》在上海创刊（所标日期为 3 月 15 日），第 1 卷
　　　　　第 1 期发表郁达夫小说《茫茫夜》、郑伯奇（东山）小说《最
　　　　　初之课》、田汉独幕剧《咖啡店之一夜》、郭沫若诗歌《天

上的市街》等作品。

　　　　　　泰东图书局出版了张资平《冲积期化石》——新文学第一部
　　　　　　长篇小说。

　　　　　　胡适主办《努力周报》创刊。

6月21—22日　《晨报副刊》发表周作人《论小诗》。

6月　　　　　商务印书馆出版文学研究会朱自清等7人合作诗集《雪
　　　　　　朝》。

　　　　　　周瘦鹃主编《紫兰花片》月刊创刊。

7月　　　　　《小说月报》第13卷第7号发表沈雁冰《自然主义与中国
　　　　　　现代小说》、瞿世英《小说的研究》、潘训小说《乡心》。

　　　　　　通俗文学社团青社在上海成立。

8月　　　　　亚东图书馆出版汪静之诗集《蕙的风》。

　　　　　　《小说月报》第13卷第8号发表许地山散文《落花生》。

　　　　　　《创造季刊》第1卷第2期发表郭沫若童话剧《广寒宫》、小
　　　　　　说《残春》、诗《星空》，田汉《午饭之前》(《妹妹》)，陶
　　　　　　晶孙《黑衣人》，张资平《木马》等作品。

　　　　　　通俗文学社团星社在苏州成立，刊行《星》周刊。

　　　　　　通俗文学刊物《红》杂志创刊。

9月　　　　　商务印书馆出版瞿秋白《饿乡纪程》(《新俄国游记》)。

　　　　　　《小说月报》第13卷第9号发表王统照小说《微笑》。

　　　　　　《东方杂志》第19卷第18期发表王统照小说《湖畔儿语》。

　　　　　　青社创办《长青》周刊。

10月　　　　商务印书馆出版徐玉诺《将来之花园》、王统照长篇小说《一
　　　　　　叶》。

　　　　　　《小说月报》第13卷第10期发表冰心《往事》。

11月　　　　《小说月报》第13卷第11号发表王思玷小说《偏枯》。

　　　　　　《创造季刊》第1卷第3期发表滕固《壁画》、陶晶孙《木犀》。

12月　　　　《小说月报》第13卷第12号发表庐隐小说《成人的悲哀》。

冬季北京人艺戏剧专门学校正式开学。

是年商务印书馆出版周树人、周作人、周建人合译的《现代小说译丛》，中华书局出版包天笑《留芳记》。

1923年

1月　胡适创办《国学季刊》，发起"整理国故"运动。商务印书馆出版冰心小诗集《繁星》，出版通俗文学刊物《小说世界》周刊。上海《孤军》第1卷第4、5期合刊发表郭沫若《黄河与扬子江对话》。《东方杂志》第20卷第1、2号发表洪深《赵阎王》。《红》杂志开始连载平江不肖生《江湖奇侠传》，掀起现代武侠小说繁荣序幕。

2月　《创造季刊》第1卷第4期（雪莱纪念号）发表郭沫若《孤竹君之二子》、张资平《爱之焦点》、郁达夫《采石矶》等作品和成仿吾《〈沉沦〉的评论》、《〈残春〉的批评》、《评冰心女士的〈超人〉》。

3月　《浅草》季刊创刊。

胡山源主编《弥洒》月刊创刊。

《小说月报》第14卷第3号发表朱自清长诗《毁灭》、俍工小说《海的渴慕者》。

4月　郭沫若从日本九州帝国大学医学部毕业，携妻安娜及三个孩子回到上海。

5月19日　北京人艺戏剧专门学校在新明剧场举行首演。

5月　商务印书馆出版冰心小说集《超人》。

新潮社出版冰心小诗集《春水》。

《创造周报》创刊于上海，第1号13日出版，发表成仿吾《诗之防御线》；第2号发表成仿吾《新文学的使命》；第3号发表郁达夫《文学上的阶级斗争》、郭沫若《我们的文学新运动》。

《创造季刊》第2卷第1期发表郭沫若《卓文君》、郁达夫《茑萝行》、闻一多《李白之死》、张资平《双曲线与渐近线》等作品。

6月　　　《创造周报》第4号、5号发表闻一多《〈女神〉之时代精神》、《〈女神〉之地方色彩》，第8号发表郁达夫小说《青烟》。

《小说月报》第14卷第6期发表庐隐《丽石的日记》、徐玉诺《一只破鞋》。

《文学旬刊》创刊。

《侦探世界》创刊，开始连载平江不肖生《近代侠义英雄传》。

7月21日　《创造日》创刊，为《中华新报》副刊，至11月2日共发行101期。

7月29日　《晨报副刊》开始连载冰心散文《寄儿童世界的读者》（《寄小读者》）。

7月　　　亚东图书馆出版陆志苇诗集《渡河》。

8月21—22日　上海《新闻报》连载章士钊《评新文化运动》。

8月　　　北京新潮社出版鲁迅小说集《呐喊》。

9月　　　上海泰东图书局出版闻一多诗集《红烛》。

晨报社出版周作人散文集《自己的园地》。

10月5日　《创造日》第73期发表闻一多诗歌《记忆》。

10月　　　上海泰东图书局出版郭沫若《星空》、郁达夫《茑萝集》。

《文学周报》第91期发表沈雁冰《读〈呐喊〉》。

《小说月报》第14卷第10号发表叶圣陶《校长》，连载庐隐《海滨故人》，至12号载完。

《太平洋》第4卷第3号发表丁西林独幕剧《一只马蜂》。

11月　　　商务印书馆出版叶圣陶小说集《火灾》。

《创造周报》第28号发表白采《被摒弃者》。

12月　　　湖畔诗社出版《春的歌集》。

亚东图书馆出版宗白华诗集《流云》。

北京新潮社出版鲁迅《中国小说史略》（上卷）。

《中国青年》第10期发表邓中夏《贡献于新诗人之前》。

胡适、徐志摩、梁实秋等参加组织新月社活动。

《创造周报》第31、32号发表倪贻德《玄武湖之秋》。

《晨报五周年纪念增刊》发表许钦文《父亲的花园》。

是年上海世界书局出版《李飞探案集》。

1924年

1月	田汉创办《南国》半月刊，发表其独幕剧《获虎之夜》。
	商务印书馆出版王统照小说集《春雨之夜》,熊佛西戏剧集《青春底悲哀》。
	《东方杂志》第21卷第2号发表朱自清、俞平伯同名散文《桨声灯影里的秦淮河》。
2月	《创造季刊》第2卷第2期发表郭沫若《王昭君》、王独青《圣母像前》、淦女士《隔绝》、郁达夫《春风沉醉的晚上》、倪贻德《湖上》、成仿吾《〈呐喊〉的评论》。
3月27—28日	《晨报副刊》发表鲁迅小说《肥皂》。
3月	《东方杂志》第21卷第6号发表鲁迅小说《祝福》。
	商务印书馆出版刘大白诗集《旧梦》。
	《小说月报》第15卷第3号发表冰心小说《悟》。
4月16日	北京《世界晚报》开始连载张恨水长篇小说《春明外史》。
4月	《创造周报》第49号发表淦女士《隔绝之后》。郭沫若赴日本福冈，翻译河上肇《社会组织与社会革命》。
	上海戏剧协社演出洪深根据王尔德《温德米尔夫人的扇子》改编的《少奶奶的扇子》，获巨大成功。
5月	《小说月报》第15卷第5号发表鲁迅小说《在酒楼上》，开始连载张闻天长篇小说《旅途》，至12号载完。
	《中国青年》第31期发表恽代英《文艺与革命》。
6月	北京新潮社出版鲁迅《中国小说史略》(下卷)。
	商务印书馆出版瞿秋白《赤都心史》。

7月	《红玫瑰》周刊创刊，其前身《红》杂志停刊。
8月20日	上海泰东图书局出版《洪水》周刊，仅出1期。
8月	新潮社出版川岛散文集《月夜》。
	《小说月报》第15卷第8号发表许杰小说《惨雾》。
9月15日	鲁迅作散文诗《秋夜》，为散文诗集《野草》首篇。
10月	《语丝》周刊在北京创刊。
	《小说月报》第15卷第10号发表王鲁彦小说《柚子》。
	《东方杂志》第21卷第20号发表欧阳予倩《回家以后》。
11月	霜枫社出版叶圣陶、俞平伯合著《剑鞘集》。
	《民国日报》副刊《觉悟》发表蒋光慈《哀中国》。
	《小说月报》第15卷第11号发表王以仁《神游病者》。
	郭沫若回国去宜兴调查。
12月5日	《京报副刊》（月刊）创刊。
12月	《小说月报》第15卷第12号发表王以仁《孤雁》。
	《太平洋》第4卷第9期发表郁达夫小说《薄奠》。
	《现代评论》周刊创刊。
	亚东图书馆出版朱自清《踪迹》。
	商务印书馆出版梁宗岱《晚祷》。
	中华书局出版田汉戏剧集《咖啡店之一夜》。
	是年中华书局出版《白采的小说》、李劼人中篇小说《同情》。泰东图书局出版滕固《壁画》集。

1925年

1月	《民国日报》副刊《觉悟》发表蒋光慈《现代中国社会与革命文学》。
	上海书店出版蒋光慈诗集《新梦》。
	宁波华升印局出版柔石自费集《疯人》。
	《小说月报》第16卷第1号发表叶圣陶《潘先生在难中》、

王以仁《落魄》。

2月　　　现代社出版杨振声中篇小说《玉君》。

光华书局出版周全平小说集《梦里的微笑》。

商务印书馆出版王统照诗集《童心》。

新潮社出版孙福熙散文集《山野掇拾》。

《语丝》第14期发表冯文炳（废名）《竹林的故事》。

3月　　　上海商务印书馆出版《剧本汇刊》第一集，内收欧阳予倩独幕剧《泼妇》。

《小说月报》第16卷第3号发表王鲁彦《许是不至于罢》。

《现代评论》第1卷第15期发表凌叔华小说《绣枕》。

4月　　　鲁迅编《莽原》周刊在北京出版。

《浅草》第1卷第4期发表林如稷《将过去》、陈炜谟《狼筅将军》。

5月8日、22日　《莽原》发表鲁迅《灯下漫笔》。

5月　　　北京大学现代评论社出版丁西林《一只马蜂及其它独幕剧》。

沈雁冰《论无产阶级艺术》连载于《文学周报》第172、173、175、176期。

6月　　　郭沫若创作历史剧《聂嫈》。

商务印书馆出版许地山散文集《空山灵雨》。

《文学周报》第179期发表叶圣陶《五月卅一日急雨中》、郑振铎《街血洗去后》、李劼人小说《编辑室的风波》。

7月　　　章士钊在北京将《甲寅》复刊为周刊。

《现代评论》第2卷第30期发表徐志摩《翡冷翠山居闲话》。

9月16日　《洪水》半月刊创刊。

9月　　　鲁迅支持韦素园、李霁野、台静农、曹靖华等组织未名社。

上海光华书局出版郭沫若《聂嫈》。

中华书局代印、北新书局发行徐志摩《志摩的诗》。

《东方杂志》第22卷第18号开始连载郭沫若中篇小说《落叶》，连载至第21号。

10月1日　徐志摩开始主编《晨报副刊》。

10月　　鲁迅创作小说《孤独者》，《彷徨》，未单独发表，后收入《彷徨》。

商务印书馆出版叶圣陶小说集《线下》。

新潮社出版冯文炳(废名)《竹林的故事》。

陈翔鹤、杨晦、冯至等在北京组成沉钟社。

赵太侔、余上沅在北京艺术专门学校增设戏剧系，开始正式招生。

11月　　北新书局出版鲁迅杂文集《热风》、李金发诗集《微雨》。

《语丝》第54期发表鲁迅小说《离婚》，后收入《彷徨》。

《小说月报》第16卷第11号发表王任叔小说《疲惫者》。

12月　　北新书局出版周作人散文集《雨天的书》。《晨报七周年纪念增刊》发表余上沅独幕剧《兵变》。

《紫罗兰》半月刊创刊。

参考文献

[1] 黄仁宇：《万历十五年》。

[2] 江边：《20世纪中国文学流派》，青岛出版社，1992年版。

[3] 饶鸿镜等：《创造社资料》(上、下)，福建人民出版社，1985版。

[4] 贾植芳等：《文学研究会资料》(上、中、下)，河南人民出版社，1985版。

[5] 张宪文：《中华民国史纲》，河南人民出版社，1985版。

[6] 史全生：《中华民国文化史》(上、中、下)，吉林文史出版社，1990版；《中华民国史资料丛稿。大事记·第七辑》，中华书局。

[7] 严家炎：《中国现代小说流派史》，人民文学出版社，1989版。

[8] 杨义：《中国现代小说史》第一卷，人民文学出版社，1986版。

[9] 钱理群等：《中国现代文学三十年》，上海文艺出版社，1987版。

[10] 钱理群：《周作人论》，上海人民出版社，1991版。

[11] 高远东等：《走进鲁迅世界·小说卷》，北京工业大学出版社，

1995版。

[12] 葛一虹主编：《中国话剧通史》，文化艺术出版社，1990版。

[13] 龙泉明、张小东主编：《中国现代文学历史比较分析》，四川教育出版社，1993版。

[14] 陈西滢：《西滢闲话》，新月书店，1931版。

[15] 孙庆升：《丁西林研究资料》，中国戏剧出版社．1986版。

[16] 北京大学等：《独幕剧选》第一册，上海教育出版社，1979版。

[17] 孙玉蓉：《俞平伯研究资料》，天津人民出版社．1986版。

[18] 方锡德：《中国现代小说与文学传统》，北京大学出版社，1992版。

[19] 范伯群等：《鸳鸯蝴蝶派文学资料》(上、下)。

[20] 范伯群主编：《中国近现代通俗作家评传丛书》(1—12)，南京出版社，1994版。

[21] 范伯群：《礼拜六的蝴蝶梦》，人民文学出版社．1989版。

[22] 萧金林：《中国现代通俗小说选评·侦探卷》，上海文艺出版社，1992版。

后　记

这本书写得太紧张。

紧张到白热化时，桌下的膝盖骨咔咔作响——举鼎绝膑之感。

大刑之下，何供不招？随着最终交稿期限的逼近，人的潜能被榨取出来——一天竟然能写出两三千字，真真令人汗颜。

所以此书的"学术价值"是不敢谈的，昏热之下的"胡说"倒有一些。倘能从那些"胡说"中寻出一二可取之言，也就算"莫辜负九夏芙蓉"了。

"胡说"之外，多是"常谈"。不过因为单取一年做切片观察，可以谈得细一点，碎一点。细碎的斑斑点点合起来，往往仍不免印证了"常谈"。当然，也有不少是诱发了"胡说"。

曾与师友议论过文学史应该越写越厚还是越写越薄。我以为这是一个螺旋上升的过程。当定论形成之时，便越写越薄；当定论发生问题时，便越写越厚。厚则有缝隙，可以颠覆定论，然后再渐次薄下去。

未来的若干年内，我想是应该写得厚一点的时期。

其他年份的情况我不详知。单看这1921年，我觉得十几万字其实是薄了——何况书中一直扯到1921年后的好几年。真有刚开了头便又煞了尾之感。

我若是导演，真想把"1921年"拍成几十集连续剧，绝对值得。

这一年较重要的文学事件很多，各个领域都有。因此采取了按文类体裁分章写作的体例。这样的框架显得有些老实和陈旧，但1921年代表的是新文学百废初兴的时期，千头万绪，四海翻腾，这是历史的原貌，所以我想还是老实和陈旧一些为好。这也有利于其他年份写作的轻灵与创新。本书的有些章较多引用了作品原文，有些章较多罗列了历史事件，目的就是尽量多地把原始景观"摊开"。我欣赏博物馆的"传播"方式，材料都摆在那儿，内行人自会看出草蛇灰线的轨迹；另外加上的解说，主要是照顾外行的，当然也可博内行的一笑。如果一个博物馆的每个展厅里都写满80万字的解说，另外零星地点缀几只残杯烂盏（可能还是复制品），那无论解说多么精彩，多么吓人，博物馆都迟早要关门的。

只是本书的材料和解说都不够精彩，大概仅具有普及意义。写作是遗憾的艺术，正如生孩子，生了一个不肖之子，不满意，再生一个。但再生的已是另一个，原来的不肖之子仍在，他昭彰的劣迹将伴你终生。

写到此，我很想生活在1921年，不论当一个革命者、一个艺术家、一个科学家，还是一个军阀、一个商人、一个政客，似乎都挺有滋味的。即便做一个愚民，惨死于地震、洪水、饥饿、炮火，好像也并非有多么不幸。人要想"不得好死"，竟是十分的不容易呢。

（2008年重庆出版社以平装本《孔庆东文集·第二卷·1921谁主沉浮》出版）

234

图书在版编目（CIP）数据

1921 谁主沉浮 / 孔庆东著. -- 重庆：重庆出版社,2009.12
ISBN 978-7-229-01296-0

Ⅰ.①1… Ⅱ.①孔… Ⅲ.①文学思想史 – 中国 – 1921 ~ 1925 Ⅳ.①I209.6

中国版本图书馆 CIP 数据核字(2009)第185400 号

1921 谁主沉浮

1921 SHUIZHU CHENFU

孔庆东 著

出 版 人：罗小卫
策　　划：华章同人
特约策划：贺鹏飞
责任编辑：陈建军
特约编辑：黄卫平
封面设计：灵动视线·张莹

重庆出版集团
重庆出版社　出版
（重庆长江二路 205 号）

三河市汇鑫印务有限公司　印刷
重庆出版集团图书发行公司 发行
邮购电话：010-85869375/76/77 转 810
E—MAIL：sales@alphabooks.com
全国新华书店经销

开本：640mm×960mm　1/16　印张：15　字数：150千
2009年12月第1版　2009年12月第1次印刷
定价：31.00元

如有印装质量问题，请致电023-68706683